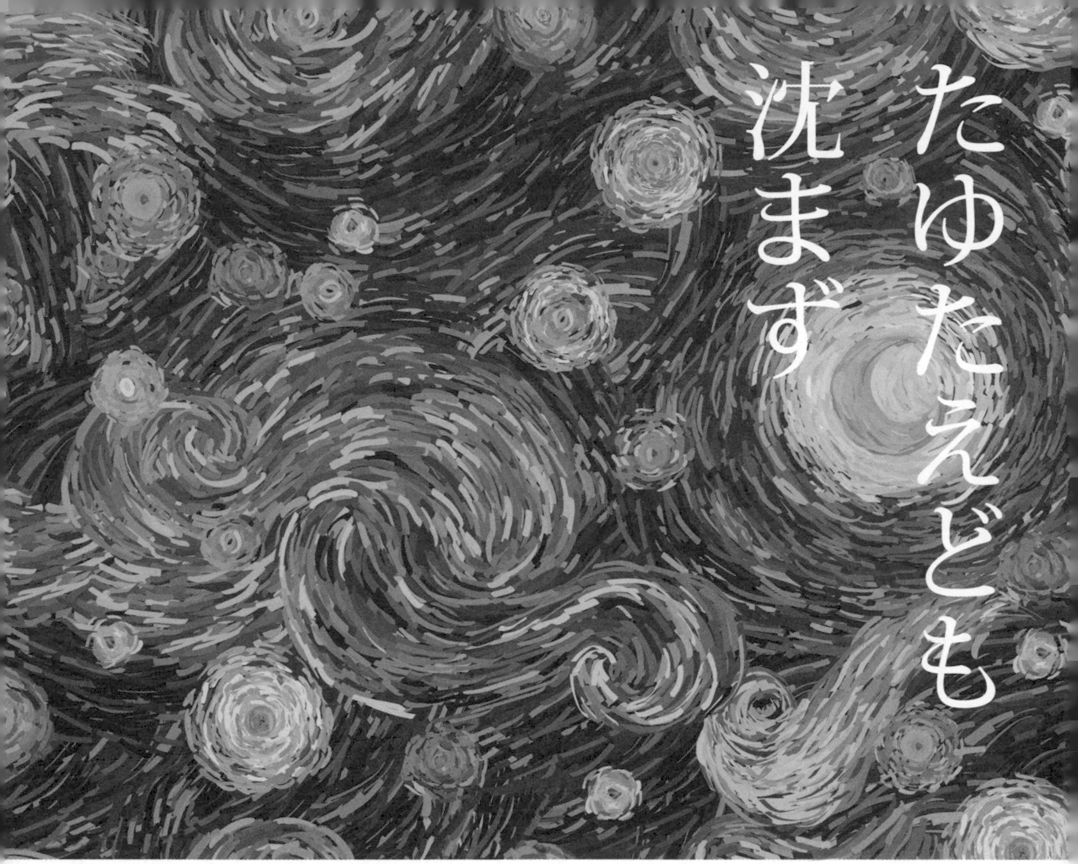

浪擊。而不沉

原田マハ

原田舞葉——著
劉子倩——譯

Fluctuat nec mergitur

浪擊而不沉——目次

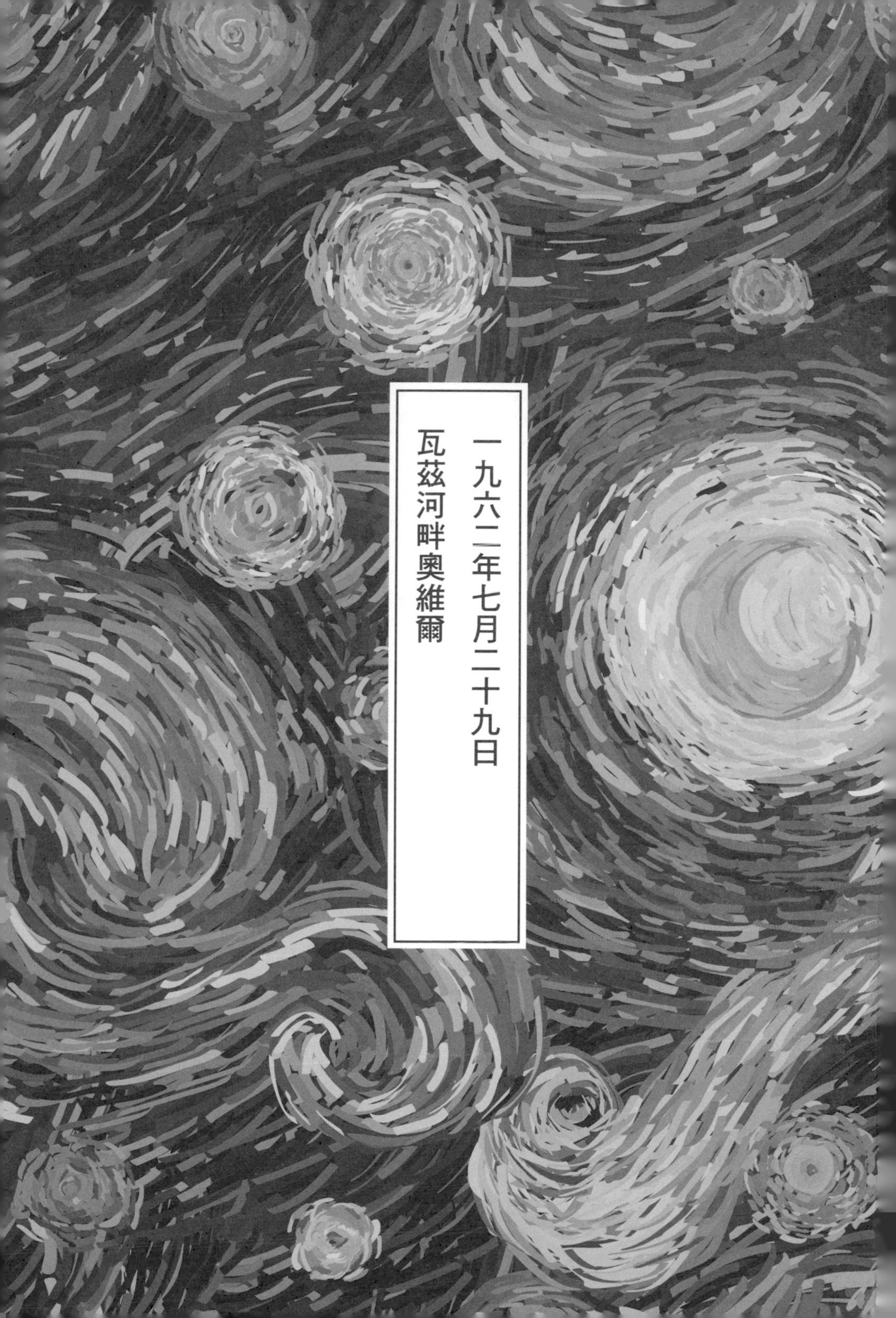

一九六二年七月二十九日
瓦茲河畔奧維爾

一九六二年七月二十九日・瓦茲河畔奧維爾

收割後已不見任何稻穗的麥田一望無垠，一名男子，獨立交叉路口。那是空曠的風景。地平線彼方正有積雨雲無聲湧起。高掛中天的太陽發威，從正上方朝他稀薄的白髮射下尖銳的光箭。他的背後已大汗淋漓，白襯衫緊貼在身上。

汗水沿著額頭的皺紋滑落，可他無意抹去，他只是凝視麥梗一望無際的田間小徑。彷彿在苦等不久便會從很遠很遠的地方來臨的某人。

狂風在耳邊呼嘯。塵埃飛揚的小路上，落下清晰短小的影子。唯有手裡的亞麻外套在風中搖曳。

宣告正午來臨的教堂鐘聲響起。他向後轉身，挺直腰桿，垂首閉眼。他面對的方向是村子的公墓。他獻上默禱，直至十二響鐘聲結束。

他走向村公所前的拉烏客棧。看似店主的男人站在門口，好像和一個中年東方人起了爭執。

「我不是可疑人物。請你讓我看看樓上的房間，只要一下子就好。」

東方人用生澀的法語懇求。拉烏客棧的老闆挺起啤酒肚，反覆嚷著「跟你說不行就是不行」。

「為什麼？我來自日本。我是梵谷研究者。所以我想參觀梵谷去世的房間。」

他走近二人，「午安，先生。」他用法語說。

「這個人自稱是日本的梵谷研究者。梵谷的確是在這間客棧的三樓去世的吧。雖然沒有對一般大眾公開，但若是研究者，讓他參觀一下應該也無妨？」

他出面說情。並且又補上一句「畢竟人家是專程從日本遠道而來……」

「你又是甚麼人？」店主流露訝異的眼神轉向他。

「你怎麼知道這件事？」

「這件事在研究者之間很有名喔。」他和顏悅色地回答。

「這樣啊。那我就更要鄭重聲明：『我不答應。』」

店主斬釘截鐵說。

「我這裡也經營供應三餐的出租房。那個房間本來就因為不吉利找不到房客肯租了。現在居然還有甚麼研究者跑來要求參觀。起初我心想無所謂就讓人參觀了，沒想到最近三天兩頭有人上門。如果整天忙著應付這些人，我還怎麼做生意啊。」

店主如此滔滔不絕抱怨後，又說：

「從日本特地來參觀，我當然也很感謝啦。畢竟這裡只是鄉下地方。樓上的房間不能開放參觀，但是可以在這兒吃午餐。我們的燉肉很好吃喔。」

他用英語問日本人：「您會英語嗎？」日本人立刻回答：「會，比法語好多了。」

他向日本研究者轉述店主的說詞。研究者很失望，但事已至此莫可奈何，遂決定留下用餐，欣然走進店內。他也尾隨在後，在研究者隔壁的位子坐下。

他點了紅酒與燉肉。隔壁的日本人也點了同樣的東西。研究者從黑色皮包取出筆記本和鉛筆，在桌上攤開後開始寫字。他斜眼偷窺筆記本。

上面寫滿縱行文字，研究者不時拿鉛筆尾巴戳戳滿頭銀髮，由右至左不斷寫出文字。他驀然想起，曾任機械技師的他，第一次世界大戰前曾去日本做技術指導，當時第一次看到日本人寫字，這才知道原來日本人是這樣直著寫字，難怪日本的畫也多半是縱向的構圖。

察覺他對筆記本感興趣，研究者停下握鉛筆的手。然後問道：「請問您是從哪來？」

「Nl-Laren。荷蘭的拉倫。」他回答。「從阿姆斯特丹開車約需三、四十分鐘的城鎮。」

「拉倫嗎？我沒去過……」

「荷蘭呢？」

「荷蘭倒是去過。別看我這樣，好歹也是梵谷的研究者。我去過阿姆斯特丹和埃德。」

埃德有梵谷作品的大收藏家克勒勒．米勒夫妻於一九三八年創立的美術館。這位研究者說，在那裡第一次有系統地看到大批梵谷作品。「唉，當時簡直說不出話。只能說，太感動了。」許是又想起當時的記憶，研究者語帶熱切說。

「我知道美國的美術館比法國收藏了更多梵谷的作品，但我現在還無法成行。機票太貴了……我個人最大的心願，就是死前能夠看到紐約現代美術館收藏的《星夜》。」

研究者露出夢幻的神情。

「啊，不過我在羅浮宮也看到囉。《羅納河上的星夜》、《自畫像》、《在亞爾的臥室》、《嘉舍醫生的肖像》，還有……《奧維爾教堂》。」

研究者如數家珍地說出正確的畫名。他不禁微笑。

「日本的美術館沒有梵谷作品嗎？」他問。

「有喔。只有一件。」對方立刻回答。

「是描繪玫瑰的晚年作品。收藏於國立西洋美術館這間戰後成立的美術館中。」

這件名為《玫瑰》的作品，戰前是日本企業家松方幸次郎的收藏品，他在法國買下這幅畫後，就和其他畫家的作品一同保管在法國國內的某處。後來戰爭爆發，日本戰敗，松方名下的那些法國名畫悉數遭到法國政府沒收。戰後日法兩國進行歸還談判，松方多達四百件的收藏品中，除了被指定留在法國的十八件作品，一律以「歸還捐贈品」的名義送還日本。其中一件就是梵谷的《玫瑰》——研究者如此詳細解釋給他聽。

「羅浮宮收藏的那幅《在亞爾的臥室》，本來也是松方的收藏品。但是法國大概也捨不得吧。所以好像被指定留下。在日本人看來這樣做實在不像話，不過，那畢竟是梵谷描繪在亞爾住過的房間嘛。如果留在法國的美術館，而且是舉世聞名的羅浮宮美術館，畫家本人大概也更樂意吧。」

許是紅酒的醉意上來，研究者變得饒舌，用相當流利的英語說個不停。他一邊拿叉子吃燉肉，一邊默默傾聽研究者說話。

「對了，」趁著賬單被放到桌上，他試探地詢問。

「請問您聽說過林這個人物嗎？」

「啊？」研究者反問。「林？」

「對。一位名叫林忠正的日本畫商。是以前的人，十九世紀末據說在巴黎開畫廊販賣日本美術品……」

彷彿聽到甚麼重大問題，研究者皺起眉頭陷入沉思。

「不……很遺憾，我沒聽說過。那個人和梵谷有甚麼關係嗎？」

他苦笑。

「我不是研究梵谷的專家，所以我也不知道。我是機械技師。……不，二年前在七十歲時退休了，所以應該說是『曾任』技師。」

他說明自己的身分。

「我曾偶然看到林這個名字……我以為日本研究者或許會知道，所以才問問看。」

「噢？我還以為您也是梵谷專家才跟您說了這麼多呢。畢竟，除了特別狂熱的粉絲或專家，不可能特地在梵谷的忌日專程從荷蘭來到這個小村子吧。」

「咦，原來是這樣啊。」他做出驚訝的表情。「今天是梵谷的忌日啊……」

「不然您怎麼會來這個村子？」

聽到研究者這麼問，他笑答：

「來吃這裡的燉肉呀。」

二人各自結帳，在客棧前握手道別。研究者客氣道歉說：「到現在都還沒自我介紹，真是失禮。」他自稱姓式場，正職是精神科醫生。

「您呢？」式場問。「貴姓大名？」

他在瞬間遲疑，然後才回答：

「我叫文森。」

式場當下開心地發出驚呼。「您和梵谷同名呢。」

如林間篩落陽光的微笑逐漸在他臉上擴大。

「是的，這是荷蘭人常見的名字。」

經過瓦茲河畔奧維爾車站前，沿著徐緩的坡道走下去。這條路直通河對岸的村子瓦茲河畔梅里。

晚間七點，距離開往巴黎的末班車發車時間還有一小時左右。他早已決定這一整天就在村中散步直到末班車發車，所以他走向瓦茲河，決心利用剩餘的時間去河邊看看。

太陽粗壯的手臂，此刻已變成慈愛撫摸幼童的手掌。他住的拉倫也是如此，這個季節，北歐的日照很長，天黑得特別晚。在湖畔城市拉倫，人們彷彿要把握短暫的夏天，即使到了傍晚還躺在水邊做日光浴。但這個瓦茲河畔不見人影。

雖是塞納河的支流，但河面寬闊水量豐沛，是美麗的河川。河畔長滿青翠欲滴的茂盛樹木，貼著水面緩緩搖曳枝葉，在河上映出清新的身影。

走到通往鄰村的橋中央，他驀然駐足。

西風依然強烈呼嘯。他終於穿上這天一直拿在手上的亞麻西裝，憑欄眺望下游，任由西風吹拂。

徐緩蜿蜒的河流彼方，村子的紅屋頂櫛比鱗次。奧維爾這頭的河畔森林，白楊樹的頂端似在招手般款款搖曳。他朝河畔景色遠眺半晌，但是彷彿遠方有誰在呼喚他的名字，驀然轉身。

上游的天空擁抱夕陽，鋪展大片溫柔的紅色輕紗。水面反射平滑如絲綢的陽光，發出響亮的嘩嘩水聲。

他凝視湯湯流過的河水。最後似乎終於決定就在此時此地採取行動，以毅然決然的手勢從西裝內袋取出一封信。那是用藍墨水寫著法文的舊信。

一八九〇年一月十一日・巴黎

親愛的西奧多魯斯：

令兄的畫作，遲早會有被世界認可的一天。

請強大起來。我也正在這個城市與重吉並肩奮戰。

致上我全部的友情

林　忠正筆

那是在他幼年便已去世的父親遺物中找到的信。

他垂眼看著綴滿污漬的紙面許久。彷彿要確認甚麼，一次又一次審視簡短的文章。

一陣強風突然迎面吹來。霎時從他手中奪走信紙。他屏息仰望天空。
信紙隨風飄揚，忽上忽下，最後翩然落到河中央。
他從欄杆探出身子，目送信紙隨波流去。
它化為紙船，始終不沉，只是搖搖擺擺漸去漸遠。

一八八六年一月十日
巴黎・十區・歐特維爾街

一八八六年一月十日・巴黎・十區・歐特維爾街

一名男子身著禮帽與黑色大衣，拎著大皮包，獨自佇立石板路上。

瘦小的身影，有著服貼油亮的黑髮和修剪整齊的黑色小鬍子，塌鼻與圓臉。這個東方人的小眼睛疲憊地頻頻眨動，仰望馬路對面聳立的時尚公寓。

「喂，那邊那個，別擋路。讓開，讓開！」

粗暴的法語叫喊聲傳來的同時，馬車已經以猛烈的速度經過男人眼前。男人情急閃躲，卻因閃得太急猛然向後翻倒。禮帽咕嚕咕嚕滾到路上，最後停在石板路凹陷處形成的雨後積水中。

「嘶……痛死了。那輛馬車搞甚麼。太過分了吧。」

他用日語嘀咕。可以感到來往行人毫不客氣朝自己身上打量的目光。

他站起來，拍拍大衣下襬，這才發現帽子從頭上消失了。

「您的帽子掉囉，先生。」

背後響起聲音，轉身一看，穿著深綠色天鵝絨大衣的年輕女子手持禮帽而立。

「啊，這真是……」

男人用日語說到一半，慌忙立正站好。

「謝謝您，小姐。」

他用法語道謝後，一本正經地鞠躬。

女子嫣然一笑，把禮帽交給他，裙襬搖曳生姿地走了。目送女子的背影遠去，可以看出對方一手掩口，背部微微顫動。顯然是在憋笑。

——果然被笑了嗎……只因為我是東方人。

男人微微嘆氣。

一抵達這個國家，他就覺得自己暴露在好奇的注視中。想搭乘馬車被拒載，去旅館投宿對方要求他先付清全額。無論在餐館，咖啡屋，甚至這樣走在街頭，顯然只有自己一人格格不入。

——虧我還聽從林學長的吩咐，大衣和禮帽全都是按照法國款式訂做，專程從日本帶過來。

在這個城市，自己身為「異鄉人」的事實無從掩飾。

才剛到法國就已在心中如此哀嘆的男人，名叫加納重吉。

他剛結束從日本啟程的漫長海上之旅，在勒阿佛港口轉乘火車，昨天才抵達巴黎。

巴黎果然名不虛傳，是美如夢幻的城市。

從聖拉查車站搭乘驛馬車的重吉，忍不住用日語頻頻驚呼「嗚哇！厲害，太厲害太厲害，我終於來了，巴黎，這裡就是巴黎！」即使同車的法國人都拿白眼瞪他，他也不以為意。

老實說，就算片刻也好，他只想滿心沉醉地徘徊花都巴黎。

舉辦世界博覽會的投卡德侯宮，擁有無數法國皇室與拿破崙收集的一流美術品的羅浮宮美術館。曾有革命之風呼嘯的巴士底廣場，雄偉氣派的凱旋門，古老的聖母院，百花爭豔的盧森堡公園……想去的地方簡直不勝枚舉。

然而，重吉來到巴黎，可不是為了觀光。

頭髮和鬍子都修剪整齊的重吉，穿上筆挺的西服，在西服內袋藏著一封信，來到歐特維爾街。

那封信，是重吉以前就讀東京開成學校時的學長，現在住在巴黎的某個日本人寄來的。

——如果來到巴黎，此地和日本的天壤之別，一定會讓你目瞪口呆。

但是現在可沒閒功夫張著嘴巴傻呼呼觀光。

我希望你穿上禮服大衣，戴上禮帽，毅然前來找我。

就算換上西服，也無法掩飾我們是東方人，況且也毫無必要掩飾。更沒有必要刻意強調。

只要不動聲色地穿上西服，不忘在言行舉止間保持氣度，那就是最好的應對之道。

此刻，在這巴黎，我認為日本人的身分毋寧是一大「賣點」。

為什麼呢？

總之我希望你來我位於歐特維爾街的店裡。

詳情等我們見面再說——。

不知是要測試重吉的外語能力，還是要避免被其他日本人看到，這封信上字字句句都是用法文寫成。

在開成學校諸藝科學習法文，以第一名成績畢業的重吉，看起這封信毫無困難。看完之後，他感到有二件事令心情激盪。

其一，寫這封信的人使用的法文之流暢。

另一個，則是此人秘而不宣的野心。

重吉佇立歐特維爾街，再次仰望公寓。

確認堅固石柱上掛的門牌號碼後，他穿過拱門走進中庭。一樓的南邊，就是重吉遠道從日本前來的目的地，「若井・林商會」。

重吉在厚重的木門前止步，調整呼吸。他的心跳急促，甚至擔心心臟一不小心就會從心口跳出來。

他把在路上不慎弄濕的禮帽拉低，敲了二下門。

過了一會，門吱的一聲，緩緩開啟。

出現在重吉眼前的，是個金髮藍眼的青年。身材修長，穿襯衫打領結搭配羊毛背心。

重吉一時之間詞窮，吞了一口口水。

這時，藍眼青年微笑，用法語主動發話。

「午安，加納先生。歡迎光臨『若井．林商會』。」

重吉錯愕地支吾應了一聲。

「午安。請問……這裡有位林先生嗎？」

他邊思考邊說，因此說出來的法語結結巴巴。但青年似乎不以為意，「對，那當然。他在喔。」青年明快回答。

「來，快請進。」

青年把門敞開，重吉就像被帶去龍宮的浦島太郎，戰戰兢兢地走進室內。

室內到處塞滿各式各樣的日本美術書畫工藝品。

繪有英勇老鷹與松林的屏風，綴有龍虎的壁障畫，堆積如山的書畫卷軸，螺鈿鑲嵌的漆器文具盒，朱漆鏡台，手鏡，銅器，銀器，日本刀的刀鍔，金泥填色的佛畫——。中國製的黑漆椅子和紫檀桌子，屏風，也有一些文人畫。一切都秩序井然地陳列著，反射窗口的陽光發出暗沉凝重的光輝。

「這真是……」重吉用日語咕噥到一半，立刻改用法語說：

「太壯觀了。簡直像不小心闖入美術館。」

就在這時。

松林鷹圖屏風後面響起吃吃低笑聲。接著傳來的，是音色極為愉快的日語。

「你挺不賴的嘛，重，自言自語都能用法語說。」

重吉赫然一驚，轉身看屏風。

從屏風背後，走出一個身穿黑色三件頭西裝打絲質領帶，黑髮梳理服貼身材修長的男人。

男人對著臉泛紅潮張口結舌的重吉狡黠地笑了。

「你可來了，重。我一直在等你。」

男人的名字，叫做林忠正。

他是買賣日本美術品的美術商「若井・林商會」的老闆，也是目前在巴黎美術市場掀起「日本主義」這場旋風的風雲人物。

加納重吉邂逅林忠正，算來已是十年前的往事。

不過，當日的記憶彷彿已深深鐫刻在重吉心中，始終印象鮮明。

一八七四年（明治七年），重吉從昔日曾是加賀藩的金澤縣啟程，以公費生的身分進入東京的開成學校就讀。

生於祖先代代皆是知名荷蘭學學者之家的重吉，自幼便是聰穎過人的高材生，早早便被人視為前途有望。十八歲那年，得到縣府的支援，為了學習外語和西洋學問以便將來返鄉投身官場，他被送去東京求學。

開成學校本是明治維新後由政府創立教授西洋各種學科的「大學南校」，經過幾度改革後成為專攻外語及西洋學問的專門學校。最後於一八七七年與東京醫學校合併統稱為東京大學。

重吉或許是因為自幼聰穎，私心自負與眾不同，也不該泯然於眾人，因此個性也有點小小的彆扭。所以他在進入開成學校時，毫不猶豫地選擇了可以專攻法語的諸藝科。

相較於法學、理學、工學這三種專門學科，諸藝科是綜合性學習一般教養和語文的學科，說穿了是個學習項目繁雜的學科。

以重吉的成績，無論專攻其他三種學科的哪一種想必都能充分發揮才能，可他偏偏沒那樣做。那三種學科基本上都是學英語，對於過去學習德語及法語或者今後想學這些外語的學生而言，選這些學科未免有失本意。重吉早已在家鄉自學英語，也自認學得不錯，因此難得有此機會他想再多學幾門其他的外語。

日本改元「明治」已有七年。當時也差不多該認真急起直追趕上外國列強了。東京府亮起瓦斯燈，大馬路遍植行道樹。在世界地圖中，不能再讓日本獨留空白。

開成學校素有留學制度，會選擇十名優秀學生送往先進諸國學習。留學法國的名額頂多只有一人，重吉打從一開始就盯上了這個名額。

——如果始終待在日本，縱然習得外國的學問，終究也只是井底之蛙吧？

若真心想學習，只能出國留學。不是美國或德國，要去法國。

我想親眼見識外國，見識真正的世界，將來對金澤自不待言，對日本肯定也能有所貢獻。為此，無論如何都得去巴黎，據說巴黎的產業及文化才是世界第一。如此說來，那裡不就是世界中心嗎？

他的心頭，燃起這樣的鬥志。心情彷彿已是「世界之王」。

所以即使同學們背後批評他是「捧法國臭腳」的偏執狂、是難以親近的傢伙，他也絲毫不在意，只是一心一意學習法文。

起初多少是抱著和眾人唱反調的叛逆心態開始學法文，可是在學習的過程中，法文的深奧逐漸吸引了他。

法文簡直是語言的藝術。流暢的發音，拼字，文法。——一切宛如一幅山水畫。

除了法籍教師當作教科書給的許多書——例如尚・雅克・盧梭等人的書，他也開始閱讀喬治桑及大仲馬等人的小說，為之心潮澎湃。

總有一天，我一定要去法國——去巴黎。

彷彿仰慕高不可攀的貴婦，重吉對巴黎的憧憬與日俱增。

最後，他終於得到日籍指導教官庵野修成的那句話：我要推薦你去留學。聽到教官說自己在全體學生中外語能力出類拔萃最適合去留學，重吉多少有幾分得意。

沒想到，要送他去留學的地點是英國。重吉當場婉拒推薦。

——如果真心想活躍於世界中心，不是巴黎就毫無意義。

堅持要去法國留學的重吉，被同學們私下譏笑。

——對法國死心塌地到如此地步，果然捧法國臭腳捧得很徹底。

——這年頭英文或德文才是主流。如果一心迷戀法文可無法出人頭地喔。

——那小子壓根不想出人頭地。他頂多去當貴族小姐的家庭教師就滿足了吧。

甚至有人故意在重吉附近竊竊私語好讓他聽見。

——隨你們怎麼說吧。你們這些井底之蛙……。

重吉如此逞強嘴硬，但是如果不能出國留學，自己也同樣是井蛙之一。

——到底該如何是好？

在他煩悶之際，逐漸無心課業。不管再怎麼努力，到頭來好像都只是徒勞無功。

——到底該怎樣才能去法國。……才能跳到水井之外。

就在這種狀況下的某一天。

走出開成學校的校門時，背後忽然有人對他發話。

「Souhaitez-vous aller à Paris?（聽說你想去巴黎？）」

他赫然一驚，停下腳步。

——法國人？

轉身一看，一名陌生的日本青年站在校門旁。青年凝視重吉吃驚的臉孔，驀然一笑。

「你倒是相當明智。」

青年說著，走到重吉身旁，「走吧。」青年低聲說。

「看到我們湊到一起，那些親英派又要扯些流言蜚語了。……跟我去個地方吧？」

青年不等重吉回答，直接把他帶去日本橋的茶屋。

那個青年，就是林忠正。

忠正這年二十二歲，是開成學校尚為南校時，從廢藩置縣前的富山藩派遣來東京入學，比重吉大三屆。雖然早就聽說諸藝科有個姓林的優等生，但這還是重吉第一次見到盧山真面目。

忠正這廂，也聽說比他低三屆的學弟出現一個外語非常厲害的高材生，打從一開始就對重吉頗為關注。

「我一直想當面跟你聊聊，看你到底有多優秀。」

在茶屋坐定後，忠正自己倒熱酒喝，一邊用異常坦率的語氣說。

重吉對於沒有端起大學長的架子，反倒坦率流露好奇心的忠正，頓時產生好感。

「我聽說，你拒絕了庵野老師推薦你去英國留學的好意。大家議論得很凶喔。……說到留學英國，無異於已鋪好平步青雲的坦途。照理說任誰都會迫不及待地爭取，你怎麼反而把機會往外推？」

「這個……」

重吉霎時垂下頭，但他旋即又抬頭回答：

「……因為英國沒有巴黎。」

忠正愣住了，不停眨眼，最後噗哧一聲，哈哈大笑。他笑得太激動，惹得周遭的客人紛紛朝二人行注目禮。重吉忍無可忍，不禁小聲說：

「林學長。……請你不要笑那麼大聲。你笑得太誇張了。」

但重吉自己想想也覺得好笑，終於忍不住一起笑出來。

二人痛快大笑後，「哎，真好。太好了。」忠正含著笑出的眼淚說。

「沒錯。你說得對極了。英國沒有巴黎。如果沒有巴黎就毫無意義。我也有同感。」

忠正語帶愉悅說，遞上酒瓶。

「來，咱們乾一杯，好同志。那就來聊聊巴黎吧。」

忠正生於富山藩的醫學名門長崎家，後來被親戚林家收養，繼承家業後立刻前往東京立志學習新知。尤其下定決心要學外語。

忠正選擇的不是英文，是法文。和重吉一樣，他的個性多少也有點離經叛道，但他在偶然的機會得知拿破崙的故事後，對於吹起革命狂嵐，終於被拿破崙拿下的天下之都巴黎產生憧憬，遂決心學習法文。

剛開始學習時，只要一說自己在學法文，別人就會眼色大變肅然起敬，但是最近舉世風潮完全是一面倒向英文，說到在學法文，只會被當成怪胎——忠正如此發牢騷。

「對了，你知道嗎？我們在籍的法文諸藝科……據說這屆就要廢止了。」

啊？重吉不禁傾身向前。

「怎麼可能……這種事我完全沒聽說。那我們這些學生要怎麼辦？」

忠正事不關己似地說聲「誰知道」，猛然拿起小酒杯一口灌下。

「恐怕只能去法國了吧。」

和世界列強相比，日本長期奉行鎖國政策，忠正認為，日本今後應該更貪心地堅持自我主張才對。

為此，他覺得日本人應該在聚集世界各地的財富，和人才與文化的巴黎，展現日本人奮鬥的一面。

和重吉一樣，忠正也在尋找留學法國的路子。可是如今會英文的學生壓倒性增加，與其砸下大把公費送留學生去法國，還不如送去英國或美國更能活用人才，因此，政府和學校似乎都打算廢止法國公費留學。

「果然是窄門啊……」重吉嘟囔。

「就算門再怎麼窄，只要有縫隙可鑽就好。問題是現在等於大門深鎖。法國那邊，明明遠比美國有更悠久的歷史與傳統，也有不遜於英國的文化與藝術……可惡！」

忠正憤憤不平說。重吉已啞然，只是一逕沉默。

二人就此沉默半晌，漫不經心眺望敞開的紙門外流淌的隅田川支流。

過了一會，忠正終於屈起一腿開口邀約：

「這是個美好的夜晚。不如出去走走吧？」

吹過河面的五月夜風，拂上略有醉意的臉頰感覺格外舒適。二人並肩漫步，走到日本橋畔後，不約而同駐足。

河岸的柱子繫著許多小船，正在緩緩搖晃吱呀作響。河水嘩啦啦拍打船腹，飄來海潮的氣味。

重吉望著橋柱落在河面的暗影中，小船如生物般互相撞擊蠢動的模樣，思忖自己是否已走投無路——頓感黯淡的心情在心頭蔓延。

一旁的忠正沉默良久，這時忽然抬起頭，喊了重吉一聲。

「浪擊而不沉——這你知道嗎？」

突然丟來的問題，讓重吉愣怔眨眼。忠正的嘴角驀然浮現笑意。

「那就是巴黎。」

「……巴黎？」

「對。……即便在浪濤中搖擺不定，巴黎始終不沉。」

花都，巴黎。

然而自古以來，流過巴黎中心的塞納河一再氾濫，令城市與居民飽受折磨。巴黎的水患不足為奇，每次水災過後，人們便團結合作重建城市。幾十年前更進行了大規模都市計畫，整個城市據說變得更加繁華美麗。

身為全歐洲、全世界的經濟與文化中心，花都巴黎絢爛璀璨如珠寶，然而迄今仍時時面臨洪水的危害。

只要塞納河繼續流淌，就無法擺脫洪水這個惡魔。
即便如此，人們依然深愛巴黎。摯愛不渝。
靠塞納河討生活的水手們，尤其與巴黎的命運休戚與共。他們在塞納河上來往送貨、捕魚、生活。正因如此，巴黎如果受水患所苦，無論如何都得努力拯救。不論何時，不論多少次。
不知幾時起，水手們就開始把自己平日嘀咕的護身咒語寫在牌子上，掛在自己的船上。
——浪擊而不沉。
巴黎就算被逼入絕境，也只會搖晃，絕不沉沒。就像位於塞納河中央的西堤島。
每次洪水暴發，西堤島看起來彷彿會沉入水底，但即便身在驚濤駭浪中，西堤島也如船隻隨波搖曳，絕不沉沒，並且再次出現在水手們的眼前。洪水退後，西堤島在水手們的眼中顯得格外神聖。
是的。那就是巴黎本身的樣子。
不論何時，不論多少次。它不與激流相抗，隨波搖曳，絕不沉沒，終於再次站起。
它就是那樣的城市。
那才是巴黎。
「哪，重。……我總有一天一定會去。我會去給你們看。去那在激流中永不沉沒的城市……巴黎。」

重——被這麼親熱呼喚，重吉原本注視水面小船的視線，轉向身旁的忠正。忠正的側臉，凜然承受風吹。他的雙眸直視未來，燦然生輝。

一八八六年一月上旬・巴黎・二區・蒙馬特大道

絕對不算小的店內，牆上密密麻麻掛滿數不清的油彩畫。

那些畫，多半是裸體女神像，或是裸體的眾神群像。在略顯晦暗、深奧的背景中燦然浮現潔白得耀眼的裸體。形狀姣好的乳房，凹凸有致的腰身，光滑細膩的肌膚。女神們的身體徹底沐浴在明亮的光線中，沒有任何傷疤也沒有半點污漬。當然，彷彿根本不存在性器官，從那個部位被抹消。

玫瑰色的臉頰如傍晚的天空映照光芒，水汪汪的雙眸似有星辰閃爍。淘氣的丘比特飛落，偷偷吻上女神潤澤的櫻唇。女神吃驚卻又陶然地接受了這可愛的一吻。

另一幅畫，描繪的是勇敢與妖魔戰鬥的阿波羅。隆起的強壯肌肉，穿著發出晦暗光澤的盔甲，勇猛地揮舞長劍。

還有一幅畫，畫的是正要從水氣氤氳的威尼斯港出航的帆船，船頭站著勇猛的海神波賽冬，指向遙遠彼方的理想鄉，宣告出航的時刻已到。

在那些畫作前，佇立著一個男人。

深灰色羊毛三件頭西裝，漿得筆挺的立領襯衫，領口緊緊繫著黑色織紋的領結。修長纖細的身形，令做工精良的西裝更加出色。梳理服貼的紅髮，暗褐色雙瞳。當胸交抱雙臂，把掛滿整面牆的畫作從頭到尾環視一圈後，長嘆一口氣。

——哼。……鏡花水月的畫。

這裡有的，全都是描繪鏡花水月，無比陳腐、無聊、見鬼的畫。

自己竟然得展出這麼無聊的畫，每天努力推銷出去……。

男人無力的眼眸仰望裱框在莊嚴的金色畫框中的維納斯。然後，似乎非常煩躁，一邊伸手去摸修剪整齊的小鬍子，一邊頻頻拿擦得光亮的皮鞋鞋尖敲擊木頭地板。

這裡，是「古皮爾商會」蒙馬特大道分店的店內。

以巴黎為中心，在荷蘭的海牙，比利時的布魯塞爾，倫敦，甚至紐約都有分店，獲得世界級的成功，是當代首屈一指的高人氣畫廊。

男人是蒙馬特大道分店的經理。名字叫做西奧多魯斯·梵谷。

五年前，年僅二十四歲便坐上這間畫廊分店的經理寶座後，他認真且時而大膽地賣出各種畫作。

第三共和政府統治下的巴黎因空前好景而沸騰。歐洲全域開始遍布鐵道網，人潮和金錢、各種物品紛紛湧向巴黎而來。不只是歐洲。在同樣正處於好景氣的美國，有錢人和立志成為藝術家的年輕人也前仆後繼地來到花都巴黎。

聚集在巴黎的資本被用於各種投機事業，有錢人變得更加富裕。人們謳歌都市文化，興奮得昏了頭，大肆消費壯大了市場。

想必放眼全世界，也找不出第二個像巴黎這麼繁華的城市吧。

——就像哄著超級富翁金主買下晚禮服和珠寶的高級妓女。

荷蘭人西奧，雖然感到自己對這個人們瘋狂消費的城市也有著非比尋常的執著，但另一方面，多少也有點冷眼旁觀的味道。

明明也曾對巴黎滿懷憧憬，痴戀成狂，無論如何都想在這城市工作，不惜拋棄一切來到此地。

可是如今習慣這個城市後，這個城市對於任何人——不管是異鄉人或異教徒——一律爽快接納的寬容，有時反而讓他感到不是滋味。

他曾以為唯有自己是特別的——正因如此才會被這城市接納，可惜能夠沉浸在那種優越感的時間，短暫得可悲。

自己其實一點也不特別。沒有做生意的手腕，也沒有出眾的能力。只不過偶然地——在這十九世紀再過十幾年便將結束的時期，幸運地身在巴黎罷了。

工作順利，也得到公司的信任，雖然是外國人，有段時期好像也以大型畫廊店經理的身分活躍於這花都的中心。從容應對大富豪，不斷賣出受到普世價值支持的法國藝術學院派畫家的畫作，為之得意洋洋。彷彿自己也成了出入巴黎社交界的紳士名流。

實際上，他只是負責伺候出入社交界的紳士名流，自己並沒有因此變得高貴。

他的確得到不低的薪資。即便和同年代的夥伴相比，也絕對不差。不，毋寧比旁人的待遇更好。

然而，就算拿到一個月的薪水，掛在這牆上最有名的畫家作品——對，那個權威主義者尚・李奧・傑洛姆的畫，他還是一幅也買不起。

西奧用煩躁的目光再次眺望掛滿牆面的畫作。中央的大型畫作，畫著肌膚晶瑩剔透的女神立像，就是出自法國藝術學院派權威傑洛姆之手。

——不過話說回來。

傷腦筋……今天一早，布格羅的新作才剛剛送到。可是這面牆，你瞧瞧，已經擁擠得連一隻蜘蛛都擠不進去了。

畫掛得太滿，反而無法看出畫的好處喔。上次，他明明鼓起勇氣忠告過社長了。……可是社長說甚麼對客人來說當然是選擇越多越好，對他的建議充耳不聞。

而且如果新來的作品沒掛上去，社長八成又要囉哩囉嗦抱怨那幅畫是怎麼回事，為什麼一直放在倉庫云云。

真是的，到底該怎麼做才好。

敲門聲響起。他說聲「請進」，一本正經西裝筆挺的社員皮耶立刻快步走進來。

「夏索夫人來了。」

「請她進來。」西奧說著，把領口的領結重新拉緊。

過了一會，穿著酒紅色塔夫塔綢和天鵝絨長裙的貴婦人出現。西奧堆出滿面笑容，有節奏地踩著喀喀響的腳步聲走近她，拉起優雅遞來的戴著小羊皮手套的那隻手親吻手背。

「歡迎您來，夫人。我已恭候多時。」

西奧恭謹的招呼，令夏索夫人滿意地瞇起眼。她對一旁跟隨的女子耳語打發女子出去後，放眼環視滿牆的繪畫，問道：

「所以你要推薦的畫作是哪一幅，西奧德爾？」

法國人喊西奧的名字時，絕對不會照荷蘭的發音方式喊他「西奧多魯斯」。

「上個月，我們買了一座香緹的古堡，這你也知道吧？我想盡快買些畫來裝飾客廳和會客室還有餐廳。本來想和我先生一起來挑選，可是他一天到晚也不曉得忙甚麼……居然說甚麼交給古皮爾畫廊就絕對不會錯，叫我自己來找你商量。你說他是不是很過分？」

夫人說著，抬眼嬌嗔地瞟向西奧。西奧嘴角擠出微笑，殷勤地說：

「能得到先生的信賴，是我的榮幸。」

說著以手撫胸致意。

夏索夫人的丈夫做貿易致富，是在巴黎市內經營百貨公司的企業家。買畫裝飾自宅的事全權交由夫人打理。

是的——應付這種拿丈夫賺來的錢隨心所欲買畫的貴婦人，身材修長氣質優雅，隱約又帶點性感的年輕店經理堪稱是最佳人選。

眼下，巴黎有很多像夏索這樣的新興富裕階級。他們多半住在塞納省省長喬治・奧斯曼對巴黎大改造後建造的時髦公寓，在外地擁有夏季度假別墅，家中的會客室、書房、臥房、餐廳乃至所到之處的牆壁都想用法國藝術學院派知名畫家的作品來裝飾。他們正是「古皮爾商會」的主要顧客。

「古皮爾商會」的顧客似乎認為牆上有空白就代表貧窮，不管三七二十一只想掛滿一大堆畫。但，並非甚麼畫都行。只限有「權威」和「名氣」的畫家。一定要是那種能夠讓被帶進會客室的客人感嘆「噢，太美了，這是誰的作品」，還得是能夠讓客人讚美「對您的審美眼光甘拜下風」擁有一定評價的畫家才行。——若要買這種畫家的作品，去「古皮爾商會」最好。因為那家畫廊的創辦人阿道夫・古皮爾的女婿，正是名滿天下的尚・李奧・傑洛姆。

是的。只要去古皮爾買畫，就絕對不會錯——。

「最適合夏索家新購別墅的作品，正巧今早剛剛送到。」

西奧一邊想起才在倉庫解開包裝，還在考慮該掛在何處的布格羅作品，一邊如此說道。

——這下子正好。不用掛出來就可以直接賣給這種壓根不懂何謂名畫的暴發戶夫人了。

「哎喲，真的？掛在哪裡？」

夫人放眼環視整片牆的畫作，如此問道。西奧伸手輕扶夫人緊裹著臃腫腰身的禮服背部。

「為了讓您第一個看到，我還沒掛上牆。來，這邊請。是很出色的作品喔，絕對是夫人會喜歡的……」

他把夫人帶進後方的會客室，給她看布格羅的作品。

浮在海上的貝殼船，站在中央的裸體女神。光滑潔白的肌膚，隨風飄揚的金髮。在女神周圍飛來飛去的，是擁有粉桃似小屁股的小可愛丘比特。

「哇……真是太好看了。美得令人嘆息呢。」

夏索夫人細細打量完全看不出筆觸痕跡，塗抹得細膩均勻的畫布，真的嘆了一口氣。

西奧也微微嘆氣。但他是不讓夫人發現的偷偷嘆氣。

「您還中意嗎？夫人？」

「中意，當然中意。這幅畫我要了。還有沒有同一個畫家的其他作品？」

西奧感到苦笑自心頭湧起。這位夫人真是夠了，連「中意的」畫家叫甚麼名字都懶得問一聲。

最後，夏索夫人買了三件布格羅的作品，一件傑洛姆的作品，二件帕斯卡・達仰・布弗萊的小品。

西奧去開賬單時，夏索夫人舒坦地在長沙發坐下，品嘗畫廊員工端來的熱巧克力。喀鏘一聲將花朵形狀的杯子放回碟子後，「對了，西奧德爾，你……」夫人慢條斯理開口。

「……對於被稱為『印象派』的那些畫家有甚麼看法？」

西奧握著精雕細琢的細長銀筆的手驀然停下，抬起頭。

「這真是……新興畫家居然能讓您注意到。真是意外。」

「哎喲！」夫人發出略帶不滿的聲音。

「我對流行可是很敏感的。起碼也知道有一群古怪的畫家在世間引起軒然大波。」

「我知道。夫人對藝術的關心遠甚於常人一倍。……不過，我現在才曉得您對印象派也有興趣。」

「哎喲，那可是誤會喔。」夫人更加不滿地駁斥。

「我就算知道印象派，但我可沒有興趣喔。那種毛毛糙糙顏色好像起毛似的畫……還有那看不出哪裡是中央的構圖也是，看著都覺得噁心。」

「您去看過展覽嗎？」

西奧邊寫字邊問。

「不過，『印象派』這幾年都沒有辦畫展……」

「那種展覽我怎麼可能會去……」

夫人略微加強語氣回答。

「……我可沒有那種閒工夫特地去展覽會場看那種可怕的畫。」

「這真是失禮了。……您說的沒錯，夫人。印象派的畫的確很可怕。」

西奧爽快說著放下筆。

「是吧？那你也和我有同樣的看法？」

把印有「古皮爾商會」標誌的信紙摺好塞進白色信封後，西奧站起來。朝夫人莞爾一笑。

「那當然，夫人。印象派……那種東西，根本不在藝術的範疇內。」

接著，他把裝有賬單的信封輕輕塞進夫人戴著皮手套的那隻手中。

一八七八年五月一日。西奧在巴黎迎來二十一歲的生日。

他曾聽森特伯父這個巴黎通說過，五月的巴黎美得無與倫比，伯父果然所言不虛。

從凱旋門筆直延伸的大道，兩旁有七葉樹夾道形成綠蔭，綻放淺紅色如棉絮的花朵。

人們的衣著輕盈明媚，尤其是女性的服裝，已宣告初夏的到來。綴滿白色蕾絲的連身裙，從腰部蓬起的裙子，清涼的薄紗。光是坐在咖啡館的露天座眺望來往行人，心情就已變得輕快。

此刻，身在巴黎。自己的確置身在憧憬的花都——這麼一想，好像占領了世界中心，心頭湧現不可思議的優越感。

光是漫無目的地走在街頭就感到心情激昂。更何況是在知名世博會展場的西奧，此刻不知有多麼喜悅，同時，對於自己在場又有多麼自豪啊。

西奧的二十一歲生日。這天，巴黎的世界博覽會開幕了。

自一八五五年首次舉辦以來，這是巴黎第三次舉辦世界博覽會。評價一次比一次高，為了參觀世博會，人們大舉湧入巴黎。

第一次的世博會，在拿破崙三世統治下，為了凌駕四年前在倫敦舉辦的世博會，法國賭上國家的威信做準備，盛大舉行。以塞納河左岸的戰神公園為會場，邀來世界三十七國參加，總計動員了五百萬人以上。集合世界各國自豪的產業及名品珍品，人們為那種新奇景象陷入狂熱。

對這次成功大為得意的法國，一八六七年又舉辦了巴黎世博會，得到更好的成果。之後，法國經歷了普法戰爭、巴黎公社等艱難的時期，但巴黎克服了那些困境，如不死鳥浴火重生。

第三次巴黎世博會，為了讓世人留下巴黎浪擊不沉成功復興的印象，拿破崙死後成立第三共和的法國政府，決心一定要讓大會圓滿成功，傾全力準備這盛大活動。

隔著塞納河，左岸的戰神公園有各國的——當然，造成普法戰爭的德國並未受邀——展覽館並列，環繞右岸的投卡德侯花園，聳立著壯麗的夏由宮。

幾乎每隔十年舉辦一次的巴黎世博會，展出日新月異的科學技術和最尖端的產業成果，還有來自遙遠異國的珍奇工藝品及文物琳琅滿目地擠滿展場，簡直像是世界各國齊聚巴黎。

是的——單看世博會，巴黎的確是世界中心。

而自己就在這個世界中心。剛滿二十一歲的西奧簡直難以置信。

直到前不久，自己明明還陷入失意的谷底。——工作，人生，人際關係，一切都變得自暴自棄，已經全都無所謂了。

來到巴黎，因為工作關係參與世博會——在「新興的藝術一派」發現另一種「嶄新的表現手法」，讓他的心靈受到無比震撼。

那是匪夷所思的發展。然而，幸運的是，這是真實的。

西奧的父親是荷蘭牧師西奧多魯斯（通稱多魯斯）．梵谷，母親安娜也是荷蘭人，一八五七年生下西奧。故鄉在距離荷比邊境很近的荷蘭南部，北布拉班特省的津德爾特村。

西奧是六個兄弟姊妹中的老三。大家感情都很好，但尤其是比他大四歲的哥哥文森，對他而言是可以分享一切喜怒哀樂的好友。不，與其稱為好友，毋寧該說——二人之間，有種彷彿對方是自己的半身猶如雙胞胎的奇妙連帶感。哥哥和自己是難分難捨的關係——二十歲時，西奧便已自覺這點。

梵谷家代代都是牧師或從事畫商，也一直很成功。西奧的曾祖父和祖父一輩子都是牧師，父親的三個兄弟都是知名的畫商。

父親多魯斯是非常認真的神職人員，可惜經濟狀況拮据。文森和西奧兄弟長大後只能仰賴伯父照顧。

父親的兄長森特伯父在海牙經營畫廊，非常富有。文森十六歲時，森特伯父把這家畫廊賣給巴黎的合作夥伴「古皮爾商會」，文森得以在「古皮爾商會（原梵谷公司）」的海牙分店上班。

森特伯父沒有孩子，因此非常疼愛侄兒侄女。西奧兄弟的父親光靠牧師的薪資無法養活大家族，伯父自然不會袖手旁觀。

對於森特伯父慷慨金援自己一家人的舉動，西奧與文森總覺得有點怪異。伯父越幫助他們，就越顯出父親的無能。「伯父幫了咱們家這麼多，我每每在想，這樣真的好嗎？」哥哥表情複雜地說，西奧也深有同感。

然而，到頭來，文森還是只能按照森特伯父鋪好的路子走。

最要好的哥哥去了海牙，西奧非常寂寞。到了夏天，他簡直是翹首等待文森返鄉。久違的哥哥好像變得成熟穩重了。對於從小瘦弱多病的西奧而言，文森已不只是好友和雙胞胎兄弟，更成為崇拜與尊敬的偶像。

假期結束，哥哥又要回海牙了。文森輕拍捨不得和哥哥分開的西奧後背，說道：

——無論我在何處都不會忘記你，西奧。

你是我最好的朋友。

——我想像文森一樣。

我想成為強大、聰明、工作幹練的大人。

西奧越發憧憬。和文森一樣，最愛觀賞荷蘭與法國的繪畫，對美術深感興趣的西奧，到了十六歲時，就在森特伯父的指引下去「古皮爾商會」布魯塞爾分店上班。雖然平日無法與哥哥見面，但是彼此走在同一條路上的信念，在西奧心頭燃起驕傲的火光。

畫廊的工作讓西奧充分發揮了天性。他機敏又伶俐，了解顧客的喜好，和上司打交道也很圓滑。「古皮爾商會」的社長阿道夫．古皮爾有時會來視察西奧的工作表現，他似乎已發覺做弟弟的遠比哥哥更適合當畫商。

在布魯塞爾分店工作十個月後，西奧風光調至海牙分店。同時，二十歲的文森也從海牙分店調往倫敦分店。因為上司判斷，兄弟倆待在同一家分店有可能結黨營私，絕非好事。

西奧原本一心以為終於可以和哥哥一起工作，所以特別失望。不過海牙和倫敦也有許多合作業務，因此二人開始頻繁往來文件與書信。

我知道你是多麼專心投入美術——文森寫信對弟弟說。——我很高興你喜歡米勒、傑克、施萊爾、蘭比奈、弗蘭斯・哈爾斯這些人。

西奧無論工作時或私人時間都積極前往美術館，熱切觀賞荷蘭和法國最尖端的畫家作品。

他也不知道自己為何如此深受美術吸引。但他只覺得一定得趁現在看，一定得趁現在趕緊發現——彷彿乾涸的喉嚨亟需清水滋潤，他一心一意和繪畫面對面。

不可思議的是，他從未想過自己動手畫畫。他只是非常喜歡看畫，更喜歡去尋找自己喜歡的畫。而且，當他發現自己覺得了不起的畫家時——彷彿聽到神諭，靈魂都會為之顫抖。

——文森肯定也一樣吧。

西奧深信，哥哥擁有和自己一樣的感性。對，文森和自己都擁有發掘優秀畫家的眼光。或許將來有一天，我倆可以離開古皮爾，一起經營畫廊——西奧想。

有一天，我們兄弟倆一定會一起工作。

然而西奧的期待落空，文森脫離了畫商之路。

本就心思重又虔誠的文森，於派駐倫敦期間失戀，為此陷入苦惱的谷底。森特伯父看不過去他的消沉，把他調去巴黎總店，卻仍然無法排解他的嚴重失落，最後只好讓他離開「古皮爾商會」。那是文森二十三歲的春天。

彷彿與之呼應，西奧也同樣陷入嚴重的憂鬱。初戀對象突然去世，他對上帝和美術、工作、人生，全都失去了信心。

這個時期，文森與西奧的心背道而馳，蕭瑟地漸離漸遠。

文森整天埋頭看聖經，逐漸認為唯有神的國度才是自己的心靈歸依。但他或許還是比西奧幸福。因為他至少還有心靈依靠。

至於西奧，彷彿被獨自扔進漆黑的暗夜汪洋，只能漫無目標地在憂鬱的浪濤間浮沉。

就在屆滿二十一歲的前夕，西奧要去巴黎了。

是森特伯父擔心這個向來器重的侄子，趁著「古皮爾商會」巴黎總店要在巴黎世博會展出，特地安排西奧去展場負責。

雖然西奧對工作和美術似乎都已完全失去興趣，但森特伯父認為，只要換個環境，西奧肯定又會像原先一樣開始努力工作。

要讓煩惱多多的年輕人重新振作，需要巴黎這劑特效藥——只可惜這劑特效藥對文森並不管用。

在巴黎世博會主要展場的法國館，集合了代表法國的一流企業展出。「古皮爾商會」就是其中之一，琳琅滿目地展出法國藝術學院派畫家們的各種傑作。

面對從世界各地趕來參觀的人們，要展出法國最自豪的畫家作品，加以解說，接受訂單，賣給顧客。西奧就是被提拔負責這個重責大任。

感覺上，就像突然被人從晦暗的大海拽起來，轉手扔進光輝燦爛的遊樂園中央。

已經無暇再憂愁苦悶了。全世界的人都為了世博會湧向巴黎。而且會來到「古皮爾商會」，來到自己面前。

——只能毅然接受。

巴黎這劑特效藥，世博會這個魔法，對西奧非常管用。

西奧精神抖擻地接待顧客，拚命解說，努力推銷作品。驀然回神，才發現自己已忘我地投入。西奧越熱切，顧客也跟著熱切聆聽西奧的解說，凝視展出的繪畫。

有一次，一個看起來就很高傲的男人率領大批隨從，身著禮帽和常禮服，來到世博會的「古皮爾商會」展出攤位。這個留著八字鬍的男人，正是當時的法國總統帕特里斯・麥克馬洪。

麥克馬洪總統忽然詢問負責「古皮爾商會」展出攤位的西奧：

——這是學院畫家吧？

——是的，總統閣下。是亞歷山大．卡巴內爾的作品。他從神話和歷史中尋找題材，畫出完美的人物與風景，是非常少有的偉大藝術家。

——那個又是誰？我沒見過這個畫家。這幅畫看起來像是平凡無奇的「波浪」……。

——不，總統閣下。想必您應該在哪看過。這是居斯塔夫．庫爾貝這位社會主義寫實派畫家的作品。如您所言，乍看之下平凡無奇。但是這位畫家極力排除無謂的物體，純粹只描繪「波浪」本身的意圖……。

西奧幾乎一點也不緊張，口齒伶俐地對答如流。那一瞬間，全世界的視線彷彿都集中在這個弱冠二十一歲的年輕人身上。總統滿意地點點頭，就此離去。

——有一套喔，西奧德爾。面對總統竟然毫不退縮！你是古皮爾的驕傲！

剛才站在西奧身旁卻一句話也不敢對總統說的上司，這時大力拍打西奧的後背。

的確，幸運女神好像正對著自己微笑。

同時，也有另一個自己，對於面對總統照樣可以坦然自若做出「言不由衷」解說的自己感到莫名的不安。

當時，有一派畫家令西奧深感興趣。

那群畫家發現了和古皮爾展售的學院派畫家截然不同的表現手法。他們被社會大眾狠狠奚落，說他們是一群無處可去只能抱團取暖的落魄畫家，是看了都嫌傷眼的墮落畫家。

然而，以古皮爾的世博會主辦者身分來到巴黎的西奧，看了他們的畫作複製品後，卻不禁心情激盪。

他甚至擔心，光是看到複製畫都如此悸動了。如果看到真畫恐怕會心跳停止吧——。

由此可見，他們的畫作對西奧而言是多麼重大的「事件」。

那群畫家，被稱為「印象派」。

人們說，這群人沒有扎實的素描打底，也沒有明確的構圖，色彩的配置也毫不優雅洗鍊。換言之，只憑畫家一時的「印象」作畫，低劣得簡直不配稱為繪畫，只不過是「印象」罷了。

——可怕的畫。不配列入藝術的範疇。

可是西奧深受這一派吸引。就像重新墜入愛河。

二十一歲的西奧此時還不知道，他的哥哥文森，同樣對這一派產生興趣，之後甚至開始畫畫。

一八八六年二月上旬・巴黎・十區・歐特維爾街

昏暗的公寓陋室內，加納重吉湊近牆上掛的老舊水銀鏡面，努力試著在脖子繫上白色領結。

真是的，這種領結老是麻煩得要命。明明不知已打過多少次了，可是每次打出來的領結還是歪七扭八。

腦中響起東京開成學校的學長，也是留法的前輩，如今更成為重吉雇主的林忠正的聲音。

——聽著，重。我們日本人，在這巴黎不管去哪都是注目的標的。受到注目的原因有二。

一個，當然是因為我們是東方人。黑頭髮，黃皮膚，塌鼻子，小短腿。我們的外貌，無論哪一處，在西方人看來大概都很滑稽。

可我們不可能把頭髮變成金色，皮膚也不可能漂白。就算穿上再高的鞋子，也無法掩飾短腿。

就算因此乾脆反過來穿上日式大禮服，強調我們是日本人，也只會被人瞧不起。

那麼，我們究竟該怎麼做呢——當然是盡量完美、優雅地效法西洋紳士的裝扮。只要完美地穿上西服，首先外表就可和法國人並列。當然實際上根本不可能齊頭並列，但總之，至少可以展現出我們要齊頭並列的氣概。

再加上發音完美的法語，說點可以討好女士的幽默玩笑。

如此一來，人們就會覺得，咦，這個東方人還挺有一套的嘛。

做到這個地步，總算可以朝他們站的位置接近一步了。

因此，重，對於剛到巴黎的你，我期待的，首先是完美的西式穿著。領結一定要打好。不能像之前那樣打得鬆垮垮或歪七扭八。要凜然，高雅，又輕盈。你可要好好注意喔。

「這也不能怪我吧，我本來就手笨。」

彷彿忠正就在眼前，重吉一個人嘀嘀咕咕。

「……對了，第二個原因是甚麼？我們在巴黎受到注目的原因之二……」

——受到注目的原因之二。那就是現在巴黎掀起的「日本主義」旋風。

此刻，巴黎的資產階級競相搜購日本美術品。當然，不能說所有的有錢人都是，但是有虛榮心、好奇心旺盛、喜愛新鮮事物、成天只想著高人一等的新興資產階級，無論如何只想尋求「過去沒有的東西」。

這種人看上的，就是日本美術。

我在巴黎已待了八年，可我做夢也想像不到，日本美術竟然會受歡迎到這種地步。不只是巴黎。在維也納和倫敦也是……日本美術在歐洲各地都人氣高漲。

所以，我們的店也一帆風順，我也才能特地把你從日本叫來。

在巴黎當紅的日本美術。專賣優質日本美術品的「若井・林商會」。身為社長的我，和最近剛從日本抵法的你這個經理。完美穿著西式紳士服的二個日本人。

——如何？你說這樣怎麼可能不受注目？

砰！硬物砸到窗上的聲音響起。本來正專心照鏡子的重吉，吃驚地朝窗口轉頭。

他走到窗邊，推開玻璃窗。重吉的房間是沒有陽台的四樓房間。探出身子往下一看，下面停了一輛有篷馬車，步道上站著一個裹著斗篷式大衣的日本男人，正在抬頭仰望。

「——林學長！」

重吉大喊，忠正一個大甩手，用力丟來甚麼東西。「好痛！」重吉嚷了一聲，摀住額頭。一顆核桃咕嚕咕嚕滾過拼木地板。

「快下來！」

忠正用法語大吼。

「好！」重吉也用法語回了一聲，也來不及打好領結，戴上禮帽，抓起手杖，忙不迭衝出房間。

他沿著螺旋梯一口氣從四樓衝下一樓。每次上下公寓樓梯時，轉呀轉，轉呀轉的，總是轉得頭暈眼花，最後已搞不清現在走到幾樓了。「若井・林商會」也占據某棟建築的一樓至四樓，但那是棟大樓，樓梯也寬敞，所以不至於頭暈眼花。不過話說回來，如果在公司內往來動不動就頭暈眼花的話，那也不用工作了。

「讓您久等了，不好意思。」

重吉對著站在馬車前的忠正鄭重鞠躬致歉。忠正板著臉說：

「你的道歉我接受。但是不准低頭。」

說完，便匆匆鑽上馬車。重吉愣住了，隨即也跟在忠正後面上車。

車夫啪地甩了一個鞭花，馬車啟動。忠正任由車子晃動，一邊說道：

「……日本人動不動就習慣低頭鞠躬。我剛來時，經常被人說我像腦袋裝了彈簧的人偶。」

重吉和忠正一樣隨著車子晃動，同時無力地應了一聲。

忠正用殷殷告誡的語氣對學弟說：

「重，在這裡，甚麼事都得按照西方的規矩來。只有顧客購買一百法郎以上的商品時才能鞠躬。除此之外，就算我是你的雇主，你也不用對我鞠躬。」

重吉眨巴著眼問：

「那，像今天這樣受邀……那個，面對豪宅的屋主，該怎麼打招呼？」

「不是屋主。是沙龍的夫人。」

忠正立刻糾正他。重吉又迷迷糊糊應了一聲「噢」。

忠正先聲明「聽著，重，你要牢牢記住」，然後對著這個剛抵達巴黎不久的小學弟，仔仔細細把話掰開解釋給他聽。

「在這巴黎，真正的文化庇護者是婦女。在日本，婦女不出面，躲在背後支持丈夫，這樣才被視為美德，但那套在巴黎行不通。丈夫打拚事業建立財富，妻子負責消費財富。買衣服，鞋子，帽子，陽傘。也給小孩穿高級服裝，飼養可愛的小狗，吃各式各樣的糕點……」

這個國家的貴婦們，從頭到腳妝扮得花枝招展，出門去購物或看戲。替家中添購家具用品，把每面牆掛滿畫作，玄關放上雕刻品，為了炫耀那些而邀請客人上門。與其邀一個不如邀請一大群，這樣更能聲名遠播，所以會舉辦大型宴會。

這種宴會，有專門的廚師負責烹調，還有葡萄酒招待。也會找來當紅的鋼琴家或歌手表演，讓宴會非常熱鬧。這就是被稱為「沙龍」的宴會。

紳士淑女們紛紛盛裝打扮來到沙龍。沙龍不只是吃吃喝喝的場所，也是社交場所，談生意的場所。

舉辦沙龍的主人自不待言，受邀前來的客人也一樣，如果只是像木頭人似地來露個面就毫無意義了。紳士們衣著高雅，貴婦們穿著最新的時裝是理所當然，若不表現一下幽默的談吐，就無法展開愛情的追逐遊戲，更不可能談成甚麼生意。

因此，人們湧上街頭採購最流行的時裝，參加演奏會，參觀戲劇和展覽。拚命搜尋甚麼是巴黎此刻最大的話題。

如此一來，不可能不去碰此刻位於流行尖端的「日本美術」。

「專賣流行最先端日本美術的日本畫商——這就是我們的定位。所以，我們沒必要對他們點頭哈腰。保持泰然自若的態度就行了。」

忠正稍微抬起下巴面向前方。重吉彷彿已充分理解似地點點頭，說：

「那麼，對沙龍夫人打招呼時，只要直挺挺站著說聲『晚安，夫人』就行了吧。」

忠正一聽，不禁噗哧噴了。接著吃吃笑了起來。

「拜託，你也太老實了吧……不過，這也是日本人的美德吧……」

忠正一邊嘀咕，似乎好半天都止不住笑。

重吉被忠正這麼一笑有點氣惱，但他發現頭一次受邀出席「夫人的沙龍」的緊張，好像也隨之沖淡了。

林忠正初次搭船前往巴黎，是一八七八年（明治十一年）。當時忠正二十六歲，再過半年便可從東京開成學校畢業。校長濱尾新勸他打消赴法的念頭。校長說，學校無法等到你歸國，如果你現在去法國就得退學，那樣對你太不利了所以還是算了吧。

但忠正不肯聽從，他選擇了立刻赴法放棄畢業。

比忠正小三屆，同屬諸藝科的重吉，對於身在學習英語已成趨勢的開成學校還能目不斜視專心學習法語的忠正這位學長極為仰慕。忠正這廂也頗為疼愛被同學視為「眼裡只有法語的偏執狂」的重吉。

二人競相閱讀法文書籍，用法文寫讀書心得互相交換，三天兩頭去法籍教師住處用法語頻頻發問，總之非常熱心學習。

在重吉看來，忠正不只是擅長外語的高材生。還擁有一旦決定要做就絕對會做到底的氣魄，能夠俯瞰事物的冷靜，是個「動」「靜」兼備的人物。

擅長法語這點的確不尋常，但忠正常說，即使外語能力出眾，如果只是死背字典增加語彙還是毫無意義。

——外語能力要用了才有意義。就算看得懂外文書，如果現實生活中不能拿來用還是等於毫無所知。

我想運用活生生的法語。我想去法國，去巴黎，在周遭全是法國人的環境中，測試自己的語言能否與人溝通。

忠正是認真的。重吉雖對忠正有同感，但他忍不住想像，如果是自己被扔進周遭全是法國人的環境中，自己又會怎麼做呢？

可以想見，自己肯定會在金髮碧眼穿西服的外國人之間分不清東西南北，穿著日式寬褲禮服六神無主。沒有白米醃梅干日本酒，也沒有木屐榻榻米木頭澡盆，為此慌亂失措。自己的目標當然也是出國留學，想去巴黎的心願是真的。然而內心深處，也覺得那畢竟是白日夢。

可是再看看忠正。他是真心要去巴黎，為此不惜一切手段——他身上有那股拚勁。

想必有一天，林學長一定會去巴黎吧。屆時，自己也想追隨學長去巴黎。

不，是絕對要去。

重吉在心底偷偷立誓。

某天傍晚，忠正邀他出去。在他們常去的日本橋茶屋包廂一坐下，忠正劈頭就說：

——我要去巴黎。

那是忠正像念經一樣成天掛在嘴上的話，但這天的忠正眼神不同。幾乎迸射火光的喜悅與興奮，蘊藏異樣的光芒。

——明年五月，要在巴黎舉行世界博覽會。在日本政府主導下，民間幾家企業好像已決定參展。

如此一來，那些企業肯定需要法語口譯人員。我透過熟人介紹和民間企業的人當面交涉過了。我說，如果讓我去一定可以完美地翻譯。

忠正去毛遂自薦的地方，是「起立工商會社」這家民營企業，是日本剛結束鎖國政策後為了促進日本貿易由政府金援成立的國策公司。

當時，受到歐美的壓力，日本只好讓各種物品進口。但是由於國內產業尚未發達，日本能夠出口的物品有限。茶葉，和紙，某些農產品，再加上美術工藝品之類的雜貨。這些為數不多的物品，就是日本能夠推銷到海外的東西。

「起立工商會社」銷售美術工藝品及雜貨，生意還算過得去，先在紐約開分店，接著又開了巴黎分店。世博會是各國介紹各種產業及物產的外貿交流市場，如果在巴黎這樣的大都市舉辦，人們自然會從世界各地聚集而來，成為一大宣傳。「起立工商會社」也計畫趁此機會介紹日本的優秀美術工藝品，進而找到銷售管道。

該社副社長若井兼三郎，被主動登門拜訪懇求同赴巴黎的林忠正這個年輕人非比尋常的熱情打動了。

不管怎樣都想去巴黎，請務必讓我同行，我一定會派上用場——面對如此慷慨陳詞的忠正，若井說，你既然法文這麼拿手，現在就試著用法文把這個花瓶推銷給我。若井遞來的是擺在手邊的伊萬里燒陶壺。

忠正雖然法語流利，對於陶瓷卻毫無所知。但他的大膽壓過了惶恐。

——這個陶壺是日本自古流傳之物，備受珍重，甚至在古代獻給皇帝，價值昂貴。這麼美麗珍稀之物竟然渡海來到巴黎，老祖先要是知道了肯定會大吃一驚。日本的陶器本就是無與倫比的藝術品……他口若懸河的解說，讓若井當下極為中意。

——此人的法文到底有多好，老實說我不知道。但是，要去當地和西洋人打交道，絕對需要這種膽量。

就因為這樣，忠正終於要去巴黎了。

學長的膽量和行動力，以及運氣之佳，令重吉驚訝得啞然。

他愣然凝視滿面得意的忠正片刻，最後終於回過神問：

——甚、甚麼……甚麼時候？甚麼時候，去巴黎……？

——明年一月。世博會是明年五月揭幕，所以必須先去做準備。

——啊？那，學校呢……？

——當然是退學。其實我已向校長遞出退學申請了。雖然校長說只剩半年便可畢業這樣退學太可惜，但是如果等到畢業就會錯失這趟去巴黎的機會。對我而言，去法國比畢業更重要。

忠正仰頭一口灌下熱酒，乾脆地說。重吉再次目瞪口呆。

別的學生全都卯足全力想從日本首屈一指的名校開成學校畢業，以便告慰雙親衣錦返鄉，可是忠正卻完全不把那種東西放在眼裡。這是個偉大的人物。重吉再次暗暗嘆服。

然而，再仔細一聽，忠正在「起立工商會社」的身分，只不過是巴黎世博會期間的口譯人員，是展出期間雇用的臨時工。

忠正在巴黎當然無親無故，也不可能有地方賺錢。縱使終於如願成行，等到為期半年的世博會結束，還不是又得返回日本。屆時以他退學中輟的身分，回國後恐怕也無處容身。

這樣左思右想後，重吉頓時開始擔心忠正前途渺茫。但忠正自己卻始終態度瀟灑，還說這是小事不用擔心。

——的確，就算去了巴黎，我也無處投靠。不過，只要去了就是我的勝利。到時一定會有辦法的。

然後，他對著學弟困惑的臉孔，興奮地說：

——你也來巴黎吧，重。

我會替你鋪好路子，讓你也能順利來巴黎工作。等我全部安排妥當之後，屆時，你一定要來巴黎喔。

好嗎？一言為定喔。

對於學長破釜沉舟的決心，本來半是困惑半是目瞪口呆的重吉，聽到忠正這個單方面的強迫約定，不禁綻開笑容。

——是的。

林學長就是這種人。

行事果斷，不管將來如何，只是勇往直前……一旦開始邁出步子奔跑，就再也無人能夠阻擋。

然而，一旦秉持信念說出口，就必然會堅持實現到底。

那，就是林忠正。

載著忠正與重吉的馬車，抵達位於布隆森林附近的蒙特．德．佩雷爾伯爵府邸。

白色外牆的豪宅門口絡繹有馬車抵達。跟著忠正下車的重吉，一走進玄關門廳的瞬間，不由驚呼：「哇……」

天花板垂吊光芒璀璨的水晶吊燈，光潔大理石的螺旋梯，深藍色天鵝絨搭配植物花紋的牆壁。毛茸茸又厚實的紅地毯，地毯上優雅穿梭的紳士淑女們。

把大衣和禮帽、手杖交給出來迎接的僕人後，二人走進宅邸深處。

見重吉東張西望，忠正戳戳他的肩頭，「冷靜點。」忠正小聲說。

「你的臉上寫著『我是鄉巴佬』喔。」

重吉一聽，不禁雙手拚命搓臉。忠正見他這樣，好不容易才繃住臉上的笑意。

「嗨，阿雅西，你好。」

背後傳來對林（Hayashi）的「H」不發音的法式呼喚，忠正與重吉轉頭一看。站在那裡的，是體型纖細穿著燕尾服、眼神銳利的男子。

「嗨，薩穆爾，你好。」

忠正立刻打招呼。二人握手，用法語寒暄片刻。重吉抓不準幾時該加入對話，只好站在距離二人略遠處一邊喝雞尾酒一邊發呆。過了一會，忠正使個眼色，重吉連忙神色緊張地走過去。

「我來介紹一下。這是我們『若井・林商會』的新任經理，加納重吉。重，這位是薩穆爾・賓先生。是巴黎最有名的日本美術商。」

重吉低聲乾咳兩下後，「您好，敝姓加納。很榮幸能見到您。」說著迷糊地遞出還握著手套的右手，然後又連忙把手套換到左手，再次伸出右手。

賓的嘴角浮現豪放不羈的笑容，握住重吉的右手。

「第一次來巴黎？」

聽到賓這麼問，重吉連忙回答：「是。才剛到一個月左右。」

「這樣啊，歡迎來到巴黎。這是個寬容的城市喔。即便像你的社長和你這種異國人，巴黎也會默默接納。……當然我也是。」

賓的說話態度有點嘲諷，但他自己，據說是德國人。他經營「S．賓商會」這家畫廊，正如忠正的介紹，主要買賣日本美術品，在巴黎的日本美術愛好者之間是無人不知無人不曉的名人。

說穿了賓應該是自家的競爭對手，忠正卻和他非常親熱地交談。深入敵營或許也是西式做買賣的方法？還不大了解行規的重吉，還是無法加入對話，只能在一旁手足無措。

忠正彷彿忘記自己是和重吉一起來的，只顧著和賓聊得起勁。重吉只好死心，決定自己在宅邸內四處轉轉。

這場宴會聚集了各式各樣的人。綴有羽毛的帽子，高腰長裙，絲綢緞帶，優雅搧動的扇子。四下瀰漫的玫瑰芬芳，高腳杯中氣泡酒湧起的氣泡。漂亮的各種家具用品，以及掛在牆上的無數畫作。

家具用品中，也不動聲色地點綴著日本風情的屏風和中國式椅子。重吉走近其中之一。

——哇，這倒是非常精美的屏風。……畫的是孔雀和大象嗎？這個構思很有趣。不知是哪個畫家的作品？

雖然重吉是以美術商「若井・林商會」新任經理的身分來到巴黎，但他其實對日本美術不太熟悉。

所以，之前暫時返國的忠正正式邀請他來巴黎時，重吉之所以第一個反應是婉拒，就是懷疑不了解美術的自己能否幫上忙。但是忠正立刻大聲喝斥。

——你就是因為這樣所以才永遠無法離開日本！難道你打算一輩子當「井底之蛙」？

「不好意思，先生……請問，您是日本人嗎？」

正盯著屏風看得入神時，背後又傳來呼喚。轉身一看，面前站著一個規規矩矩打著領結，穿著筆挺燕尾服的紅髮青年。

「對，我是。我叫做加納重吉。……請問您是？」

青年莞爾一笑，伸出手指修長的右手。

「我叫做西奧多魯斯・梵谷。現任二區的『古皮爾商會』畫廊經理。……以後還請多多關照。」

重吉回視青年暗褐色的雙眸，握住遞來的那隻手。

這就是他與今後將會深深影響彼此人生的人物最初的邂逅。

一八八六年二月下旬・巴黎・十八區・魯匹克街

蒙馬特街頭，熱鬧的商店及公寓林立的街旁某扇門前，載著西奧多魯斯·梵谷的馬車停下。

從馬車下來的西奧，轉頭眺望街景。和西奧任職的畫廊「古皮爾商會」所在的二區相比，此地的街景感覺非常庶民。有點雜亂且不知會發生甚麼事的氛圍。正因如此，比起資產階級喜歡的高級地區，此地更加有活力。

——還是蒙馬特好。

西奧在心中嘀咕。

——二區實在不合我的性子。待在這一帶更輕鬆自在。

實際上，彷彿要逃避白天正經八百的業務，一到晚上就跑來蒙馬特周邊的咖啡館或酒館喝酒解悶，已成了當時西奧的固定行程。

幾年前，他在熟人的喪禮上對同鄉友人的妹妹一見鍾情，卻始終不敢表白。也因此，他很想拋開那個青澀的自己。

然而這天，西奧來到蒙馬特並不是為了在夜晚的街頭尋歡享樂。他在上班時間交代店員要去拜訪客戶，偷偷造訪同行的畫廊。

西奧的腋下夾著一幅用牛皮紙包裹的畫。重新拿穩畫後，西奧按下門旁的門鈴。釘鈴的聲音響起，過了一會門開了。一名金髮梳理得服貼整齊，西裝筆挺的青年探出頭。

「我是『古皮爾商會』的西奧德爾・梵谷。」西奧用法式發音報上名字。「請問波提耶先生在畫廊嗎？」

「他正在等您。請進。」似乎是店員的青年邀請西奧入店。

阿豐斯・波提耶的畫廊規模不算太大。不過，店內對西奧而言簡直是夢幻王國。

小客廳似的室內牆面，密密麻麻掛滿木板畫。那些全是日本的浮世繪。包括喜多川歌麿的美人畫，歌川廣重的人物畫，葛飾北齋的富士山風景等等，張張都是線條明確清晰且色彩鮮豔的版畫。正因為房間小，密集的浮世繪醞釀出的濃厚氣氛幾乎把人壓得喘不過氣。

不只是浮世繪。波提耶畫廊的鎮店之寶，是裡屋掛的幾件印象派畫家的作品。愛德華・馬內、克羅德・莫內、亞爾弗雷德・西斯萊、奧古斯特・雷諾瓦。雖非大型作品，但件件皆可感到畫家滿懷親密感去描繪的熱情。巴黎雖然畫廊眾多，展售印象派作品的畫廊卻寥寥無幾。波提耶畫廊正是其中之一。

經由同行介紹初次來到這家畫廊時，西奧不知有多麼興奮。浮世繪的版畫和印象派的油彩畫，這兩種截然不同的繪畫掛在同一面牆上——可是那種展示卻產生驚人的和諧感。

西奧激動得背後大汗淋漓。西奧驀然想起，當時他還怕被畫廊主人波提耶發現自己的激動，始終勉強保持從容的態度。

西奧感到，這幾年來在資產階級之間已成為一種流行的浮世繪，和在學院派執牛耳的法國畫壇迄今仍被當作異端的印象派畫家作品，竟然不可思議地相互呼應——。眼前的展示分明證明了這點。

西奧任職的「古皮爾商會」，和波提耶畫廊處於完全相反的位置。

「古皮爾商會」經手的作品，不是隸屬學院的畫家，就是學院派畫家推薦的畫家，或者由法國藝術學院負責審查的官方美展入選畫家。換言之，古皮爾商會對於和藝術學院沾不上邊的畫家作品不屑一顧，將來也完全不打算經手銷售。

十九世紀後半的巴黎美術市場，全靠新興資產階級旺盛的消費能力支撐。只賣學院派畫家作品的「古皮爾商會」值得信賴——依據這個準則，資產階級對畫廊的業績貢獻卓著。

另一方面，他們也特別迷戀新穎事物。不管是甚麼，總之只要夠新鮮夠有趣——但必須是別人先發現已經貼上「有趣」這個標籤的東西——他們就會一窩蜂湧來。那種新玩意之一就是「日本美術」。

日本美術最初被介紹到法國，是一八六七年巴黎舉辦世界博覽會時。當時日本仍在江戶幕府的統治下，剛開始戰戰兢兢地對世界打開生鏽的大門。悄然生存在極東之地的島國，要展現神秘的片鱗半爪，美術品就成了最佳展示品。

比黑夜還深的黑漆上，燦然生輝地用金泥精細描繪鶴與龜。彷彿割下一方黑夜的文具盒，盒蓋上鑲嵌著幻化虹彩的螺鈿蓮花。豎立的屏風上描繪的是細雪紛墜的蒼松，枝頭凜然棲息的老鷹。纖細精緻的工藝品和陶瓷器、平坦卻又讓人感到奇妙深邃的繪畫。這些前所未見的表現手法，令人們目不轉睛，為之驚嘆、狂熱。那是「日本」被歐洲接納的歷史性的瞬間。

之後，一八七八年的巴黎世博會，日本展館進一步大規模介紹日本美術。這時已出現熱心收集日本美術的收藏家，日本美術的愛好者被稱為「哈日族」。專門經手日本美術的畫商也在巴黎開店，積極呼應哈日族們的購買意欲。

西奧也是在一八七八年的巴黎世博會驚豔於日本美術的欣賞者之一。

一八七八年巴黎世博會時，二十一歲的西奧，身為在法國館設攤參展的「古皮爾商會」一員，天天去會場報到。就在那裡，他第一次看到日本美術。

——巴黎雖然充滿各種刺激，但對我而言最刺激的，就是與日本美術的邂逅。

西奧寫信這麼告訴哥哥文森。

文森因失戀及畫商工作受挫的打擊陷入憂鬱，一度返鄉後，決心成為神職人員，當時正滯居比利時。西奧經常寫信給對人生正感絕望的哥哥。

——哥哥在巴黎時，或者在倫敦，可曾有機會看到日本美術？我這裡，現在美術愛好者好像正瘋狂迷戀日本美術喔。

老實說，我本來還奇怪那到底有甚麼了不起，但這次在世博會的日本展館，我終於有機會看到大批的日本美術。

我形容不出來，總之和過去見過的任何美術都不同。

我很想讓哥哥也親眼見識日本美術。我總覺得那應該會成為哥哥人生的某種契機……。

西奧暗示文森不如來巴黎，接觸日本美術——嶄新的美術。然而，哥哥的回信似乎對此不感興趣。

世博會閉幕後，西奧就直接留在巴黎的「古皮爾商會」工作。把自己對日本美術的遙遠憧憬暗藏心頭，努力向資產階級推銷學院派畫家的作品，成了西奧的主要業務。

然而，日本美術帶給他的衝擊並不只是暫時性的。對日本美術隱約懷抱的「思慕之情」，日後也一直在西奧的心中縈繞不去。

西奧渴求更自由開闊的表現手法。巴黎這個城市的繁華，即將到來的二十世紀，似乎都在誘惑自己解放。

日本美術之外，讓他興奮的另一股美術潮流，已在當時的巴黎出現。——那就是「印象派」。

印象派——這是人們嘲諷新出現的革命性畫家團體，惡意替他們取的綽號。一八七四年，在攝影家納達爾的工作室舉辦了一場革命性的展覽「畫家．雕刻家．版畫家共同出資公司　第一屆展覽」。不大的工作室內，畫家們的個性互相碰撞放出閃光。和只有一大堆類似作品陳列的官方沙龍美展截然不同的樣貌，令到場者難掩困惑。

參加這次展出的畫家們，是一群帶著管裝顏料和調色盤、畫架、畫布，從陰鬱的畫室奔向陽光燦爛的戶外的「離經叛道者」。他們尋求的繪畫題材，是平凡無奇的巴黎街頭與郊外風景——清風吹過的行道樹，安逸坐在咖啡館的人們，波光粼粼的塞納河面，陽光中的少女等等。畫中完全找不到描繪精美卻呆板的女神或神聖的宙斯。自由奔放的筆觸和歌唱般的色彩，以及謳歌巴黎街景與日常生活的凡夫俗子，才是畫中的主角。

這次展覽，克羅德．莫內也展出了一幅作品。題為〈印象．日出〉的這幅畫，描繪勒阿佛港口的水平線彼方，太陽正要升起的瞬間。船隻化為黑影浮現水面，風景籠罩朦朧薄霧，洋溢水溶溶的晨光。那已超越寫實，似乎正是將畫家感受到的「印象」直接轉換為「繪畫」。

看了這次展覽的藝評家路易．勒魯瓦不屑地將之貶斥為「印象主義的展覽」。諷刺的是，「印象派」這個名稱本是為了刻意諷這群畫家離經叛道不守法國畫壇規矩，沒想到後來卻廣為一般大眾接受，就此定名。

日後被稱為「第一屆印象派展」的這場革命性展覽舉辦時，西奧還沒來到巴黎。但，一八七九年舉辦的第四屆展覽他終於得以親眼目睹。已在「古皮爾商會」巴黎總店任職第二年的西奧，無論如何都想見識當時已成為街頭巷尾話題的「奇妙團體」印象派的展覽——於是鼓起勇氣去了會場。

面向歌劇院大道的會場，擠滿好奇前來參觀的巴黎市民。西奧一踏入展覽室的瞬間，就感到耀眼奪目得睜不開眼，不由自主瞇起眼。

——這是甚麼？……簡直像光線的洪水。

盯著一件又一件掛在牆上的畫作，他感到心跳無法控制地加快。長年壓抑在心底深處的感情，似乎再次覺醒了。那和他在巴黎世博會初次目睹日本美術時的感受一樣。

——好想做點甚麼。

那一刻，西奧感到一股無法按捺的衝動湧上心頭。

——這才是嶄新的繪畫。是我們這個時代的美術。我想代理推銷的，就是這種作品。

當時，西奧已對「古皮爾商會」經手的「商品」產生疑問。對有錢的客戶擠出皮笑肉不笑的虛假笑容，努力解說學院派畫家的作品多麼有價值的自己，不知幾時已開始讓他憤怒。

但他不可能放棄工作。在他有義務養活老家父母和哥哥的情況下。同一時期，哥哥文森還是沒找到固定工作，也無望成為神職人員，但文森希望起碼能成為傳道師。於是一邊輾轉荷蘭各地，一邊對社會底層的窮苦大眾傳道。老家的經濟情況也不樂觀，西奧是全家唯一的希望之星。

雖然西奧覺得學院派畫家的作品老套陳腐，也不可能就此離開「古皮爾商會」。不僅不能離職，還得繼續花言巧語地遊說顧客，拉抬自己的業績早日升職才行。

真正想做的，和實際在做的之間橫亙著鴻溝。有時自我反省，西奧覺得自己好像也沾染了本來最輕蔑的資產階級習氣，不由毛骨悚然。

——至少對哥哥，要老實告白。

任職「古皮爾商會」的第三年。有一次，西奧終於在寫給文森的信中吐露心聲。

——我對法國學院畫家已經毫無興趣了。如今更吸引我的，是二種藝術。一個是日本美術。另一個，則是印象派。

對於你開始畫畫的事，我不知道爸媽是怎麼想的，但我倒是舉雙手贊成。而且我還期待著，既然你要畫畫，不妨研究一下日本美術和印象派的作品，創造出他們那樣……不，是超越他們的作品。

文森用了二年左右的時間摸索如何成為傳道師，但在經濟因素及家人的反對下，最後不得不黯然放棄。失去人生目標的文森，開始速寫附近居民及風景聊以自慰，想畫畫的意識逐漸變得越來越強烈。

這年，為了幫助窮困的哥哥，西奧開始寄錢給文森。不管怎樣，只要哥哥能夠重新找到生存的活力就好。基於這個念頭，他勸說、鼓勵哥哥繼續繪畫。並且表白自己也處於艱苦的立場，希望哥哥對自己真正感興趣的日本美術、新表現手法、革新的美術，也能同樣寄予關心。

——上次，我去了阿豐斯・波提耶這個人的畫廊。他把浮世繪和印象派的畫作一起掛在畫廊牆上。嶄新的構圖，鮮豔的色彩。產生一種美妙的和諧。我真的很興奮。那天甚至遲遲無法入眠。……我真恨不得哥哥也能親眼看到那些作品。

然而，西奧始終沒有得到哥哥想看日本美術及印象派的答覆。

西奧的心中，如暖爐餘燼的念頭始終還在悶燒。

被帶進波提耶畫廊會客室的西奧，把夾在腋下用油紙包裹的畫放在長椅上，等候畫廊主人現身。

通往隔壁房間的門倏然開啟，阿豐斯・波提耶出現了。

「嗨，西奧。」笑嘻嘻走來的波提耶與西奧握手。

「好久沒在白天見到你了。」

波提耶也同樣一到夜晚就會現身蒙馬特一帶的咖啡館或酒館，有時也會和西奧同桌。

相較於「古皮爾商會」，波提耶算是新興畫廊經營者，但他積極展售自己感興趣的作品，讓喜愛新鮮事物的巴黎人成為他的得意顧客。他也早早就開始推銷浮世繪與印象派作品，雖然也曾有段時期門可羅雀備嘗辛酸，但最近二者都人氣高漲，業績似乎也直線上升。

在西奧看來，波提耶能夠把西奧長期憧憬渴望代理的畫家作品變成畫廊常設展品，自然是令人羨慕的對象。西奧認為，波提耶具有和同屬新興畫廊經營者的安布魯瓦茲・沃拉爾同等，甚至更敏銳的感性來判讀時代趨勢。

西奧今天，就是帶來一幅特別的作品想讓波提耶瞧瞧。

當然，那不是古皮爾展售的作品。是截然不同的——西奧個人直覺「一定要讓波提耶看看」的作品。

「謝謝你在百忙之中特地抽空見我。」

西奧緊張得手心冒汗，但他表面上絲毫不露痕跡，表情沉穩地道謝。

「哪裡，因為是你說有作品想給我一個人看嘛……這可不能忽視，所以我很期待喔。」

波提耶龐大的身軀窩進柔軟的沙發，如此說道。

「到底是誰的作品？該不會是傑洛姆的新作吧……」

「很遺憾，並不是……」西奧回答，冷靜地微笑。

「不是學院派大師的作品。……是完全無名的畫家。」

噢？波提耶用指尖撫摸山羊鬍。

「……無名的？」

西奧點點頭，默默將畫放到桌上，慢吞吞拆開包裝。

心跳劇烈得幾乎疼痛。但是絕對不能讓對方發現。一定要彷彿發掘了甚麼了不起的畫家，多吊一下他的胃口，慢慢來……緩緩揭開神秘的面紗。

褐色油紙沙沙打開。波提耶猛然探出身子。——可以感到他屏氣凝神。

——二人的眼前，出現一張昏暗的餐桌。

五名男女圍繞小小的方桌。照亮這狹仄陋室的，只有中央垂掛的一盞油燈。那微渺的燈火，微微映照窮人們的臉孔。

穿著荷蘭式粗陋衣著的人們，或許是一家人，正在用餐。但每張臉上都看不見圍繞餐桌團圓的喜悅。瞪著大眼的枯瘦女子。疲憊男人的側臉。他們的臉上，如霧靄般瀰漫對明日前途未卜的不安。

此刻，他們正在分享的食物，是馬鈴薯。就只有水煮馬鈴薯。

右端的女人將咖啡倒入杯中。臉上的深刻皺紋，如實道出她艱困窮苦的人生。這是多麼冷清、落寞的餐桌。絲毫沒有巴黎的繁華——。

「……這是……」

波提耶終於呼出屏息已久的那口氣。蘊藏奇妙光芒的雙眼轉向西奧，如此詢問。

「這是從未見過的畫風。……是誰的作品……？」

西奧筆直回視波提耶的雙眼。心跳越發激動了。

但他盡可能沉靜地，卻又滿懷熱切地回答。

「——梵谷。文森・梵谷。……他是我的哥哥。」

一八八六年二月下旬・巴黎・十區・歐維爾街

大馬路上絡繹有載貨的馬車抵達。馬車的貨台上堆滿許多大木箱。體格壯碩的搬運工把木箱搬到手推車上，喀拉喀拉推著車子走過石板路運往中庭。

捲起白襯衫袖子的重吉就站在中庭。確認從日本送抵的木箱編號，和厚紙板檔案夾的「貨運清單」比對，拿鉛筆打圈作記號。

栗髮碧眼身材修長的「若井・林商會」年輕事務員朱利安，也捲起袖子俐落地不停指揮搬運工。

「從裡面開始向外堆放。……唉呀，不對不對，不能堆疊。這樣還怎麼拆封。拜託一定要平放。動作別太粗魯，一個一個來，輕輕放就好，輕一點……」

朱利安在這家公司才待了一年多，但是相當能幹，也很俐落。

被社長林忠正親自邀來巴黎的重吉，雖然一來就被賦予「經理」的頭銜，但一切都是初體驗，不得不在作業過程中頻頻詢問朱利安。當然，一切對話都是用法語。

這天，忠正去倫敦出差了，畫廊公休，重吉與朱利安二人正忙著檢查和整理剛送到的貨品。

「好，這下子應該全都搬進來了。重先生，清單上的記載和送到的貨物個數吻合嗎？」

被朱利安這麼一問，重吉慌忙重看清單，一邊回答：「對，應該沒錯……」

「不能只是『應該沒錯』。一定得完全吻合。這些可都是我們公司的貴重商品。」

朱利安兩手插腰，用告誡的口吻說。

送抵的貨物，全是從日本進口的美術工藝品。數量共有二百一十五件。這麼大量進貨，真的賣得出去嗎？雖然忠正說「不到一個月便會銷售一空」，重吉還是半信半疑。

「好，現在要拆封了。從一號箱開始拆，重先生，請你一邊比對清單一邊檢查貨品。看看有沒有損壞，有沒有刮痕，有沒有破裂……一定要小心檢查喔。」

朱利安俐落地指揮搬運工，開始按照順序打開排滿中庭的木箱。用撬子靈巧拔起蓋子上的釘子。

一號至十號的木箱是陶藝品。重吉用力一掀開蓋子，穀糠碎屑頓時揚起，直擊眼睛，他大叫一聲雙手慌亂揮舞。然後連打了三個噴嚏。

「看吧，我不是早就說過了，請你小心檢查。」

朱利安吃吃笑著說。

「唉，沒想到遠渡重洋來到法國，箱中居然會出現穀糠。」

重吉用手腕搓揉眼鼻苦笑。不過，的確，就算是容易破損的陶藝品，只要塞在穀糠堆中就不會破了。這也是林學長想出來的點子嗎？即便是這種小細節也令重吉佩服不已。

箱中出現各式各樣的美術工藝品。陶瓷類有花瓶、大盤、香爐、茶杯、酒瓶、酒杯、小缽。漆器類有螺鈿鑲嵌的文具盒、托盤、漆碗、茶具用的小罐、掛肘、衣紋架、有腳小餐盤。鑄鐵類有鐵壺、文鎮、小鐘、菸管、小型佛像、觀音像、惠比壽塑像。

重吉打開用白紙仔細包裹的長條形包裹，取出銅製火筷，半是目瞪口呆地發出驚嘆。

「咦，連火筷都有。」

「這種玩意也能賣給法國人嗎……」

「能啊，那可是暢銷商品喔。用來夾暖爐的木炭正好。」

「原來如此，和日本用於火塘的用途一樣啊。」

重吉想起老家的火塘邊，祖母拿火筷夾木炭的情景。對於法國人不禁湧現一股親密感。

一邊檢查依序取出的器皿及實用品、裝飾品，一邊放進店內深處的收藏庫。先收拾占地方的大件物品，接著才檢查書畫掛軸、屏風、版畫等繪畫類。

掛軸一一裝在細長型盒中。重吉比對清單與盒子上的標記，一邊把卷軸在桌上攤開。

梅花黃鶯、富士山、回眸美人。掛軸只有三件。

「掛軸應該多一點才對，這樣太少了吧。是因為找不到好貨色嗎？」

他望著富士山的掛軸嘀咕，朱利安聽了立刻說：

「林先生說過，掛軸和法國這邊的公寓建築不搭調所以賣不出去。」
的確。奧斯曼式的公寓建築沒有壁龕。天花板也很高，如果垂掛卷軸會顯得很蠢。
「法國有隨季節更迭更換牆上畫作的習慣嗎？」
他忍不住問，朱利安搖頭。
「沒有。甚麼隨著季節更迭更換畫作，想都沒想過。……日本有這種習慣？」
重吉拖長了音調沉吟。
「不，大部分的日本人也不會這樣做……但日本有所謂的茶湯，這個，該怎麼說呢，呃……有招待客人喝綠茶的傳統『儀式』。你瞧，那邊那個茶杯。就是用那個點茶，邀請客人品嚐。在茶室這個場所……有『壁龕』，是用來掛書畫擺飾插花的一方空間。主人會根據季節與招待的對象，更換不同的書畫掛上去……」
朱利安噢了一聲，似乎完全無法想像。
重吉的老家在家鄉也算是名門，所以家中有茶室，也會受邀出席茶湯會。因此，多少對茶道有點素養，但要向法國人解釋茶湯，實在太困難了。
「我雖然不太懂『茶湯』這個儀式，但是只要看這店內擺設的東西就知道，日本人擁有獨特的季節感。」
眼看重吉為了如何用法語說明日本文化傷透腦筋，朱利安連忙如此替他做結論。重吉聽了如釋重負，接腔說：

「你能理解就好。」

朱利安露出笑顏。

「不過，這真是有趣的一課。林先生平時很少對我提起日本文化。」

重吉有點意外。林學長明明一天到晚對自己講解法國文化……。

屏風和障壁畫約有二十件。畫的都是花鳥風月圖或龍虎圖之類的華麗主題，就連重吉也知道，這些八成會立刻賣掉。「這種東西，賣得特別快。送來之前，就已經有老主顧預約了。」朱利安告訴他。

「不過，大家最想要的還是浮世繪……那邊的箱子就是吧。放到桌上好好檢查一下吧。」

中等大小的木箱中塞滿紙捲。用原色棉布包裹，再以麻繩綑緊。重吉與朱利安從兩側合力抬起箱子，搬出收藏庫，放到店內中央的桌上。

「這些全部都是浮世繪嗎……數量也太多了吧。」

重吉難掩驚色。批來這麼大量的浮世繪，在巴黎真有那麼好的銷路？

在日本，浮世繪通常是當作話本的插圖、印製街頭快報或小報新聞、或是張貼在店門口做宣傳，並不算是稀奇的東西。也用於繪製歌舞伎演員的面貌或皇族貴人的肖像。據說也有婦女兒童把受歡迎的演員肖像摺成小方塊塞在腰帶內隨身攜帶，總之，重吉還沒見過有誰會把浮世繪當成美術品小心珍藏。倒是看過賣碗盤的拿來包器皿……。

重吉在朱利安的指導下，一張一張仔細檢查版畫。於是又有了新的驚訝。

——這是……太厲害了。

廣重的東海道五十三次連作、寫樂的演員頭部肖像、歌麿的美人畫等等。一來到巴黎，忠正就吩咐過他「好好學習」，所以重吉瞪著店內的浮世繪「照片」——真畫已經賣掉不在店內——仔細研究過，早已記住有特徵的畫家名字。那些真畫，此刻就在眼前。而且不只是一兩張。是一大堆。

想當然耳，店內批來的浮世繪，和重吉在日本市井之間常見的浮世繪截然不同。無論是畫面主題、構圖、色彩組合、著色程度、以及保存狀態——全都盡善盡美，精緻奪目。

重吉感到某種東西在自己內心沸騰翻攪。

——這分明就是美術品吧。

他以前壓根沒想過浮世繪能有甚麼價值。他向來輕蔑地以為浮世繪就是用完即丟的廢紙。日本人對於浮世繪的看法想必都是如此。

但，看看這些。此刻在自己眼前展開的浮世繪之美麗。——可不是美得驚心動魄嗎！是因為自己現在在巴黎，站在要把日本美術品賣給法國人的立場嗎？是因為離開日本後，眼光也變得像西洋人一樣嗎？

「……絕對不可能用這個包飯碗……」

他不禁喃喃自語。

「啊？你說甚麼？」朱利安停下數版畫的手抬頭問。重吉連忙笑著否認。

「我沒說甚麼。」

就在這時。

「午安。抱歉打擾一下……請問加納重吉在嗎？」

有人用有點腔調的法語喊道。

轉身朝敞開的店門口一看，戴著英國紳士帽身穿日間黑色禮服的，是個眼熟的紅髮男人。

重吉立刻想起來。是之前和忠正一起去蒙特．德．佩雷爾伯爵夫人的沙龍時邂逅的荷蘭人畫商。

「咦，您是……梵谷先生，對吧？歡迎光臨。」

西奧露出溫和的笑臉，「你們今天公休啊。抱歉打擾了。」他客氣地說。

「我正好經過這附近……因為您上次說過我可以隨時過來，所以我順路來看看。打擾到你們了吧，那我改天再來。」

見他立刻要離開，「不不不，不用客氣。」重吉連忙叫住他。
「今天正好貨物送來，所以一團忙亂讓您見笑了……正好是午茶時間，我也正想休息一下呢。不如您也一起喝杯茶吧？」
見西奧遲疑，重吉熱情地邀他進店內。然後對著迅速打算收拾桌上攤開的浮世繪的朱利安，擺出上司的態度吩咐：
「朱利安，麻煩你泡茶。……啊，不，還是咖啡比較好吧？麻煩你去對面咖啡館叫兩杯咖啡送來。」
朱利安露出欲言又止的表情，卻還是立刻回答「好的，先生」就出門了。
「真的不打擾嗎？」西奧又問。
「那當然。來，請坐。」重吉邀他到攤開著浮世繪的桌邊。
——這下子正好。不如給他看看剛送到的浮世繪，測試一下這個身為老牌畫廊經理的年輕人審美眼光如何。
西奧像是不由自主被吸引到桌旁。然後「噢——」發出驚嘆。
「真是太美了。……這不是北齋的作品嗎？啊，是的，是描繪富士山的連作。……太驚人了，我聽說全部共有三十六幅……沒想到真的有……」
西奧扯下帽子往旁邊的椅子一放，連大衣也沒脫，瘦長的上半身彎到桌面上，目不轉睛地看得入神。
雖然早就聽忠正說過，西洋人對浮世繪的狂熱非同小可，但是親眼目睹對方興奮的模樣，重吉還是萌生一種難以言喻的優越感。
「請問一下，重。三十六場景全部都在這裡嗎？」
西奧轉向從容抱著雙臂旁觀的重吉，猝然問道。
重吉慌了手腳，「啊？欸，呃，這個……」他起先支吾其詞。
「那當然，三十六場景全都在我們這裡。而且是從日本直接進口如假包換的北齋真跡。和倫敦或巴黎那些哈日族畫廊弄來轉售的貨色可不一樣。這種東西，只有本店才有。」
重吉挺起胸膛。可以看出西奧轉眼之間已神情大變。好像隨時都會哭出來，似乎異常激動。
這時背後砰的一聲，響起關門聲。正好，朱利安端咖啡回來了，重吉連忙轉身。
沒想到，站在門口的不是朱利安，是頭戴禮帽身穿黑色大衣的林忠正。
重吉大吃一驚，慌忙用日語說：「您回來了……」但忠正像要壓下他的聲音似地用法語說：
「……恕我直言，那是關於北齋的錯誤知識。『古皮爾商會』經理，西奧多魯斯・梵谷先生。」

用荷蘭式發音如此呼喚後，他大步走向西奧。西奧似乎有點錯愕，但立刻堆出笑容，伸出右手。

「原來是您啊，林先生。……在您外出時來打擾，真是不好意思。因為我正好經過附近……」

二人握手。總覺得二人之間的空氣似乎很緊繃。這才想到，上次在蒙特・德・佩雷爾伯爵夫人的沙龍也是，忠正雖然有和西奧打招呼，卻始終沒有多說一句話。和賓這個專賣日本美術的德國畫商倒是聊了很久……。

「沒想到您這麼早就回來了。不是說您會晚歸嗎……」

重吉用日語問。

「講法語。」

忠正不客氣地駁回。

對了。忠正說過，在會講法語的人面前禁止用日語交談。重吉連忙改用法語。

「呃，請問……剛才您提到『關於北齋的錯誤知識』，那究竟是甚麼意思？」

「能否請您說明一下？」西奧也緊接在重吉後面說。

「我的知識到底哪裡有錯……我很想知道。」

忠正輪番打量二人的臉孔後，「好吧。那我就告訴你們。」他說。

「北齋製作的浮世繪連作題為《富嶽三十六景》。意思是指從富士山可以看見的三十六處名勝景點。所以，是三十六幅連作。您是這麼認為的吧，西奧多魯斯？」

西奧老實點頭。

「對，沒錯。」

「您這麼想沒錯。但是……」忠正又說。

「北齋從一八二三年左右開始創作這一系列連作，並且從一八三一年至三五年出版了版畫。刊行當時，推出的是三十六景連作沒錯，但是隨著評價越來越好，決定『推出續集』。於是北齋又製作了十景。這後來追加的十景被稱為『裏富士』。換句話說，最後《富嶽三十六景》變成『四十六景』。……連作共有四十六件。」

這倒是頭一次聽說。真是太厲害了！重吉暗自嘆服。他嘆服的不是創作力旺盛的北齋，而是學生時代本來和美術壓根扯不上關係的忠正。

不愧是在巴黎經銷美術商品的人。對浮世繪的知識之豐富，西洋人絕對無法匹敵。

一直在專心聽忠正敘述的西奧，這時緊張得似乎快窒息般問：

「所以……那四十六件，全部都在這裡了嗎？」

忠正直視西奧的暗褐色眼眸回答：

「這個嘛，因為我們還在檢查，所以不好說……」

西奧這才驚覺似地說聲「這真是不好意思」，拿起放在椅子上的帽子戴上。

「瞧我真糊塗，居然忘記自己打擾了你們作業。……等北齋這些作品在店裡陳列出來時，我再來拜訪。」

「如果屆時畫還在的話。」

忠正與西奧握手，如此說道。西奧似乎在思考如何回話，最後說：

「……我會盡快再來拜訪。因為我很想讓某人看到……」

忠正直視著他問：

「是甚麼人？」

西奧再次吞吞吐吐，最後才鼓起勇氣回答：

「是家兄。」

忠正微笑。

「和您從事同樣的職業嗎？」

「對，以前是。不過，現在……」

西奧的眼神霎時游移，但他最後正視忠正，說：

「現在是畫家。」

忠正再次微笑。是豪邁不羈的笑。

「這樣啊。那麼……在二位光臨之前，我就暫時把畫留著吧。」
「哎，您真是太厲害了，林學長。」西奧走後，重吉揚聲說。
「原來不是《富嶽三十六景》而是『四十六景』……西奧據說也在巴黎做了八年的美術商，學長竟然知道連他都不知道的事實。學長果然厲害……」
「——混蛋！」
忠正大喝一聲，砰地用力拍桌。重吉嚇得渾身一縮。
「有哪個白痴會在檢查新到貨的商品途中隨便讓外人進店裡！而且那人還是同行！居然讓『古皮爾商會』的經理看我們手裡的底牌……沒常識也該有個限度！」
忠正怒火中燒。重吉面無血色地呆立無措。
狠狠臭罵一頓後，忠正深吸一口氣。之後，晦暗的眼神投向桌上的北齋版畫，喃喃低語：
「重，你還不懂。……對我來說，巴黎根本不是甚麼花都。……這裡是戰場。」
這時，重吉第一次見到。——不是華貴的畫商，而是有著孤獨武士臉孔的林忠正。

一八八六年二月二十八日・巴黎・二區・蒙馬特大道

替大馬路鑲邊的懸鈴木行道樹，在冬末的寒風中搖曳樹梢。

裹著黑色大衣的紳士，頭戴綴羽毛帽子的淑女在路上來往穿梭，一輛又一輛馬車喀拉喀拉經過。咖啡館沿著路邊排放桌子，服飾店、手套店、鞋店、麵包店、糕餅店，各種商店將櫥窗布置得熱鬧華麗，等候客人上門光顧。

馬路對面，穿著黑色大衣戴英式禮帽的西奧快步走來。小心翼翼抱著用繩子綁好的扁平包裹，氣喘吁吁抵達「古皮爾商會」的門口。

按下深綠色店門旁的門鈴後，門立刻開了。西奧的助手安德烈說聲「您回來了」迎接上司。

「您怎麼去了這麼久……是不是有甚麼問題？」

西奧隨手把包裹放到門口旁的長椅上，把大衣交給助手，「不，怎麼可能有問題。」西奧回答。

「喬夫洛瓦夫人非常高興。本來只是拿新到貨的作品照片給她看看，結果只好陪她一起喝下午茶……真受不了這些貴婦人的饒舌。」

「這樣啊。那麼，生意談得很順利囉。」

「那當然。」

「那太好了。」安德烈笑嘻嘻說。

「『老師』很快就要到了。白蘭地和咖啡都已準備好了。」

「辛苦你了……在老師抵達前，我先去一下事務室。有些文件得趕緊看一下。等他到了，麻煩你立刻叫我。」

吩咐助手後，西奧拿起包裹，匆匆走向自己的辦公室。

關門上鎖。把包裹放到辦公桌上，解開繩子。沙沙攤開包裝紙後，夾在厚紙板之間的一幅浮世繪出現。

歌川廣重——《大橋驟雨》。

這幅畫描繪雨中情景。是充滿幻想性的畫作。

跨越大河上的橋樑——不是塞納河上的新橋那種牢固的石橋，是用木材搭建的橋身，勾勒出微微的曲線——橋上有行人穿梭。有人撐著傘，有人戴著大帽子，也有人背上披著披風似的衣物。每個人的臉孔都被遮掩，向前彎著身子，人人都想快步走過橋上。看來這場雨是「意外的驟雨」。

突如其來的大雨——那被畫家用「黑色斜線」描繪。斜線支配縱長的畫面整體，形成一種節奏。黑線貫穿了橋梁樑，河流，行人，覆蓋一切。

畫面上半方渲染墨色，可以看出烏雲低垂的模樣。再看河對岸，樹林的剪影浮現淡淡的墨色，在雨中暈開。

最驚人的是——這幅畫，看起來會動。

河岸的水平線傾斜，橋斜著橫越下方的畫面，而代表「雨」的無數斜線，也讓畫面產生動態感。畫家能夠替繪畫帶來如此效果的技巧與感性，讓西奧打從心底驚詫。

這幅畫，不是在大塊畫布上堆疊層層油彩的「繪畫作品」，是印刷在廉價紙張上的木版畫。

可是你看看這種臨場感！凝視久了，好像會倏然進入畫面中。耳邊響起嘩嘩的雨聲，甚至感到雨水敲打肌膚的冰冷觸感。

西奧陶然地為這樣一張浮世繪沉醉半晌。然後交抱雙臂，無意識地沉吟。

——這是……多麼了不起的震撼力。

嶄新的構圖，新鮮的色彩。連細節都完美印刷的高度版畫印刷技術。還有畫家對風景的獨特詮釋、卓越的表現力。

能夠創作出這樣的畫……這個廣重，到底是甚麼樣的畫家？

廣重生長的日本，到底是甚麼樣的國家？

還有，把這幅畫帶來這個國家的男人。——他到底又是甚麼樣的人物？

敲門聲咚咚響起，西奧驀然回神。

把浮世繪重新包好後，他才去開門。安德烈表情嚴肅地站在門口。

「老師來了。」

「知道了。我馬上去。」

西奧回答，對著掛在壁爐上方的鏡子撫平頭髮，拉正襯衫領子。然後快步趕往「老師」等待的會客室。

坐在路易王朝時代的天鵝絨長椅上等待西奧的，是老師——尚・李奧・傑洛姆。

傑洛姆是獲得法國榮譽軍團勳章的法國畫壇首席大師。這位在實質上執法國藝術學院牛耳的巨匠，描繪的作品多半是以古希臘羅馬時代為題材的歷史畫、神話、寓意畫。每件作品的構圖都經過縝密計算，人物的配置，背景的設定，遠近感，黃金率，依循各種學院派手法的技巧完美得無懈可擊。完全看不出筆觸的光滑畫面，證明他的筆法有多麼高超。

裸露雪白如珍珠般肌膚的浴女，揮舞長劍身穿盔甲的羅馬勇士，愛上自己創作的雕像的皮格馬利翁——那些和現實世界距離遙遠的理想人物像與世界觀，就是傑洛姆筆下的主角。

完美無瑕的繪畫。「古皮爾商會」的顧客爭相求購他的作品。即便是小幅作品也能高價售出，無論定價多麼昂貴，必然有人想買。

同時也是「古皮爾商會」的老闆阿道夫．古皮爾的女兒瑪莉．古皮爾之夫的傑洛姆，是「古皮爾商會」的招牌畫家。實際上傑洛姆對古皮爾的貢獻非同小可，他的影響力更是深不可測。

這天，傑洛姆與西奧有約。巨匠想把自己的新作介紹給特別的顧客時，也會親自來到畫廊說兩句話助陣，但是幾乎從來沒有事先約定特地前來的例子。西奧猜想，該不會是有甚麼特別的請託吧？

偏偏就在這天，「若井．林商會」的助手朱利安來傳話。西奧之前一直想買一幅「廣重」的浮世繪，如今「若井．林商會」已經可以交貨了，所以請西奧今天之內前去取畫——。照理說朱利安來傳話時直接把畫帶來就行了，但是西奧主動表示如果「若井．林商會」願意割愛的話他會自己去取畫。

萬一被誰發現他居然從日本人經營的畫廊購買浮世繪，而且還在古皮爾的辦公室看畫就尷尬了。一旦讓人知道「古皮爾商會」蒙馬特分店的經理迷上了浮世繪，說不定會引起致命的後果。

一走進會客室，西奧就堆出滿面笑容，步伐輕快地走近傑洛姆。

「這真是稀客，老師。今天承蒙您大駕光臨，實在太感謝了。」

西奧伸出右手，傑洛姆也沒站起來，只是敷衍地握住那隻手。

「你們店裡從大白天就請客人喝酒啊？」

他嘲諷道。

安德烈知道傑洛姆嗜酒所以貼心地送上白蘭地，但此舉似乎反而惹惱了他。西奧依舊滿面笑容地打圓場：

「哪裡，怎麼可能。只有貴客上門我們才會特別招待。據說那是拿破崙一世時代釀造的珍貴干邑白蘭地……」

實際上西奧並不知道安德烈拿的是不是歷史那麼悠久的白蘭地，但總之是高級品不會錯。傑洛姆嗤之以鼻。

「像你這種毛頭小子，怎麼會懂陳年佳釀的風味。……想必你甚麼都喜歡新鮮的吧？無論是酒，或是繪畫……」

西奧心頭一跳。

這一刻，西奧終於猜到傑洛姆特地主動來訪的真正意圖。這位巨匠，敏感地察覺到自己所屬的畫廊經理開始經手「新藝術」，所以特地前來警告。

「前幾天，我聽我岳父說……你好像賣了好幾幅『印象派』那群廢物的畫作。而且是公然頂著『古皮爾商會』經理的頭銜。」

說著，傑洛姆氣得臉孔扭曲。

「嗐，那種東西我都不想稱為『畫作』。簡直是塗鴉。用起毛的筆塗抹顏料的畫面！那群傢伙想必窮得連像樣的筆和顏料都買不起吧。」

西奧沉默以對——就算要回話，也得慎重思考遣詞用字。如果招來傑洛姆的反感就完蛋了，屆時恐怕無法再待在這裡。

不過，西奧把印象派畫家的作品賣給新顧客的確是事實。

西奧身為梵谷家的家業繼承人——父親已於二年前過世，長子文森才剛踏入畫壇，社會地位和收入都不穩定，因此無法繼承家業——西奧必須養活母親與妹妹們，甚至得資助哥哥。為此，好不容易在這家公司得到的經理職位和薪水，絕對不能失去。

在古皮爾，只要賣出作品，除了薪水之外，銷售負責人還可獲得百分之幾的分成。所以哪怕再怎麼厭煩，西奧還是積極地繼續推銷學院派畫家的作品——那是西奧背負的義務。

但最近，西奧感到美術市場正逐漸發生變化。熱愛新鮮事物的新興資產階級中，開始出現渴求更「革新的」繪畫表現手法的人們。

自從「第一屆印象派展覽」舉辦後，已過了十二年。當初印象派的畫家完全乏人問津，但最近到處也出現專賣印象派作品的畫廊了。西奧來往密切的阿豐斯．波提耶就是其中一人。西奧一直在細心觀察波提耶順利賣出印象派畫作的成績。

有一次，他終於鼓起勇氣和「古皮爾商會」的經營者阿道夫．古皮爾商量。

——最近時常有顧客問我們賣不賣印象派的作品。印象派作品在市場上似乎也賣得不錯，我們要不要也試著賣賣看？

起初古皮爾充耳不聞。但，銷售成績亮眼的年輕經理的直覺畢竟不容忽視。在西奧熱心的遊說下，古皮爾終於點頭了。不過，那純粹只是「行有餘力」才賣。主力作品還是以傑洛姆為首的學院派畫家作品，這個方針絕對不能改變。這是古皮爾同意的附帶條件。

結果，西奧成功賣出了二幅風景畫。卡米耶・畢沙羅，以及克羅德・莫內。作品是透過波提耶從畫家那裡買來的。

區區二幅作品的銷售額沒甚麼了不起，對西奧來說卻是一大快舉。他終於可以推銷自己打從心底「想賣」的作品。這個成績，讓已經厭倦對學院派大師及顧客點頭哈腰的西奧重新想起賣畫的樂趣。

買下莫內的風景畫的，是在巴黎市內經營百貨公司的男人。據說最近才剛遷居巴黎，當作品送至距離歌劇院很近的公寓時，是男人的夫人出面接待西奧。

一打開包裝展現作品的瞬間，她臉孔發亮說的一句話，令西奧難以忘懷。

——真是太美了。把這幅畫掛在室內，簡直就像多了另一扇新的窗戶！

西奧感到，這句話恰好象徵當今的美術界。

——新的窗子。是的，正是如此。

面向新時代敞開的，新的窗子。

印象派畫家的作品，正是那扇「窗」。

然而，頑固堅持保守看法的古皮爾和傑洛姆自然不可能察覺「新的窗子」的意義。

「沒錯，我的確賣了印象派畫家的畫。只是二件小作品……」

面對傑洛姆憤怒的神情，西奧盡量用沉穩的語氣說。

「最近，品味比較奇特的顧客增加了，所以是我向古皮爾先生提議，應該調整體制以便全方位滿足各種顧客的需求。當然，以您為首的學院派諸位大師的人氣屹立不搖，所以今後我也會繼續努力銷售諸位的作品。因此……」

「那種事我當然知道！」

傑洛姆砰地用力拍打身旁的邊桌，扯高嗓門說：

「西奧德爾，看來你完全不了解。就算有顧客喜歡新鮮玩意，你們古皮爾也用不著理會那種人。只要按照之前的做法，只把學院會員的一流作品賣給一流顧客就行了。完全沒必要把那種和小孩塗鴉沒兩樣的怪玩意特地賣給暴發戶顧客！」

西奧早就知道傑洛姆打從心底厭惡印象派。

本來印象派誕生的起因，就是因為由傑洛姆擔任評審、藝術學院主辦的「沙龍展」堅持不讓新興畫家入選。保守的評審委員會，毫不留情地把看似正在摸索新表現手法的作品全數剔除。落選者之中也有愛德華．馬內。對評審委員會的態度憤憤不平的馬內，遂聯合其他落選的畫家一起舉辦了「落選展」。後來，這個「落選展」就發展成「印象派展」。

在傑洛姆看來，印象派就是公然反抗自己這些學院派的人。即使只是一件作品，只要有那種傢伙的作品膽敢在自家親戚的畫廊販售，就絕對不能坐視不管。

「……您的意見非常有道理。是我想法太膚淺了。真是對不起。」

西奧當下老實道歉。萬一讓傑洛姆的怒火越燒越旺，把自己開除了，那就得不償失了。

傑洛姆看起來依然難掩氣惱，但他站起來說：「我言盡於此。……告辭。」就此匆匆走向門口。

安德烈連忙拿起大衣和帽子、手杖衝上前。傑洛姆任由安德烈伺候穿上大衣，同時也不忘朝西奧射來尖銳的眼神說：

「對了，西奧德爾。我老早就聽說，你不只碰印象派，也被另一種其他玩意迷住。」

西奧努力裝作若無其事地回答：「咦，您是指甚麼？」

「別裝蒜。……你真以為我不知道你出入日本人的畫廊嗎？」

西奧無話可說。傑洛姆又用更氣憤的語氣說：

「浮世繪？別笑掉我的大牙了。那種東西只是廢紙。……不過，你不是法國人，就算叫你理解我國的繪畫有多偉大，或許也是強人所難吧。」

傑洛姆粗暴地開門，連再見都沒說，就此離去。

西奧呆立原地，靜待濕熱的狂風從自己心中掃過。

——我沒錯。

他在心中這麼告訴自己。

我根本沒錯。只要相信自己就好。

一旦「新的窗子」被打開，就再也無法關閉。

雖然這麼想，可是真的面對傑洛姆時，除了像以往一樣滿口奉承討好之外別無辦法。

那種心酸苦苦折磨西奧。

回到辦公室的西奧，再次鎖上門，重重在辦公桌前的椅子一屁股坐下。

——直到剛才，明明還為好不容易得到「廣重」欣喜若狂。

西奧就這樣頹然垂首好一陣子。但，他忽然起身，走向背後的櫃子。打開門鎖，取出藏在深處的麻布包裹。放到桌上後，解開包裹的布。

從中出現的，是一張油畫。

陰鬱、晦暗的畫面。是人們圍桌吃馬鈴薯的窮酸餐桌風景。結束一天的勞動，終於可以吃到東西的人們辛酸的表情，被油燈的燈光昏暗不定地照亮。他們找不到任何未來，是只能拚命活在當下的荷蘭農民——。

這張畫的作者，是西奧的哥哥文森。

文森從十幾歲起就有情緒不穩的問題，做甚麼都無法長久，工作和住處都一再變換，如今正在比利時的安特衛普學畫。

西奧很早就發現哥哥對繪畫具有敏銳的感性，但文森自己卻說要成為神職人員、傳道師，拖拖拉拉地一直繞遠路，始終沒有正式定下心來畫畫。所以，當哥哥經過種種迂迴曲折，終於在二十八歲時決心成為畫家，西奧下定決心今後無論如何都要支持哥哥。

讓西奧做出這種決定的背景，一方面當然是因為相信哥哥的才華，同時，也是出於懇切的期盼，希望從小就不諳生存之道的哥哥，能夠藉由畫畫自食其力，但最主要的還是因為他深切期許，哥哥肯定能打開「新的窗子」。

文森的畫，一定會成為第三扇新窗。

西奧如是想。

第一扇窗子，是日本的美術。第二扇窗子，是印象派。而第三扇窗子——那正是文森．梵谷的作品。

這三十年來，巴黎無論在歷史或社會或文化方面，都面臨了激動與變革的時期。

拿破崙三世即位，普法戰爭戰敗，巴黎公社讓許多市民流血，第三共和政府開始。第二帝政期的奧斯曼都市計畫讓街道脫胎換骨，世博會盛大舉行，人們變得富足。

再過十五年就要迎向新世紀的此刻，巴黎正要步向繁華盛世的巔峰。社會上各種物品應有盡有。甚至過度氾濫。正因如此，人們渴求更新鮮的事物、渴求變革的欲求也越發高漲。

在美術的世界也是，足以接納前所未有的新表現手法作品的基礎早已成形。

這種狀況下，首先開「窗」的——其實，是日本美術。

那種嶄新讓人們驚艷讚嘆。而對日本美術之美最敏感反應的，就是革新派的藝術家們——換言之，是印象派的畫家。

印象派畫家之中，有些人直接受到日本美術的影響。馬內、莫內、竇加、畢沙羅、雷諾瓦等，只要看他們的作品，便可輕易知道他們已如何拜倒在日本美術的魅力之下。

因此，印象派打開的「窗」，是繼日本美術之後的第二扇窗。

西奧把剛到手的廣重的浮世繪《大橋驟雨》並排放在桌上哥哥的作品旁。文森畫的《吃馬鈴薯的人》與廣重的《大橋驟雨》，兩者截然不同。但，不知怎地，西奧總覺得這二者之間有一線串聯。

——你說過令兄是畫家對吧。

那天，去「若井．林商會」拿廣重作品時，社長林忠正正在等待西奧的到來。

當西奧說無論如何都想擁有一張廣重作品，懇求林忠正割愛時，忠正說浮世繪只要一到貨就會立刻賣掉，沒有多餘的作品可以讓給西奧。所以，西奧本來已半是死心覺得沒希望了，沒想到對方突然說已準備好把畫交給他。雖然和傑洛姆有約，西奧還是立刻飛奔而至。結果，忠正一邊把裝有廣重作品的包裹交給他，一邊說道：

——這不是給你的。是給令兄。

如果，他在既存的美術界很孤獨……而且個性敏感，那他想必會從畫中感受到甚麼特別的東西吧。

那一刻，西奧強烈感到。——好想把文森的作品拿給此人看。

到那時為止，西奧只把《吃馬鈴薯的人》給阿豐斯・波提耶一個人看過。因為他深信，既然波提耶有這種品味把印象派與浮世繪同時展出，那他一定也會對文森的畫給予好評。

果然，波提耶看到作品的瞬間，就像被雷劈到似的動彈不得。過了一會後，他只說了一句話。——這是從未見過的畫風——。

那句話，久久在西奧的心頭回響。他覺得就像得到了保證，保證那是和浮世繪一樣前所未有的「新繪畫」。

或許為時尚早……但如果是那個男人林忠正，給他看看或許也無妨。

西奧對忠正抱著強烈戒心的同時，也感到不可思議的親切感。

因為彼此都是在巴黎孤軍奮戰的外國人嗎？不，比起那個原因，男人身上還有更深奧的某種東西……猶如吸引人的磁力。

說不定，文森會在那人的引導下打開一扇新的「窗」？

——就在這時。

敲門聲咚咚響起，西奧頓時回過神。

他急忙把畫布和浮世繪一起用麻布包裹塞回櫃子。然後才以鎮定的步伐走近房門開鎖。

門外站著安德烈。

「抱歉打擾了。今天您外出時，有個陌生男子送來一封信叫我轉交給您。可我不小心忘了給您……」

安德烈說著，遞來一個白信封。

「是誰？」西奧一邊接過信封一邊問。「不知道……」安德烈露出困惑的神情。

「是一個衣衫襤褸的男人。也沒說姓名，只叫我把這個交給經理就走了。」

西奧狐疑地拆開信封。打開對摺的紙片，出現草草寫就的熟悉筆跡。

我一鼓作氣直接來巴黎了。請別生氣。

我現在先去羅浮宮。能否來「方廳」找我？我等你。

我有話想跟你說。一切一定會順利的——。

文森 筆

一八八六年三月初旬・巴黎・九區・歌劇院大道

望著右邊壯麗雄偉的歌劇院，馬車緩緩進入大道。

就在商店與咖啡館林立的一角，「德拉佩飯店」的正面入口前，林忠正與加納重吉搭乘的馬車停下。

走下馬車的重吉，轉身仰望歌劇院「加尼葉宮」。

奉拿破崙三世之命，由法國建築師夏爾．加尼葉設計，十一年前完工的這座劇院，坐鎮在徐緩的階梯上，以春天蔚藍澄澈的天空為背景，展現絢爛奪目的風姿。建築物正面並列的柱子綴有雕刻與裝飾，屋頂上有金碧輝煌的大使展開雙翼。

「喂，重。你傻呼呼地看甚麼，趕快走了。」

被忠正一喊，重吉這才回過神。來到巴黎三個月，所見所聞一切都還很新奇，始終無法習慣。

「對不起。因為加尼葉宮太美了……」

追上已走進飯店的忠正，重吉如此辯解。

「你不是已經來過這一帶好幾次了。每次來都說同樣的話。真是的……」

忠正哭笑不得。接著又說：

「算了，我也不是不能理解。我當初剛到巴黎時，也費了很久的時間才習慣。語言方面倒是立刻就適應了，最不適應的還是風景吧。」

早晨醒來，打開窗子。眼前立刻出現極具巴黎風情的公寓。每次都忍不住會想，啊，對了，這裡是巴黎。

出門上街就更不用說了。街角的咖啡館，露天座的悠閒人們。頭戴禮帽拿手杖的紳士，穿著優雅蓬裙的婦女。大馬路上穿梭的成排馬車。羅浮宮陳列的各種美術品，氣氛祥和的杜勒麗公園，楓丹白露的蒼翠綠意……。

還有滔滔流過的塞納河。

「不知多少次，我茫然獨倚新橋的欄杆，懷疑自己是否在作夢。我此刻身在巴黎。的確在巴黎。可是等一下，這該不會只是個漫長的美夢？如果是夢拜託千萬不要醒……」

「果然。學長以前也會這樣啊。」

重吉漲紅著臉說。

「我也是，每天早上醒來都會嚇一跳，咦，這是哪裡？每次都以為是在金澤的老家鋪滿榻榻米的房間醒來……然後，取代早餐的味噌湯氣味的，是不知從哪飄來的咖啡館味道……我就會想，啊，這裡不是金澤，是巴黎。」

忠正忽然停下腳，「你這傢伙真是夠了……」他氣得咬牙切齒。

「你這是甚麼話。講話好歹得讓人感到一點『roman』！因為巴黎的資產階級在日本人身上尋求的就是『roman』。別讓人幻想破滅。」

噢，重吉惶惑不安地應了一聲：

「roman……小說……換言之，就是故事嗎？」

「沒錯。」忠正快活地說。

「我們現在要去見的人，就是巴黎文壇首屈一指的小說家，非常喜歡日本。待會見面一定要用心。知道嗎？」

這天，重吉第一次見到「若井・林商會」的貴客，被忠正譽為「對日本美術的理解比任何人都深厚的文人」，愛德蒙・德・龔固爾。

龔固爾正在飯店附設的「德拉佩咖啡」後方的桌子等候朋友的到來。看清二名日本人的面貌後，立刻起身走過來，「嗨，林！」他親熱地擁抱忠正。

「我來介紹一下，愛德蒙。這是我公司的經理，加納重吉。」

忠正介紹重吉後，龔固爾咧開蓄著白色翹鬍子的嘴巴笑了：

「嗨，歡迎來到巴黎。你來得太好了，很高興終於能見面。」

說著伸出右手。重吉緊緊握住那隻手打招呼。

「您好，鞏固爾先生。我也是，終於能見到您是我的榮幸。早已從林先生那裡久仰大名了。」

鞏固爾每月會去忠正的店裡兩三次，但之前每次重吉碰巧都不在。

如今在巴黎的文化人及資產階級之間，自稱是讚賞日本美術的「哈日族」好像成了小小的流行。擁有一件日本美術品是理所當然，女士們如果沒有模仿日本扇子與和服的裝扮甚至會被視為落伍。

然而，也有許多人只是在氣氛上扮演「哈日族」，其實對日本美術和日本文化毫無概念。

其中，愛德蒙・德・鞏固爾是真正的日本美術愛好家，道地的哈日族。

鞏古爾曾經有個弟弟朱爾。兄弟倆一起寫小說和歷史書籍，引領巴黎文壇，可惜朱爾罹患結核，十六年前年僅三十九歲便不幸去世。

失去了長相、個性乃至言行舉止都一模一樣宛如雙胞胎的弟弟，鞏固爾深深沉入悲傷的海底。有段時間甚至消沉得無法提筆，最後拯救他的，是對日本的憧憬，以及對日本美術的強烈執著。

——我想去日本。想去日本生活。想在那裡重新展開人生。

藉由這樣的夢想，他排遣了失去弟弟的寂寞。實際上，他也認真考慮過前往日本。

但，詳細告訴他那並不容易，即便待在日本也能繼續研究日本美術，照樣可以無限親近日本的，就是忠正。

「既然林特地把你從日本叫來巴黎，那你一定對日本美術頗有見識吧，重？」

用葡萄酒舉杯互敬後，鞏固爾語氣興奮地對重吉說。在他看來，重吉就是從夢幻王國派來巴黎的新的美學使者。

千里迢迢來到巴黎的日本人寥寥無幾，所以會被這麼認定是理所當然，但對方過度高估自己也很傷腦筋。重吉抓抓腦袋，謙虛說道：

「不，我沒那麼厲害……」

頓時，忠正的膝蓋在桌子底下用力撞重吉的膝蓋。重吉吃驚地扭頭往旁邊一看，忠正若無其事說：

「他的法語非常流利，而且擁有知識與技術能夠用法語解說日本美術。我特地請他來當我的得力助手，所以您絕對可以信賴他。我保證。」

重吉當下肅然坐正，「是，那當然。」他接著說。

「我聽林先生說，最近有很多模仿日本美術的粗劣繪畫在巴黎橫行。沒有見識的法國人，據說對那些仿冒的廉價品趨之若鶩……敝社經手的商品，全都是如假包換、真正從日本直接進口的藝術品。我和林先生親自一件一件檢查過，才敢送到客人的手裡。尤其是像您這樣對日本美術造詣深厚，又比常人更加熱愛藝術的貴客……」

重吉口若懸河，甚至連自己都感到不可思議。忠正的側臉浮現彷彿在說「這就對了」的微笑。

鞏固爾異常滿足地抖著雙下巴頻頻點頭。

「原來如此。聽來相當可靠啊。林你不僅有鑑賞美術的眼光，看來也頗有識人之明。……在這點，雖然你們都是外國人，但你和那個賓似乎大不同啊。」

忠正聽了，呵呵笑了起來。

「哎，現在自稱『日本通』的人在巴黎多得是……我們比賓更了解日本美術，並不是因為我們更有見識。只不過是因為我們跟他不同，是日本人。」

鞏固爾嘆氣。

「對，一點也沒錯。只因為你們是日本人。不過，正因如此，才更加激起我們的憧憬。對於真心想要成為日本人的我而言，你們的存在本身就很美好，也令人羨慕……」

重吉完全無法理解鞏固爾為何會對日本人與日本文化心醉到如此地步。他似乎對日本傾注了和自己憧憬巴黎完全相同的熱情。

這天，鞏固爾說要宴請日本友人和他店裡的新人，請忠正與重吉共進午餐。

當喝完湯送上烤鴨肉時，「對了……」鞏固爾開口。

「我記得你說過，《Paris Illustre》請你擔任日本特輯的顧問並且撰文對吧，林？後來怎樣了？」

這件事重吉從未聽說。

《Paris Illustre》是巴黎當紅的插畫雜誌，刊載各種事件的報導及異國見聞遊記、諷刺畫及著色照片，格外吸引巴黎市民的目光。重吉也經常買來從頭到尾一一瀏覽。

這麼受歡迎的雜誌要做日本專輯倒是頭一次聽說。而且是由林忠正負責監修、執筆。

真的嗎，林先生？重吉興奮得差點跳起來，連忙用力按捺住。如果那樣做，八成又會被忠正罵。他肯定會說，別在法國友人面前給我丟人現眼。

忠正的嘴角浮現吊人胃口的笑意回答：

「是啊，偷偷告訴您吧……其實，原稿已經完成了。」

鞏固爾頓時兩眼發光。

「真的嗎？雜誌甚麼時候銷售？」

「很快。但是明確日期無法奉告。」

忠正一副話中有話的樣子。

「不過話說回來，《Paris Illustre》的編輯部好像聚集了一群唯恐天下不亂的傢伙。其實犯不著找我這種美術商人，應該委託菲利普．伯蒂執筆才對……」

菲利普·伯蒂是對日本美術在法國受到接納與普及頗有貢獻的美術評論家。不只在法國，如今日本美術在歐洲各地似乎都已有一定的地位，但最早發現那種趣味、美感的伯蒂，把歐洲人對日本的強烈關心，以及受到日式表現手法或日本美術影響的藝術，統稱為「日本主義」。他自己同時也是知名的日本美術收藏家，更是忠正的大主顧之一。

「伯蒂對日本美術的見識的確有非凡之處。還有他的熱情也是……哎，能夠和他並稱雙壁，表現對日本喜愛之情的法國人，就算巴黎幅員遼闊，恐怕也只有我一人。」

翟固爾說著，驕傲地挺起胸膛。此人到底有多麼憧憬日本、對日本美術有多麼醉心啊，好像變成炫耀大賽了，重吉不禁偷笑。

「不過，林，你們日本人好像有『謙虛』這種美學……但你其實認為，能夠統籌這本『日本特輯』的只有自己吧？」

翟固爾一針見血說。忠正眉也不挑，坦然回答「對，可以這麼說」。

「因為，我和你們不同。我是『日本人』。」

謙虛？別開玩笑了。忠正是在理直氣壯主張自己「是個日本人」。重吉對忠正這樣甚至堪稱桀傲不遜的態度暗自吃驚，但同時，他也察覺，忠正是在以身作則告訴自己，在巴黎這個地方，一定要對「身為日本人」引以為傲。

「對極了。」翟固爾語帶艷羨說。

「你和我們不同。日本是甚麼樣的國家，日本美術又是如何，在這法國沒有人比你更了解。我也從你身上學到很多。……我很感謝你，林。」

說著，鞏固爾朝忠正稍微舉起酒杯。忠正也跟著舉杯。重吉也連忙舉起杯子，順便把杯中殘餘的葡萄酒一口喝光。

「……那麼，到底是甚麼樣的內容？能否稍微透露一下？」

鞏固爾興奮難耐地追問。

忠正含著一口酒，「這個嘛……」他低語。

「就容我賣個關子……請拭目以待吧。」

這種吊胃口的說話態度，似乎隱藏某種企圖。看來這時候自己還是堅持一無所知的態度最好，於是重吉假裝專心對付眼前的鴨肉。

鞏固爾沉吟片刻，握刀叉的手停下。忠正一臉淡定地切鴨肉。

「……封面呢？」

過了一會，鞏固爾低聲問。忠正的手頓時定住。

「《Paris Illustre》日本特輯的封面，你到底……打算用哪位畫家的作品呢？」

忠正抬起頭看鞏固爾。重吉也同時抬頭。那一瞬間，重吉醒悟，事實上這才是鞏固爾唯一想問的問題。

「我就偷偷先告訴您一個人吧。」

忠正凝視鞏固爾的眼睛回答。

「封面，我打算刊登溪齋英泉創作的浮世繪。……作品，也已決定好了。就用他那幅《身穿雲龍打掛的花魁》。」

鞏固爾用力吞嚥一口口水。他的上半身傾向桌面，說道：

「英泉嗎……！這個畫名我沒聽過。是甚麼樣的作品？應該是美人圖吧？色彩呢？構圖呢……？」

然後，停頓了一拍，鞏固爾又問：

「那幅畫，你有？」

忠正奸詐笑了。

「那當然。……我替您留著吧？如果您堅持一定要那幅畫的話……」

日本特輯推出後，英泉的作品必然會價格翻倍。所以忠正說，趁著漲價前，可以替您一個人先把畫留著。因為您是好朋友不是外人。

「多……多少錢？」

鞏固爾的聲音激動得上揚分岔。忠正嘴角依舊掛著微笑，從容不迫回答：

「……就算您一千法郎。」

重吉差點失手滑落手裡的叉子。

一千法郎。——這個價格足以匹敵法國藝術學院巨匠傑洛姆創作的油畫。

翌日，忠正啟程去倫敦採購浮世繪。

浮世繪在倫敦也很受歡迎，但是可以用遠比巴黎低廉的價格弄到手。為此，忠正頻繁前往倫敦，搜購浮世繪後帶回巴黎的店裡。

「若井・林商會」的合夥人若井兼三郎負責在日本採購商品，定期以船運送往巴黎。

忠正來到巴黎不久，當時擔任「起立工商會社」副社長的若井就邀請忠正主掌該社的巴黎分店。若井是道地的江戶人，老家經營當鋪，頗有生意才能，長大後自立門戶成為美術骨董商。一八七三年維也納舉辦世博會時，若井以工具商人的資格前往歐洲，和茶商松尾儀助共同創立出口貿易公司「起立工商會社」。這時他找來忠正，開始積極在巴黎販售道地的日本美術品。

日本美術的銷路一路長紅，甚至來不及進貨，公司決定把粗製濫造的次貨也拿來賣，但若井和忠正都很反對公司這種方針，最後相繼辭職。之後，二人就成立了「若井・林商會」。

若井的眼光相當好，他親自走訪日本各地，尋找優良的美術工藝品和浮世繪。再用讓對方失聲驚呼的高價買下。過去，浮世繪就和看過即丟的街頭小報一樣，被視為毫無價值，所以持有浮世繪的人爭先恐後找上若井，紛紛求他買下。若井就這樣收集了大量的優質浮世繪，與其他的美術工藝品一起送往巴黎的店。

然而，日本的船運要歷時三個月以上才會抵達。在商品賣光之前必須及時補貨。所以忠正才會去倫敦採購。

《Paris Illustre》日本特輯預定五月上市。等雜誌上市後，浮世繪的價格肯定會再次上揚，所以在那之前必須先盡量收集商品囤貨。忠正已經在著手進行準備了。

知道即將推出日本特輯的，只有一小部分相關人士。忠正繃緊神經嚴防死守，堅決不讓同樣賣日本美術品的賓這些同行聽到風聲。在這天與鞏固爾聚餐提及之前，甚至連重吉都被蒙在鼓裡。

這天，重吉把裱裝好的英泉作品《身穿雲龍打掛的花魁》掛在面向大馬路的櫥窗對面牆上。之所以掛在那個地方，是因為忠正交代過，一定要掛在人們從外探頭窺視店內時，一眼就能看得最清楚的地方。這不是炫耀，是要在吸引那種會停下腳步特地探頭打量店內有甚麼貨色「好奇心十足」的客人目光的位置，掛上一幅今後想必會名聲傳遍巴黎的英泉作品，是經過精心算計的計畫。

重吉雙手扶著畫框慎重掛到牆上後，退到略遠處眺望，檢查有沒有掛歪。英泉畫的

「花魁」，色彩鮮豔得令人倒抽一口氣，格外烘托出花魁的妖豔，是一幅佳作。重吉面對畫中的妓女凝視半晌。

縱長的畫面。身穿華麗的打掛外袍，髮髻插滿數量驚人的髮簪，扭身擺出嫵媚姿勢的花魁。花魁的背後有雲彩湧起，有龍攀升。外袍與和服與腰帶黑、紅、藍、白，色彩分明的對比非常鮮艷。花魁宛如能劇面具的臉孔散發不可思議的性感。占據整個畫面的妓女，雖是平面且充滿裝飾性，卻讓人感到洋溢著「生氣」。這正是英泉拿手的美人畫浮世繪的極品佳作之一。

——這個要用來當作《Paris Illustre》的封面？

想像巴黎街角所到之處皆有的書報攤被艷麗花魁占據的情景，重吉不由獨自偷笑。

——簡直像在這巴黎進行「花魁遊街」嘛。換言之，那豈不等於日本的美術取得天下……？

驀然間，畫框鑲嵌的玻璃映出人影。人影在大馬路駐足，隔著櫥窗探頭窺視店內。那個影子，似乎動也不動地盯著店內——不，是盯著「花魁」。

重吉轉頭向櫥窗望去。

窗外站著一個頭戴圓頂紳士帽身穿破舊外套的男人。枯瘦的臉頰覆滿紅鬍子，凹陷的眼窩深處的雙眸眨也不眨地凝視「花魁」。那雙眼睛有猛禽類的銳利。

重吉的心頭怦然一響。自己也不知為什麼。但，重吉感到那個男人眼眸中非比尋常的慾望。——好像恨不得此刻就奪走「花魁」。

一瞬間，重吉和男人四目相對，他慌忙移開視線。那是個衣衫襤褸的可疑男子。不可能成為我們的顧客，還是別理會的好，重吉這麼想著，匆匆走向後面的辦公室。

過了一會，門鈴聲響起。正要在辦公室桌前坐下的重吉，嚇得跳起來。門砰地關閉。重吉知道助手朱利安讓客人進來了。——不，如果是剛才那個男人，那應該是「不速之客」。

手才放到門把上，立刻響起敲門聲，門從內側打開。眼前站著朱利安。

「有客人來訪。」

重吉不悅地嘖了一聲。

「為什麼沒問我一聲就讓人進來。」

朱利安愣住了，

「是和您有約的客人喔。」

朱利安回答。

「是『古皮爾商會』的西奧德爾・梵谷先生。」

重吉一聽，急忙走出辦公室。

英泉的「花魁」前，站著二個男人。

其中一個男人頭戴圓頂禮帽搭配筆挺的高級禮服，手執手杖態度優雅。這是重吉在巴黎為數不多的友人之一西奧。

而另一個人，就是剛才隔著玻璃櫥窗以晦暗銳利的眼神盯著「花魁」不放的——那個男人。

他是西奧的兄長，文森・梵谷。

一八八六年五月上旬．巴黎．十八區．魯匹克街

在坡下的廣場下了載客馬車，西奧快步走上徐緩的坡道。

這天是「古皮爾商會」會計結算日，西奧忙著整理文件，離開店裡時已經很晚了。鎖上大門後一看懷錶，已過了晚間八點。回到住處大概快九點了吧。哥哥說不定等不及，已經自行出門了。

雖然快九點，但五月的巴黎依然天色明亮，感覺才剛入夜。街頭的咖啡館和小酒館的露天座，擠滿了人們享受這終於來臨的宜人季節。

坡道途中的公寓藍色大門，是通往中庭的出入口。握住門把的瞬間，門忽然從內開啟。面露驚愕對個正著的來人，正是哥哥文森。

「啊，西奧。你回來得正好。我現在正想去『巴泰由』。如果等你回來我怕天都要黑了……」

文森說著朝他一笑。呼吸帶著酒味。明明再三勸過他別在家喝酒！西奧頓時心情苦澀，

「今天是店裡的結算日，所以下班晚了。抱歉讓你久等了。」

他息事寧人地回答，關上門。

「搞甚麼。既然這樣，你出門時跟我說一聲不就好了。我都快餓死了。好了，快走吧。」

文森開始匆匆走上坡道。這甚麼態度啊！西奧一肚子悶氣。今早我出門上班時你明明還在蒙頭大睡。

「今天畫了多少？昨天你不是給我看你正在畫的風車。今天你出去繼續畫那個了吧？」

西奧對著哥哥的背影問。昨晚，哥哥給他看描繪蒙馬特山丘上風車的風景畫。構圖相當不錯，西奧預感待畫作完成後應該會是非常有意思的作品。

「噢，那個啊。」文森意興闌珊地回答。

「今天我沒出去。一直待在家裡。」

「為什麼？天氣不是很好嗎。正是最適合作畫的日子……」

文森猛然駐足轉過身。

「適合作畫的日子？你憑甚麼這麼肯定？又不是你在畫畫？今天畫不畫得出來，應該只有我自己才知道吧？」

哥哥的雙目混濁充血。西奧啞口無言。

文森經常這樣脫口說出真理，而自己頓時只能被降伏。

「算了，那種事不重要。還是快走吧。我快渴死了。去我們的老位子，舉杯慶祝今天又平安度過了一天吧。」

察覺西奧的臉上浮現複雜表情，文森用滿不在乎的語氣說著，已匆匆邁步走出。

那個穿著皺巴巴破外套的背影尚未轉過第一個轉角時，西奧也以同樣快步走上坡道。

文森事先沒打招呼就突然來到巴黎是二月底的事。

當時西奧不在「古皮爾商會」，文森草草留下一張字條給他。上面寫著，希望西奧立刻前來羅浮宮會合。

把潦草寫成的字條塞進外套口袋，西奧連帽子也沒戴就衝出畫廊。

羅浮宮美術館二樓壯麗的大廳「方廳」，掛著許多荷蘭黃金時代的畫作及義大利文藝復興時期的傑作。而文森就佇立在方廳的中央。

「文森哥哥！」

被西奧這麼一喊，蓄著紅鬍子的臉轉過來。

變形的紳士帽，皺巴巴的破舊外套與長褲，沾滿塵土的鞋子。文森對著站在展示間入口的西奧莞爾一笑。缺牙且布滿皺紋的臉孔，不像三十幾歲的壯年，倒像是老人。

西奧劇烈聳肩喘息，走到哥哥身旁。來此地的一路上，他都在思考見到哥哥之後該說甚麼。

——你為什麼如此突然就跑來了，哥哥？

你不是在安特衛普的美術學院上學嗎？你給我的信上不是說你還有一大堆作品未完成嗎？

你這樣突然跑來讓我很為難，因為我這邊也得有種種安排。

哥哥每次都這樣為難我。從來不肯照著我認為最好的辦法行動。

你總是隨心所欲，任性妄為，壓根不管家人和我是怎麼想的。想做甚麼就做甚麼，好像想強調自己別無選擇似的。

哥哥你應該也知道吧？我要養活的不只哥哥一人。故鄉的母親和妹妹們也要指望我照顧。二年前，父親蒙主寵召後，我就已成為梵谷家的大家長了，這你應該沒忘記吧？

我可不是自己喜歡當家長才當的。本來應該是哥哥當家長才對。因為你才是我們梵谷家的長子。

可是你始終不肯安頓下來，連自己都無法養活。最後我只好硬著頭皮成為家長。

但是哥哥，一直靠我寄錢養活，你其實也很羞愧吧？

所以，你才會主動提議把我給的錢當成「等價交易」而非「金援」吧？

（——西奧，我每個月都會寄作品給你。那些作品，歸你所有。

你要怎麼處置，全憑你的意思決定。就算你說有權不給任何人看我也沒意見。即使你把畫撕了，我也不會有任何怨言。

要前進就必須有錢……所以，只要你繼續寄來對我有用且不可欠缺的金錢，我就不會和你斷絕關係，如有必要，任何事我都可以忍耐。

西奧。我對你和你提供的錢抱持的想法，應該配得上你對我和我的作品抱持的想法吧——？）

我是抱著甚麼心情看你信上寫的那個提議……哥哥你肯定不明白吧。

我從來沒想過要用寄給你的錢交換你的作品據為己有。

哥哥的作品不屬於任何人。因為哥哥的作品，只屬於畫家文森．梵谷自己。

就算遭到家人和舉世孤立，哥哥也獨自強忍痛苦繼續作畫，現在居然叫我用區區每月一百五十法郎就納為己有……那種事，我怎麼做得出來。

可是哥哥在那封信上說，「只要我繼續寄錢」就不會和我斷絕關係。

我們的關係，難道僅僅如此？如果我拒絕接收哥哥的作品，不再寄「等價」的金錢，我們就永遠不是兄弟了嗎？

哥哥。你和我，究竟是被多麼沉重的鎖鏈綑綁啊。

索性，今生如果能夠就此再也不見面該多好。

如果能夠只把我幼時崇拜的你的幻影藏在心中該多好。

那我該會多麼幸福啊——。

西奧在心中不斷獨白，終於抵達「方廳」。

之後，當他看到哥哥蒼老的臉孔，頓時失去了所有的言詞。

到時就那樣說，這樣說，最好不要那樣說，那個還是不要說了……本來左思右想的滿腔悲愁，反而讓西奧啞口無言。

「嗨，西奧……你怎麼沒戴帽子。這太不像你的作風了，怎麼搞的？」

文森露出皺巴巴的笑臉，許是為了掩飾羞澀，如此說道。那種裝傻的語氣，以及哥哥飽經風霜一身襤褸的模樣，讓西奧不由自主在瞬間湧現淚水與笑容。

「還不都是你這麼突然叫我來羅浮宮見面……害我慌慌張張跑出來，連帽子和手杖都沒時間帶出來。」

西奧語帶淚意說。

文森一聽，皺巴巴的臉孔笑得更加開懷，

「啊，這樣啊。哎，事出突然……嚇你一跳真抱歉。不過，其實我自己也嚇了一跳。」

文森說。

「你也嚇一跳？怎麼說？」

西奧反問。

「當然是掛在『古皮爾商會』的畫呀！」

文森誇張地揮舞手臂，用全身來表達那種驚訝。

「你不在時店員讓我進去看了一下……柯洛，杜米埃，居斯塔夫．莫羅，巴比松畫派……沒想到你們店裡也賣學院派畫家之外的作品，讓我很驚訝。」

文森似乎打從心底嘆服地說。

以前文森先於西奧成為「古皮爾商會」員工時，也曾住在巴黎任職於古皮爾總店。當時，古皮爾完全不碰學院派畫家之外的作品。

的確，和那時比起來，如今堪稱已大幅改變。古皮爾不僅經手學院派背書保證的作品，也開始販售市場需求的作品。

讓古皮爾出現這種改變的正是西奧。就算傑洛姆提出抗議，他還是不動聲色地開始一點一滴販售印象派的作品。這對老牌畫廊而言是非常大的轉變。

哥哥一眼就發現了這個事實。西奧當下就很開心。

「這間展覽室陳列的作品，好像幾乎完全沒變……」

文森四下張望，掃視一圈填滿四面牆壁的名畫。然後再次正面凝視西奧，說道：

「巴黎變了很多。」

西奧微笑點頭。

「是啊，已經變了……今後想必會有更大的變化。」

變得更好，更有趣，更刺激。——那就是巴黎這個城市的命運。與這個城市共存的藝術家們，也注定將要改變。

結果文森就這樣在西奧獨居的公寓住了下來。

仔細一問，他的確是臨時起意跑來的，但他出發前已把安特衛普的住處退租，雖然辦了入學手續但幾乎沒去上過課的美術學院也退學了，行李全數打包——不過幾乎都是作畫工具——抱著移居巴黎的打算前來。

西奧位於拉瓦街二十五號的房間很小，但他向來收拾得很整齊住起來頗為舒適。文森理所當然地聲稱「我要在這裡生活」。巴黎才是自己此刻應該落腳的城市，他說已經不打算再去任何地方。

文森到底是為什麼來巴黎？當然是為了畫畫，為了讓世人認同他的畫家身分。如此一來，西奧的房間就算再怎麼舒適也太狹小了。文森需要畫室。必須準備一個即使顏料怎麼噴濺都沒關係的房間。

西奧立刻四處向朋友打聽。他說，立志當畫家的哥哥來巴黎了，二人將要同住。至少得有三個房間——哥哥和自己各一個房間再加上當作畫室用的房間——而且最好是房租沒那麼貴的公寓。

朋友們聽說了一律難掩驚詫。——你還有哥哥？而且想當畫家？那你的畫廊推銷他不就好了，云云。

「古皮爾商會」如果敢推銷無名畫家，傑洛姆鐵定會立刻宣告將自己永久放逐——西奧不想再對朋友們一一解釋，於是直接找上早已看過文森畫作的某人商量。那人就是阿豐斯．波提耶。

波提耶帶來了極為有用的情報。自己住的蒙馬特魯匹克街公寓正好有空房間。位於四樓的出租公寓有四個房間附帶廚房。房租也沒有西奧目前住的九區那麼貴。而且同一棟公寓內還有費爾南德．柯爾蒙的繪畫教室。波提耶細心地建議，文森不妨去這個繪畫教室上上課。

柯爾蒙同樣也是法國藝術學院的大老，但他和傑洛姆不同，積極對新銳畫家敞開繪畫教室的大門。這點西奧也早有耳聞。據說在柯爾蒙身邊，聚集了許多兩眼發亮企圖發現嶄新創作手法的年輕畫家預備軍。——魯匹克街的公寓，對文森而言簡直是天造地設的最佳地點。

波提耶替西奧引見房東後，一切很快就談妥了。一搬家，西奧立刻把文森介紹給波提耶認識。波提耶興味盎然地與文森會面。

西奧曾給波提耶看過一次《吃馬鈴薯的人》。當時，波提耶說的話令人難忘。

——這是前所未見的畫風。

「前所未見的畫風」，換言之，不像任何人的作品，是非常有個性的畫。文森的畫的確不像任何人的作品。是的，第一次見到日本美術時，西奧的心頭也曾浮現同樣的念頭。

——這是甚麼？世上竟然還有這種畫？

無論是構圖或色彩，都和以往見過的任何畫家的任何作品大不相同——。

回想起當時熱血沸騰的感受，西奧把波提耶的這句話當成對《吃馬鈴薯的人》至高無上的讚美。

如今波提耶親眼見到了創造「前所未見的畫風」的畫家本人，卻隻字未提想看文森的畫。只提出一句建議——柯爾蒙的畫室集合了很多有趣的人物，你不妨也去參加。

波提耶對新藝術的動向向來反應迅速，西奧本來隱約抱著一絲期待，或許他會對文森的作品感興趣。然而，這個作品筆觸粗糙色調晦暗的無名畫家，和如今終於逐漸在巴黎獲得肯定的印象派及廣受歡迎的浮世繪擁有截然不同的個性。換言之，文森並非波提耶會感興趣的那類畫家。

從魯匹克街的公寓窗口，可以將蒙馬特的街景一覽無遺。周遭有市場及各種商店，咖啡館和酒館林立，洋溢著庶民的活力。許多年輕藝術家都住在這一區。西奧期待這個環境或許能夠為文森帶來身為畫家的幹勁和安定感。

巴黎充滿刺激。完全看不到文森過去做為繪畫主題的沒落農村及默默埋頭工作的農民。只要呼吸輕盈的時代空氣，習慣這繁華的街景後，文森的畫作氛圍一定也會改變。

過去的文森，輾轉荷蘭與比利時各地從未在一個地方久居，和妓女的感情糾紛以及對別的女子的單相思，讓他在精神上也沒有一天安寧。雖然為了買繪畫用具連三餐都省吃儉用，卻一直無法專心投入作畫。

西奧在想，這樣的哥哥，下定決心來到巴黎——來到自己身邊的真正用意。

——是因為想改變。

文森想必如此期盼吧？

算來他已奮戰了六、七年——對抗以藝術為名的妖魔。並且一直受傷、飽受苦難。已經被逼得走投無路。

文森想必也想改變這種狀況才會來巴黎吧？或許他也期盼自身有所改變？

想到這裡，西奧決定要全心接納文森。

西奧已經金援哥哥多年，一直期望哥哥能夠成為畫家安身立命。事實上，隨著時光流逝變得越來越窩囊、醜陋的哥哥有時簡直令他不忍直視。

少年時代，文森曾是西奧崇拜的偶像。文森背負父母的殷切期待，在學校接受高等教育，得到伯父的支援前往繁華的大都會海牙——當時在西奧看來是這樣——的大畫廊就職。文森的身材壯碩，雖然有時也會陷入憂鬱，但是向來非常關心弟弟。

遙遠往昔那個文森的身影，迄今仍鮮明活在西奧的心中。西奧不希望那個身影消失。所以，他才會不忍面對現實。

文森情緒不穩的時候，會發瘋似地寄來充滿惡意的信對弟弟極盡謾罵。看了那樣的內容，西奧不知有多少次想斷絕兄弟關係從此老死不相往來。每次收到哥哥的來信，他都恨不得不拆封就直接撕碎。可是再一想，說不定哥哥情緒已經比較穩定了，說不定作畫有進展了，說不定完成了好作品很開心……於是他還是拆信看了。

書信往來雖頻繁，但二人已有長時間未見。對西奧而言，他害怕見到文森。他怕一旦見面會徹底撕破臉，從此真的再也無法見面。

沒想到，二年前，他在意外的情況下與哥哥重逢，是故鄉的父親去世了。趕回去參加喪禮的西奧，發現哥哥溫柔擁抱母親與姊妹的身影。

西奧忍不住淚水奪眶而出。不是因為面對父親的遺體。是因為文森省吃儉用，以致胃搞壞了，牙也掉了，枯瘦得像個糟老頭。但哥哥還是拚命安慰家人，舉止就像個稱職的長兄，西奧看他這樣不由萬分悲傷、落寞、心疼，於是哭了。

——我這一生，難道就這樣了嗎？

喪禮結束告別時，文森浮現不安神色的雙目凝視弟弟，如此喃喃自語。

——難道我已無法改變，就此結束了嗎？

西奧用真摯的眼神回視哥哥，明確說道：

——沒那回事。一定能夠改變。只要哥哥你有那個心。

——你真的這麼認為嗎？

對於哥哥這個問題，西奧用力點頭。文森微微歪起臉頰露出微笑。

就這樣，文森來了。來到巴黎。來到藝術之都。——來到西奧的身邊。筆直地。

大馬路的瓦斯燈一盞接一盞被點亮。

走在前面的文森皺巴巴的西裝背部融入暗藍的夜色中，漸去漸遠。

西奧不想再追逐哥哥的背影，卻又絕對不能跟丟哥哥。這二種相反的念頭，在西奧的內心靜靜格鬥。

馬路兩旁的七葉樹在茂密的枝葉之間綻放淡紅色花朵，毫不吝惜散發芬芳。心頭驀然湧現一種傷感，是因為剛剛來臨的夏天嗎？

猶記某年夏天，在故鄉的街頭，少年西奧拚命追著哥哥遠去的背影。此刻的心情，是因為想起了當時的自己嗎？

懷抱著莫名的情緒，西奧繼續追逐文森消失在夜晚街頭的背影。

一八八六年五月中旬・巴黎・十區・歐特維爾街

大馬路旁的行道樹枝頭紛紛萌生新綠，在晨光中熠熠生輝。

進入初夏的巴黎街景，許是因為道路兩旁綿延不絕的樹木，看似更加繁華。

向來都是從歐特維爾街的公寓徒步去「若井・林商會」上班的重吉，快步走過石板路，不時想起和林忠正一起去過的那間位於隅田川畔的茶屋。

望著繫在橋畔的小舟隨著微波款款搖曳，忠正語帶堅定地宣言無論如何都要去巴黎的側臉。當時的情景之所以毫無前兆地猝然浮現腦海，是因為此刻這樣走在巴黎右岸的街角，吹來的風微帶濕氣嗎？

是的，這裡不是東京，是巴黎。流淌的不是隅田川，是塞納河。天上飛過的不是鸝鴒，是海鷗。在風中搖曳的不是柳樹柔軟的枝條，是法國梧桐茂密的綠葉。

是的，我們當時曾經談論過。無論如何，都想去法國，去巴黎。

我只不過是懵懵懂懂地做白日夢，但林學長不同。他打從一開始就是認真的。他宣言絕對要去巴黎，而且要親眼確認這個世界究竟是甚麼樣子。

而他也真的做到了。甚至還把我也拉來。

如果沒有林學長，我根本不可能來巴黎。就算有這個夢想，恐怕也不可能真的打定主意出國。

結果你瞧瞧。現在，我居然這樣走在巴黎街角。在風中感受到的不是隅田川，是塞納河的氣息。

五月的巴黎最美。美得讓人不得不為活著心懷感激——重吉聽忠正這麼說過。忍不住心旌動搖，是因為清新明媚的季節來臨了。

——來到店前，重吉不由愣住了。

櫥窗前擠著一群人。戴著禮帽的紳士們，有的探頭窺視玻璃櫥窗內，有的像在等人似地引頸眺望馬路彼方。

到底出了甚麼事？重吉急忙奔向那群紳士。

「不好意思，請問怎麼了？到底有甚麼事……」

他出聲這麼一喊後，

「您是林畫廊的人嗎？」

一名紳士問。是帶有濃厚腔調的法語。

「對，我是。」

他如此回答後，另一名紳士問，

「你們店裡有賣這張浮世繪吧？」

說著遞出手中的雜誌。看到雜誌封面的那幅畫，重吉大吃一驚。

黑髮插滿髮簪，妖豔妓女扭腰回眸的立像——。是英泉的浮世繪《身穿雲龍打掛的花魁》。

那是本月發行的插畫雜誌《Paris Illustre》的日本特輯。有林忠正特地撰文的日本美術評論，成為一大話題。雜誌一上市，就不斷有客人找上重吉詢問封面那幅英泉作品，原本庫存的幾十張英泉作品一轉眼就銷售一空。

眼看銷路後勢看好，忠正立刻前往倫敦批貨，本來預估如果把倫敦經銷日本美術品的店家全都掃蕩一遍的話應該還有庫存品，沒想到英泉作品在倫敦的哈日族之間早已掀起熱潮，不管去哪家畫廊都已經買不到了。對方還反過來問忠正有沒有貨，如果有的話任憑忠正開價，纏著忠正非要他幫忙，害得忠正只能大呼倒楣就此返回巴黎。

急忙殺來買浮世繪的，是忠正的友人，日本美術的大收藏家兼作家愛德蒙・德・龔固爾。本來事前忠正就說可以把英泉賣給他，可是聽到價錢後龔固爾便裹足不前。忠正給《身穿雲龍打掛的花魁》定的價錢竟然是一千法郎。

浮世繪是版畫，所以同樣的作品不只一張，即便是當紅的浮世繪畫家的作品通常也頂多只要二、三十法郎。龔固爾抱怨這個價錢太離譜了，忠正立刻頂回來說那就算了。將來，你一定會覺得一千法郎已經很便宜了。可惜當你發覺時恐怕為時已晚……。

忠正的預言果然成真。店內的英泉庫存品，無論是哪件作品一律以超過一千法郎的價格售出。《身穿雲龍打掛的花魁》甚至有客人揚言願以三千法郎購買。等鞏固爾趕來時，庫存品早已銷售一空。忠正也去倫敦出差了，是重吉負責接待的，鞏固爾當場搥胸頓足悔恨不已。看他這樣，重吉不由偷笑，所謂的「馬後炮」就是指這種情形吧。

英泉騷動好不容易告一段落，他以為總算可以喘口氣了，沒想到今早一來上班又是這麼熱鬧。到底出了甚麼事？

「這件作品早已賣光了。」

重吉這麼一說，紳士們全都露出失望的表情。其中一名身材頎長的男子好像還不死心，又說道：

「我們是住在阿姆斯特丹的一群浮世繪愛好者。這本雜誌的日本特輯在阿姆斯特丹非常轟動……我們聽說你們店裡有賣封面這件作品，所以特地從阿姆斯特丹搭乘火車用了三天三夜的時間才來到這裡。結果卻……唉，怎麼會這樣，竟然賣光了！」

紳士的說詞讓重吉萬分驚訝。

不只是巴黎和倫敦，歐洲其他各國也有熱愛日本美術的愛好者這個傳聞當然聽說過，沒想到竟是真的。

不過話說回來，耗費三天三夜從荷蘭大老遠趕來，連一張英泉都見不到也太可憐了。心生同情的重吉，遂邀請紳士們去店內。

「請進來坐坐。長途跋涉一定累了吧，至少休息一下……」

「不了，不了。我們現在就去別家畫廊碰碰運氣。經銷浮世繪的畫廊，除了這裡不知還有哪裡有？」

聽到對方這麼問，重吉遂報上賓的畫廊及波提耶的畫廊地址。紳士們紛紛道謝後，立刻快步離去。

目送那群戴著禮帽的背影走遠後，只見馬路那頭，忠正和他們擦肩而過走來。

「早。」

佇立在櫥窗前的重吉，對面露詫異的忠正打招呼。

「那些人是幹嘛的？你認識？」

被這麼問起，重吉連忙否認。

「據說，他們耗費三天三夜時間從阿姆斯特丹搭車前來，是一群荷蘭的日本美術愛好者。他們看到《Paris Illustre》的日本特輯，說是來買英泉作品的。」

噢——忠正意味深長地應了一聲。

「那真是辛苦他們特地趕來了。……怎麼不請他們進店裡坐坐？」

「我有邀他們進來休息，但他們說要立刻去別的畫廊碰碰運氣……」

「嗯哼。然後呢？」

「我就把賓和波提耶的店告訴他們了。」

忠正聽了，默默凝視重吉片刻。

「你過來一下。」

他說著，大步走過通往中庭的迴廊。重吉慌忙追上忠正聳起的肩膀。走進店內關上門後，忠正轉過身。重吉反射性地縮起脖子。

「——混蛋！」

果然，特大號的雷霆怒火劈來。忠正從重吉頭上扯下帽子砸到地板上。重吉像烏龜一樣只能把頭縮得更低。

「你這傢伙簡直是……你到底想不想認真當畫商？專程從外國耗費三天三夜趕來的有錢哈日族，你為什麼要拱手讓給我們的競爭對手！」

在阿姆斯特丹能夠弄到《Paris Illustre》，而且只為了買浮世繪便可專程來巴黎的人，通常家境相當富裕，而且是道地的日本美術愛好者。今天就算沒有東西可賣給對方，至少只要留下對方的住址和姓名，將來想必能成為畫廊的上等貴客！忠正想到就怒火中燒。他的怒火一旦點燃就難以收拾。重吉只能誠惶誠恐地靜待他的雷霆怒火平息。

一陣怒吼後，忠正重重在扶手椅坐下，長嘆一口氣。

「我對你太失望了。枉費我特地把你叫來巴黎……」

冷冷仰望惶然呆立的重吉後，忠正補上最後一刀：

「今後你就算留在這裡也沒用。……你還是回去吧。」

啊？重吉失聲驚呼。

「叫我回去……是、是回日本嗎！」

「沒錯。除此之外你還能回哪裡？」

聽到這裡，重吉不假思索跪倒在忠正腳下。

「那、那個……唯獨那個，拜託千萬不要！我拋棄故鄉家庭和學業，好不容易才來到這裡！那、那個……事實上，我一直沒告訴您，我本來已有一個論及婚嫁的對象。但，我和那個女人也分手了！我已拋棄了一切……我在巴黎……在巴黎和您一起……那、那是我唯一的指望，才來到這裡……可是……」

重吉說著哭了出來。他氣自己一點也幫不上忠正的忙，也感到非常丟臉。

「喂，喂，重，你別哭啊。」

忠正發出打從心底目瞪口呆的聲音。

「好好的日本漢子，怎麼能隨便掉眼淚。男人只有父母過世時才可以哭。……好吧，好吧。……我原諒你就是了，你煩不煩！」

被這麼狠狠教訓後。

「是！」

重吉跳起來立正站好。然後鄭重深深一鞠躬道歉：「對不起！」

忠正在胸前抱著雙手，面露無奈。

「真拿你沒辦法。這次我就讓你留下吧。……不過，我有個條件。」

忠正嚴肅地說。重吉立刻抬頭看忠正。忠正的那雙丹鳳眼倏然閃出精光。

「你得把你賣掉的英泉，從那個荷蘭畫商手裡取回。」

荷蘭畫商。——那是西奧多魯斯．梵谷。

在坡道下方下了馬車的重吉，一邊來回比對手上的紙條和建築物牆上貼的路牌，一邊走上魯匹克街。

這是五月天色明亮的傍晚。坡道途上有許多咖啡館，露天座聚集許多人，正在開心地談笑。日本的五、六月也是晝長夜短，但此地即便入夜後依然天色明亮，遲遲不見天黑。而且位於法國北部的巴黎冬天日照短，導致巴黎市民特別眷戀陽光。所以大家才會這樣坐在露天咖啡座，享受遲遲不見天黑的一日尾聲吧。

——找到了。就是這裡，魯匹克街五十四號。

認清藍色大門正上方的牆壁寫的「五十四」號後，重吉握住門把，推門走進迴廊中。這棟建築的四樓，住著西奧和他的哥哥文森。重吉正要去他們的住處拜訪。

就在前幾天，他請助手朱利安送信去「古皮爾商會」給西奧——信中說有事相商，請求西奧撥冗一見。結果，西奧立刻讓朱利安帶來回覆——周五下班後請到我的公寓。我和哥哥一同恭候大駕。

重吉與西奧之前也見過多次，如今已成為好友。

打從文明開化期之前，日本和荷蘭就有交流。歐洲的文化與學問也透過荷蘭傳入日本。或也因此，對重吉來說，與西奧這個荷蘭人交談時，遠比和法國人打交道更輕鬆自在。最主要的是，西奧對自己深感興趣讓重吉很高興。不只是基於好奇心。西奧的態度中，也能感到他對重吉和日本的一絲敬意。

西奧造訪「若井．林商會」時，對店內販售的日本美術品都一一表現出關心，尤其是浮世繪的精采更讓他打從心底感嘆。當然，過去也在巴黎哈日族的店裡見過不在少數的浮世繪，但他興奮地說，以前從未見過如此高品質的作品。而且他還熱切期望能夠買到北齋或歌麿的作品。

西奧眼中浮現的熱切打動了重吉的心。身為巴黎老牌畫廊經理的人物竟然渴求日本美術。重吉因此頗有幾分驕傲，同時對於西奧和自己一樣在這異國城市奮鬥也有惺惺相惜之感。最主要的是，他的認真讓重吉很感動。

重吉立刻把西奧的期望轉告忠正。重吉早已明白，忠正和同行打交道時向來不忘保持戒心，但他強調，西奧對浮世繪的關心純屬個人興趣，可以感到西奧對日本美術的深遠敬意絕非「哈日族」那種三分鐘熱度。重吉自己也不明白為何如此擁護西奧，但他希望自己賣出第一件浮世繪的對象是西奧，不是其他任何人。

忠正審慎傾聽重吉的訴說，接納了他的說法。雖然不把商品轉賣給同行是「若井・林商會」的方針，但忠正把西奧當成「私人的日本美術愛好者」接納。而且也同意把西奧加入有好貨色會優先通知的貴客名單中。

重吉開始一點一點地賣浮世繪給西奧。——不，正確說來或許應該是「忠正賣給西奧」。因為人氣最高的北齋與歌麿的作品有許多愛好者搶著要，到底要把作品賣給誰，最後向來都是由忠正做決定。

店裡收到廣重的《大橋驟雨》時，重吉當下就想把這件作品賣給西奧。重吉和西奧，這時已經熟識到互相造訪對方的畫廊多次，有時還會約好下班後一起去咖啡館喝葡萄酒。重吉發現西奧對日本美術非常好學，也擁有極高的見識。還有非比尋常的熱情。正因如此，他不想賣劣作。他打定主意，店裡如果進了好貨色，一定要首先通知西奧。

《大橋驟雨》在日本美術愛好者之間人氣特別高，許多客戶都熱切期盼能入手。所以，就算價格昂貴也一定賣得出去。重吉思忖，有甚麼好方法可以順利交到西奧手上，但他怎麼想都不認為忠正會跳過其他貴客把畫讓給西奧。

沒想到在重吉已經死心時，忠正卻做出意外的吩咐——把這張畫給那個荷蘭畫商。

在那之前，西奧完全沒有在「若井・林商會」買過東西。換言之，西奧並沒有身為顧客的「實績」。可是忠正竟把收藏家之間人氣最高的作品優先給了西奧。重吉覺得自己好像能夠理解那個理由。

忠正擁有「識人的眼力」。尤其是「發掘衷心喜愛日本美術者的眼力」。西奧的認真，肯定被忠正看得一清二楚。

終於得到《大橋驟雨》，西奧歡喜若狂。特地來「若井・林商會」拿作品的西奧，臉孔閃耀光輝。他雙手哆嗦著拿起作品後，仔仔細細上下打量，恨不得摟進心窩。

謝謝。西奧語帶淚意向重吉道謝——謝謝你，重。我會把它當成一輩子的寶貝。

之後，重吉每次收到不錯的浮世繪作品，就會率先通知西奧。西奧每次都會飛奔來店裡。並且立刻買下。重吉開價多少錢他就爽快付多少錢，但重吉從未虛報過高的價格。因為忠正提醒過他。

——千萬不要對西奧多魯斯虛報價格。他很了解美術市場，而且是個工作態度很誠實的男人。你也要誠實對待他。

如果對方願意照店方開的價錢購買，就不斷抬高價錢裝作若無其事，這是忠正向來的做法。可是他卻忠告重吉要對西奧誠實。對重吉而言，西奧是他在巴黎的第一個顧客也是友人，已在他心目中擁有特別的地位。所以他很感激忠正的忠告。

而那件英泉的「花魁」——這也是店內一到貨，重吉就直覺「這是該歸西奧所有的作品」。之前和羣固爾的對話中，忠正透露這件作品將會出現在《Paris Illustre》日本特輯的封面，所以雖然覺得要賣給西奧恐怕有困難，他還是立刻聯絡西奧，而西奧也回覆他要立刻來看畫。

店裡庫存的英泉作品除了幾張「花魁」，還有幾十件其他作品。忠正預測，《Paris Illustre》發刊後，那些作品的價格想必會水漲船高。忠正早在雜誌發刊前，就已和最親近的老主顧簽訂英泉作品的預售契約。其中就包括了西奧。

西奧果然飛也似地跑來看「花魁」。稀奇的是，這天他不是一個人來，還帶了一個陌生男人來。這個像流浪漢一樣衣衫襤褸蓄著紅鬍子面孔瘦削的男人，就是西奧的哥哥，文森．梵谷。

近距離看到英泉的浮世繪後，文森的臉上瀰漫光輝。看著那張臉孔，重吉終於領會，這二人果然是兄弟。文森目不轉睛地盯著裱框好掛在牆上的「花魁」，就此像化石般動也不動。過了一會，他開始劇烈抖動肩膀。他在哭。——為什麼，為什麼……文森像個孩子般抽咽著說。用斷斷續續，卻流暢得驚人的優美法語。

——為什麼這世上會有這種畫？這種畫到底是怎麼誕生的？

站在文森背後的西奧偷偷告訴重吉，我哥哥是畫家——雖然目前還不為人知……。

西奧當下決定購買「花魁」。文森對重吉一次又一次說著謝謝，謝謝……。

——非常感謝您願意把這幅畫賣給我們。今後我會永遠珍惜這幅畫。這幅畫想必將成為我的老師……。

「花魁」找到了最適合的主人。看著梵谷兄弟開心的樣子，重吉也跟著替他們高興。不過，和品行端正舉止優雅一派紳士作風的西奧比起來，衣衫襤褸看起來很不靠譜的文森令他很好奇……。

此人據說是個畫家……到底畫的是甚麼樣的畫呢？

重吉有次喝酒時，試探著對西奧說，改天我想看看令兄的畫作。西奧沉思片刻，最後只回答：改天有機會的話。

而這天，不期然地，他來到西奧與文森住的公寓。

忠正命他將賣給西奧的英泉作品買回來，顯然是在試探他的勇氣。不管對方是誰，毫無正當理由就想買回已經賣出的作品絕對是不合常理之舉，也是身為畫商的污點。忠正明知如此還這麼要求，重吉知道顯然自有他的用意。忠正期望的，不是重吉真的把英泉從西奧手中取回。他是在試探重吉，看他面對無理的刁難時，能否帶回別的答案。

英泉以外的「某種東西」。那會是甚麼，不得而知。但，總之先和西奧當面談談吧，重吉敲敲公寓油漆斑駁的大門。

過了一會，大門發出「吱——」的傾軋聲緩緩開起。穿著白襯衫的西奧出現，一看到重吉就綻放笑容。

「嗨，重，歡迎你來。請進。」

狹小的室內收拾得很整齊，餐桌旁的牆上掛著「花魁」。看到那個，重吉感到心頭深處一陣刺痛。

「文森正好在作畫……要不要去畫室參觀一下？」

聽到西奧這麼問，重吉當下點頭。

「好……求之不得。」

重吉被帶往裡屋。

油畫顏料的氣味飄來。甚至可以聽見畫筆激烈摩擦畫布的聲音。

踏入那個房間的瞬間，重吉頓時啞然。

鮮豔的藍色、綠色、黃色——色彩的奔流撲面而來。室內到處噴濺顏料，地上堆滿畫布，畫筆和調色刀散落一地，文森就站在那些東西中央。全神貫注地作畫。彷彿揮出重拳，彷彿泅泳，彷彿跳舞——拿畫筆重重撞擊畫布。

一八八七年六月上旬・巴黎・九區・庫羅澤爾街

遲遲不見天黑的六月傍晚，西奧下班後，在公寓所在的亞歷克斯・畢斯卡雷廣場附近下了馬車。

此處位於他和哥哥文森住的魯匹克街南部。在這公寓櫛比鱗次的庫羅澤爾街上，有一家文森與西奧最近頻繁造訪的店家。

雖是店家，但絕非文森成日流連的那種落魄咖啡館。照他所言「是正牌的畫廊」。不過，這裡並非西奧任職的「古皮爾商會」那樣位於大馬路邊擁有氣派展示櫥窗的畫廊。

「畫材，畫商，朱利安・唐基」。這塊老舊的招牌掛在油漆斑駁的大門上方。西奧仰頭認清招牌後，推門走入店內。

一踏進狹小的店內，頓時被油畫顏料的氣味包圍。放眼所見的所有牆壁和架子全都密密麻麻掛滿或擺放著畫作。那些畫擁有新鮮的色彩與不可思議的型態——有的是肖像畫，有的是風景畫，有的是靜物畫，主題各不相同，但是創作手法都很獨特。

有的畫在平面的畫面上描繪兀然浮現的歪斜山脈。但山的樣子具有奇妙的寫實感。那座山絕對不美，嚴格說來甚至是醜陋的。但，正因為那不是「典型的美麗端正的山」，反而有種現實感撲面而來。

還有一幅畫，畫的是褐色肌膚的女人們頭上頂著裝滿水果的籃子，似乎正在悠哉地交談。洋溢異國風情的作品中，感受不到法國畫壇的作品對異國女子的歧視眼光。其中只有悠然的生命。

如果那位傑洛姆大師看到這些畫，八成會當場昏倒或是氣得發飆。距今大約十幾年前，印象派畫家剛出現時，也曾被評論家和畫壇大師們強烈抨擊，說這種玩意不是畫，是塗鴉，如今那個「惡夢」在這裡又出現了……那些畫壇大老八成會這麼說。

但對西奧而言，這是通往神秘的美的森林的入口。不，該說是未開化的美的原野吧。彷彿瀰漫草屑清香的新鮮松節油氣味，讓他得以確定這裡放置的作品不是蒙塵的舊畫，是剛剛完成的「新畫」。

通往裡屋的門開了，一個留著白色山羊鬍的矮小男人走出。一看到西奧，頓時露出親切的笑容。

「嗨，西奧。你來得好，你哥哥一直在等你呢。」

男人就是這間店的店主朱利安．唐基。

被常客——幾乎都是付不出顏料費，無法稱為客人的年輕畫家——暱稱為「唐基老爹」的他，就像一整天都在等候好友來訪似的，堆出滿面笑容和西奧握手，摟住他的肩膀。

「午安，老爹。我哥哥在裡屋嗎？」

「對，那當然。一如往常，正在聽夥伴們交談呢。今天據說剛完成的畫，就放在他身旁。」

唐基喜孜孜地說。

唐基的店，本來是販售顏料與畫筆畫布等等的畫材行，不知幾時卻兼差成了「畫商」。店主從來沒有主動買進作品，但那些付不出顏料費的畫家紛紛把自己的作品抵押在這裡充當畫材費。久而久之，自然畫作越來越多，唐基覺得犯不著收起來，索性統統陳列在店內。於是不知不覺就有了「畫廊」的規模，就這樣做起畫商來了。初次來訪時聽到唐基這麼解釋，西奧差點忍不住笑出來……這簡直像在開玩笑嘛。

西奧整天忙著列出明確的銷售目標，陪中產階級的夫人喝茶，隨時隨地高速運轉大腦，算計著要把這個畫家的作品賣給那個顧客，下周將會到貨的那幅畫賣給這個顧客……和自己在「古皮爾商會」做的這些事情比起來，唐基絲毫不在意畫賣不賣得出去，只是一心一意想幫助年輕的畫家們，基本上窮得成天忙著賺錢維生，令西奧自愧不如。

這些窮畫家雖然窮得連每天吃的麵包都買不起，卻還是不肯停止作畫。他們不屑得到由法國藝術學院執牛耳的畫壇肯定，每天只是埋頭努力找尋屬於自己的創作手法。唐基支援的，就是這種與眾不同的畫家。

在唐基的店裡，每晚都聚集了一群「怪胎畫家」針對藝術高談闊論。唐基也開心地加入他們的聚會，拿出麵包和葡萄酒招待他們。哪怕店裡的生意岌岌可危，唐基也毫無怨言，反倒開心得臉孔發亮，傾聽畫家們的談論。

文森也在這群人之中。起先是西奧說有個地方聚集了有趣的畫家，邀他不如去一次看看。

西奧這廂，也是阿豐斯．波提耶告訴他最近有個畫商的行動很有意思，他才起意去唐基的店裡一探究竟。結果店內陳列的前所未見的作品自不待言，唐基的人格也徹底吸引了他，於是他想，如果把最近陷入瓶頸的文森也帶去不知會產生甚麼樣的刺激。

文森立刻偕同西奧去唐基的店。從此，他徹底喜歡上這個場所——不，正確說來應該是唐基很喜歡他，他不再天天泡咖啡館和酒館，幾乎每天都來這個擠滿新銳藝術家的小城堡報到。

當時不只是文森，西奧也對每天的生活隱約感到滯悶。

和哥哥待在公寓房間大眼瞪小眼，往往讓他覺得喘不過氣。去哪都好，總之只想盡量在不必二人獨處的地方待久一點。他想逃離和哥哥面對面的痛苦。

這一年來，老實說，一連串的苦難連自己都不明白兄弟同住怎麼會讓人這麼痛苦。

一年前之所以會收留突然來到巴黎的文森，是因為他知道哥哥是來巴黎尋找新的畫——尋找只屬於自己的表現手法。

自從少年時代就再沒有和文森同住過。這些年來，文森與西奧的關係已經變了。昔日那個老實尊敬哥哥，追逐哥哥背影的自己已經不在了。此刻在眼前的，是個脾氣暴躁，任性妄為，把弟弟辛苦賺來的錢拿去換顏料和廉價酒精已經無可救藥的男人。每次看到喝醉後昏睡不醒的文森，西奧就忍不住撇開眼。落魄，這個字眼用來形容人原來就是這樣。哥哥那種德性，令他忍無可忍。

可他之所以還能勉強維持與文森的共同生活，依舊看好文森做為畫家的能力，很大的原因是因為遇上唐基這樣支援新銳畫家的人，以及結識了好友。

目前成為西奧心靈支柱的友人——那就是在法國這個遙遠異鄉孤軍奮戰的日本畫商，加納重吉。

唐基的店門，吱的一聲開啟。

正要和唐基一起去裡屋的西奧，聞聲轉頭。只見戴著禮帽身穿亞麻西裝的重吉佇立門口。

「午安，老爹。午安，西奧。你好。今天可以讓我再次參加藝術家們愉快的聚會嗎？」

重吉非常彬彬有禮地問。西奧每次聽見重吉打招呼都忍不住感嘆，難道所有的日本人講話都像他一樣永遠這麼客氣嗎？唐基八成也有同感，對於這個西奧帶來的日本人，唐基打從心底歡迎他的加入，連聲說當然沒問題。

「嗨，重。今天工作提早結束了？」

西奧問。

「不，其實，我跟林先生說要去拜訪顧客，偷偷溜來的。」

重吉悄聲說。

「不能告訴林先生喔。拜託你千萬要保密，西奧。」

西奧聽了，發出低笑聲。

「那當然沒問題……不過，重，只有一個方法可以讓你不用永遠這樣瞞著你們社長。」

噢？重吉露出很感興趣的神情。

「甚麼方法？」

「你想知道？」

「對，拜託你快說。」

西奧露出微笑回答：

「那個方法就是把林先生也帶來這裡。」

重吉與梵谷兄弟的關係急速拉近，是一年前的事。

他是西奧的第一個日本朋友。個性耿直的重吉，拚命告訴西奧自己是如何憧憬法國才來到這個城市的。同時，也說出把自己叫來法國的林忠正是多麼優秀的人物，自己又是多麼尊敬他、仰慕他。

西奧立刻就和重吉打成一片，但對重吉敬愛的忠正卻始終有種難以接近的距離感。雖在店裡見過多次也交談過，但他感到忠正每次微笑時眼睛毫無笑意。儘管態度非常客氣——西奧當然也是忠正店裡的顧客之一——但西奧總覺得他在窺探自己的一舉一動。此人是個徹底的生意人。絕對不可掉以輕心。只要見到忠正，西奧總是繃緊神經。

另一方面，他從重吉口中得知意外的事實。西奧買下的幾件浮世繪——廣重、北齋、歌麿，以及英泉——都是人氣極高的作品，有很多顧客都有購買的意願，可是忠正卻指示重吉優先賣給西奧。的確，這些畫家的浮世繪，或許是因為在其他哈日族的店裡立刻就銷售一空，可以說難得一見。也的確很難入手。自己能夠優先買到，一方面固然是有重吉幫忙說好話，同時肯定也得有身為社長的忠正許可。

為什麼？西奧忍不住問重吉。

——為什麼林先生特別優待我？

重吉笑答。

——林先生認為，能夠慧眼識真貨的人物，應該擁有最好的作品。而且他期許人們能夠理解日本美術的優點，加以推廣……林先生告訴我，像你和你哥這樣真心熱愛日本美術的人，才是我們真正的顧客。

西奧想起林那雙蘊藏冷光的丹鳳眼。原來如此，他的眼中的確帶有評估對手的銳利。但是，自己兄弟二人若能被那雙利眼認同，自然是求之不得。

雖然一直沒機會與忠正親密交談，西奧和重吉的交情倒是越來越好。

有一天，「若井．林商會」的助手替重吉來「古皮爾商會」傳話。——有事相商，能否撥冗一見？西奧感到事態非同小可，於是回覆重吉請他來公寓。

西奧和文森一起去過多次「若井．林商會」，但他從來沒有給忠正或重吉看過哥哥的作品。他早就想過將來要給二人看文森的作品。此刻他感到，時候已經到了。

重吉果然來到魯匹克街的公寓。或許真的有甚麼為難的要事，現身門外的朋友臉色慘白。

文森正好在畫室作畫。西奧邀請重吉去畫室。

文森一旦開始作畫，無論身旁站著甚麼人，或是有人講話或大笑，乃至打雷颳風，他素來都完全不以為意，只是深深潛入自己的畫中。如今，重吉就是在不意間趕上那個「畫作誕生」的現場了。

昔日讓文森發現新境界的作品《吃馬鈴薯的人》畫面中瀰漫的不穩氛圍與憂鬱色彩，自從來到巴黎後已銷聲匿跡，現在文森眼前的畫布上，躍動著強烈鮮活的色彩。

文森的創作手法非常獨特，他會在調色盤上擠出大量的各色顏料，再把畫筆插進去，也不在調色盤上調和色彩就直接沾起。然後像要發射子彈或拿刀劃破般把畫筆砸向畫布。全身大幅晃動，迅速、猛烈地揮動手臂。他這種作畫方式和畫家坐在畫室與模特兒面對面，慢慢花時間把描摹對象畫到畫布上的傳統手法截然不同，似乎令重吉大受衝擊。

重吉呆立在畫室門口，老半天都無法動彈。不知就這樣過了多久。最後重吉轉頭對一直站在他背後的西奧只說了一句話。——我要走了。

——你不是來找我有事嗎？

西奧問。

——不，算了。已經沒事了。

重吉說著，浮現苦笑。只見他已滿頭大汗。

眼看重吉要走，西奧叫他等一下，從自己的房間取來一個小資料夾。然後把它交給重吉。

——請把這個帶回去好嗎？如果你喜歡，我希望你也能拿給林先生看。

重吉輕輕打開資料夾。裡面出現的，是一張素描。是用獨特的筆觸描摹英泉的《身穿雲龍打掛的花魁》。

——我哥真的很高興能夠買到英泉。當然我也是。請把我們衷心的感謝，轉達給林先生。

重吉默默垂眼望著素描。最後，他抬起頭凝視西奧，說聲謝謝。他的聲音有點哽咽。

——該道謝的是我……我打從心底感激不盡。

法國大革命紀念日將近的某個七月傍晚，朱利安・唐基的小店打烊後，特地為他的友人文森・梵谷包場。——文森要開始創作「唐基老爹」的肖像畫。

「我這副打扮是不是不太好……難得你特地替我畫肖像畫，我老婆替我準備了最好的外套和襯衫呢。」

文森與西奧正在狹小的店內收拾之際，唐基從裡屋現身了。他穿著靛藍色雙排釦外套和黑長褲白襯衫，看起來比平時更神清氣爽。

「哇，這樣很好看啦老爹。挺帥氣的嘛。」

把店裡販賣的畫布搬開，騰出地方讓唐基擺姿勢的西奧開朗地說。

「你是不是忘了甚麼，老爹？你的帽子呢？」

豎起畫架找好位置的文森說。他也同樣特別開朗。

「噢，差點忘了。帽子，帽子……我去拿一下。應該就在我房間的衣櫃裡。」

唐基慌慌張張又回裡屋去了。文森朝著他的背影喊：「麻煩戴夏天的帽子喔！」

從這天起，文森預定用一周的時間替唐基繪製肖像畫。

不過，這並非出於唐基的委託。反而是文森與西奧懇求唐基讓文森畫肖像畫。

自從與唐基相識後，文森的畫材都是從唐基的店裡拿的，但他一直沒有付錢。雖然西奧除了伙食費之後也另外給了他一筆畫材費，可是錢統統被他拿去買酒喝了。

西奧發現這件事後大發雷霆。哥哥居然吃定了好脾氣的唐基老爹，把應該給老爹的畫材費全部拿去買酒喝……

沒想到，文森不當回事地說「用畫抵債不就好了」。他說那樣唐基老爹更高興。不過，普通的畫太沒意思，文森決定替老爹畫一張特別的畫——是唐基老爹本人的肖像畫。文森甚至是氣勢洶洶地逼著西奧說，我會畫出驚天之作，到時候就用那幅畫抵銷積欠的畫材費，我希望你這樣向老爹提議，這是你身為我的專屬畫商應盡的職責。

如果唐基不答應哥哥這荒謬的提議，自己無論如何都得把畫材費全額付清。西奧是抱著這樣的覺悟向唐基提議。

沒想到，唐基爽快得嚇人，一口就答應了。「真是一個天大的好主意啊！」他說。唐基雀躍的模樣，甚至讓西奧也跟著開心起來，西奧暗想，這人到底是甚麼樣的老好人啊，到底有多麼喜歡不為世間認可的藝術家啊。

為了可愛的唐基老爹，也為了突顯畫家文森的個性，西奧盤算著把這幅肖像畫打造成特別的作品。

為此，不能在畫室或一般的室內擺姿勢。必須有足夠的特徵可以讓看到這幅畫的人，一眼就知道唐基老爹是誰，文森．梵谷又是甚麼樣的畫家。

西奧驀然想到可以布置一個有特徵的背景。用文森深愛的畫作當作唐基的背景。文森在描繪唐基肖像的同時，也會把那些畫作一起放進畫中。

背景到底該用甚麼樣的畫作最適合——除了浮世繪，他想不出其他選擇。

西奧立刻找重吉商量。他打算把自己兄弟倆擁有的浮世繪也放進去，但即使只是一兩件也好，能否再向「若井．林商會」借來大件且搶眼的作品呢？重吉聽到這個提議很興奮，當下說要代為向林先生遊說。

就這樣迎來作畫的第一天——。

「這樣子如何？」

唐基再次現身徹底準備就緒的店內。他戴著帽沿稍微翻起的草帽。文森與西奧四目相接點點頭。

「來，老爹。請你坐在那面掛滿浮世繪的牆壁前。」

在西奧的催促下，唐基在粗糙的凳子坐下。背後有六件浮世繪。包括歌川豐國、歌川廣重，以及溪齋英泉。有風景畫也有美人畫。清晰明瞭的色塊，大膽的構圖。每一幅都是品質一流的浮世繪。

「簡直像日本皇帝。」

望著坐鎮在浮世繪中的唐基，文森說了這麼一句感想。唐基和西奧都愉快地笑了。

櫥窗面對的庫羅澤爾街，被長長的日光照亮。

馬路對面的人行道上，佇立著二個日本人。——是重吉把忠正帶來，想讓他親眼一睹繪製肖像畫的現場。

然而二人並未走進已開始作畫的店內。二人在街上拖著長長的影子，隔著櫥窗眺望店內的情況。

「——果然。」忠正開口了。

「英泉在那二人的手中，激發了生命。」

重吉贊同地頷首。

二人始終沒走進店內就這麼離開了。彷彿是不忍破壞畫家與模特兒的親密時光。

一八八七年十二月上旬・巴黎・八區・聖拉查車站

鋼鐵與玻璃組成的圓頂下方，長長延伸出許多條石造月台。

一直延伸到圓頂彼方的鐵軌那頭，漸漸駛來一輛冒著濃煙的蒸汽火車。氣笛響徹四周，閃著烏光的車身進入圓頂中。鋼鐵車輪傾軋作響，火車緩緩停止。

在月台上等候火車抵達的人們爭先恐後湧向乘車口。翹首以待的重吉，在人潮中踮起腳尖，從下火車的乘客中搜尋某人的身影。

月台的中段，有個男人將幾件大行李箱放上搬運工的推車。男人穿著黑色禮服頭戴禮帽，丹鳳眼挑起。

「林學長！」

重吉大聲一喊，那雙淡漠的眼睛頓時掃來。

「噢，重！你來接我啊？」

忠正輕拍跑過來的重吉背部，如此說道。聽到睽違半年的日語，重吉光是這樣就已心情激盪。

忠正在七月的法國大革命紀念日過後回了一趟日本。為了採購和日本美術一樣最近在歐洲人氣頗高的中國美術品，他去上海、天津、北京等地採購商品，之後回到日本，買了大量的浮世繪。

在巴黎留守的重吉，收到從中國各大城市寄來的大量商品。重吉立刻將那些商品賣給引領期待新貨色抵達的顧客們。只要是「若井．林商會」賣的東西，他們不用聽甚麼商品說明就會立刻依照店內定價買下。

不只是日本美術品，中國美術品在現在的巴黎也會賣得很好——忠正的預測非常準確。重吉一方面佩服忠正的眼光，同時也有點納悶。

對於法國的資產階級而言，日本美術與中國美術沒有太大的差別。簡而言之，只要符合當今流行的「東方風味」，管他是日本美術或中國美術都無所謂。這樣的風潮，令重吉耿耿於懷。

當然，忠正想必也知道法國人把日本美術和中國美術混為一談。但，忠正高明之處，毋寧正是在於他利用這種混淆，連中國美術品都想推銷出去。我們家社長的生意頭腦果然不是普通厲害，重吉雖然內心五味雜陳，卻也不得不嘆服。

「您從勒阿佛拍來的電報，今早已送到。上面說今天下午五點會抵達聖拉查車站……所以我怎麼可能不來接您呢。我已讓馬車在那邊等著。走吧。」

重吉叫搬運工把行李搬去車站正面。看他這樣，忠正不勝感慨地說重吉現在辦事已經很老練。

「懂得讓馬車在外面等著，自己進來接我，可見你也成長了。我不在的期間，店裡的業績挺不錯的嘛。」

重吉每隔二周就會累計店內銷售總額，拍電報向忠正報告。對於中國美術品果然如自己所料銷售長紅，還有重吉在留守期間的稱職表現，忠正似乎非常滿意。

坐上馬車後，忠正打開車窗。冬夜的寒冷空氣流入車內。忠正深吸一口氣後，喃喃低語：「啊，有巴黎的味道。」

「那是甚麼味道？」

重吉問。

「混合了各種氣味……馬的汗水，馬鞍的皮革，婦女的香水，葡萄酒，瓦斯燈……隱約還有水的氣味……這個大概是從塞納河飄來的吧。」

已習慣巴黎日常生活的重吉，這時驀然想起剛來到巴黎的時候。早上天一亮，寄宿處的樓下咖啡館就會飄來麵包與咖啡的香味。讓他切實感到此地果然是巴黎。

「東京又是甚麼樣的味道呢？我現在已經想不起來了。」

重吉隨口說。忠正輕笑。

「隔了一段時間回國，我也有點驚訝。東京有股腥臭味。大概是魚腥味吧。還有海潮的氣息……令人很懷念。」

日本改元明治已有二十年。東京的中心地區漸漸機能齊備，雖然邁向都市化——換言之都市逐漸西化，卻還是比不上花都巴黎。忠正說，他深深感到東京的成熟度還差西歐差得很遠。

「博物館也在五年前搬到上野了。不是聽說天皇陛下也曾親臨嗎。這次我頭一次去參觀……」

「噢，是的。我以前也常去博物館。」

重吉說。他本來對博物館陳列的東西並無太大興趣，但是自從決定應忠正之邀去法國後，重吉就天天去博物館做功課。因為他將要成為經手日本美術品的商人。他覺得自己好歹也該學一點日本美術的知識，於是盯著展示櫃中陳列的瓷器和金雕、工藝品看得目不轉睛。

「怎麼樣？有展出浮世繪的好作品嗎？」

聽到重吉這麼問，「怎麼可能！」忠正語帶嘲諷回答。

「日本人怎麼會對浮世繪有興趣！在日本，浮世繪的待遇依然等同舊報紙。怎麼可能陳列在博物館。」

被他這麼一說，重吉霎時一驚。

對了，在來巴黎之前，自己不也一樣對浮世繪不屑一顧嗎？可是在巴黎，浮世繪受到眾人追捧，以匪夷所思的高價賣出。那已經變成理所當然了。

「不過，重……你想想看。正因為浮世繪在日本被當成不值錢的廢紙，才有我們做買賣的機會。」

忠正以低沉平靜的聲音訴說。

「盡可能低價買進，盡可能高價售出。這就是做買賣。……一旦日本人察覺日本美術的價值，就是我們結束這個工作的時候到了。」

重吉抿嘴低下頭。

忠正說得沒錯。正因為等同廢紙，才能以低價大量買入。正因為轉手以數十倍、數百倍的價格賣出才有利潤。才能在巴黎中心精華地帶開店，自己的薪水也得以受到保障。

這麼一想，好像應該祈求日本人永遠不會發覺日本美術的價值。

然而，自己已經察覺日本美術的真正價值了。

在歐洲如此受到熱烈追捧的日本美術。應該只是新興資產階級追逐流行湊熱鬧吧。但，日本美術真正的優秀讓許多藝術家受到影響也的確是不爭的事實。

愛德華・馬內、克羅德・莫內、艾德加・竇加……印象派畫家們率先發現日本美術的「革新性」。

還有天天勇於挑戰追求嶄新創作手法的年輕畫家們，也格外傾倒於日本美術，尤其是浮世繪。

其中，尤其是那對兄弟。西奧多魯斯・梵谷和哥哥文森。

他們兄弟倆渴求日本美術的眼神之真摯！談到北齋、英泉、歌麿時臉上煥發的神采。簡直就像朝陽燦爛照耀的塞納河面。

印象派畫作蘊藏的革新性已是不證自明。就算和西奧的畫廊經手的傑洛姆及布格羅相較，印象派畫家創作的畫，顯然也和過去傳統的繪畫截然不同。一眼就看得出來他們的作品有多麼創新。

過去幾十年來暴富的新興資產階級，當初似乎也曾爭相蒐羅法國學院派大師們的作品。那是富麗堂皇的畫。公然將女性的裸體——事實上是女神——就像親眼目睹般描繪得栩栩如生。肌理細膩的豐艷裸體，光滑得讓人忍不住想伸手去觸摸。

相較之下，比方說莫內的畫中出現的女人們，連臉孔都畫得不清不楚，著色方式乍看之下也毫無章法。但他的畫中洋溢著傑洛姆的作品缺少的躍動感。

傑洛姆畫中的女神，就算看起來在那裡，也是冰凍凝固的美。而莫內畫中的女人，即使面目不清，也能感到女人的裙襬隨風搖曳，甚至彷彿可以聽見成片銀蓮花的草葉互相摩擦的沙沙聲。而且實際上，遠景的人物看不清臉孔細節是理所當然，看起來本就是那樣模糊朦朧。如此說來，莫內筆下的女人和風景，豈不是更「寫實」嗎？

莫內這些印象派畫家，為何能夠創造出迴異於傳統繪畫手法的創作方法？答案就在浮世繪。

那是極端接近對象去描繪的手法。比方說歌川廣重的《名所江戶百景　龜戶梅屋鋪》。畫面前方有一支梅樹的枝幹貼得很近，其他樹木則被拉得很遠成了點景。這種極端的遠近感，在小小的紙上產生無限的深邃感。比方說葛飾北齋的《富嶽三十六景　神奈川沖浪裏》。宛如高牆湧起的巨浪後方，本該巍峨高聳的富士山變得很渺小。手法極為大膽。

浮世繪這種獨特的技法，雖不知到底該怎麼定名，但總之在西方人看來想必是非常奇特的繪畫。

但，資產階級毋寧是嘖嘖稱奇爭相求購。而渴求嶄新表現手法的藝術家們，也不斷研究與努力，試圖融入自己的創作中。

把浮世繪當成廢紙的日本人，如果得知這個現況八成會跌破眼鏡吧。巴黎的富豪們競相收購那種廢紙，某些畫家拚命想把浮世繪的特色運用在自己的作品中——。

「對了，那對荷蘭兄弟最近在幹嘛？」

忠正問。思緒發散得很遠的重吉，這下子赫然回神，把頭轉向坐在身旁的忠正。

「您是問……文森和西奧嗎？噢，這個嘛，是啊……他們都過得很好。」

他吞吞吐吐回答。

是嗎，忠正簡短接腔。就此，再也沒提起梵谷兄弟的話題。

忠正離開的期間，重吉頻繁與梵谷兄弟見面。

正確說來，是單獨和西奧見面，至於文森，就算遇見了也少有交談。

重吉在西奧的介紹下開始出入「唐基老爹的店」，和無名的年輕畫家們的交流也日漸深厚。

剛來到巴黎時，對於這些冠上「印象派」和「新銳」這種陌生頭銜的畫家作品，重吉吃驚地想，「這是甚麼東西！」但他逐漸理解，之所以會驚訝是因為他們創造的東西太新穎，那種有趣讓他大開眼界。而且得知他們的作品呈現的「新穎」背後，顯然和日本美術有不淺的關係後，他也感到很驕傲。

重吉不知不覺已搭上了揚帆駛向「新進藝術」之海的船隻。船長就是西奧。

——嶄新的時代將要來臨。換言之，那就是新進藝術的時代。

西奧每次碰面必然會這麼說，兩眼閃閃發亮。

——再過十幾年，二十世紀就要來臨了。被傳統包袱綑綁得動彈不得的舊時代已經結束了。學院派那些大頭症畫家創作的落伍畫作，肯定再也無人問津。

等著瞧吧，有一天，唐基老爹店裡掛的那些畫，一定全部會以匪夷所思的價格售出！

重吉和西奧聊得越多，就越感到西奧內心深藏著對哥哥非比尋常的期待。雖然西奧從未說過文森・梵谷是了不起的畫家，但當他讚賞新銳藝術家，對他們的前途看好時，也就等於是在讚賞哥哥，對哥哥的前途看好。而且，對於把日本美術帶給自己兄弟的日本畫商重吉——以及林忠正，西奧似乎也熱切期望文森能夠得到認同。

文森不在場時，西奧曾偷偷問過重吉，對哥哥的作品有何看法，對他的作品有無興趣。重吉回答當然有興趣。但重吉無法再說更多。

實際上，重吉深受文森的畫作吸引。但他很難表達那種感覺。就連日語好像都沒有任何言詞足以形容。遑論用法語表達，那就更不可能了。所以，他頂多只能說，很有意思、我當然有興趣……。

文森的作品散發出驚人的力量。定睛看久了，彷彿會被拉進畫中……不，拉進畫中這種說法太溫吞。是被粗暴的力道猛然拽進畫中。就像是忽然被人甩了一巴掌……又好似拿利刃捅過來……文森的畫中蘊藏痛楚與吶喊。

重吉接觸文森的畫作時萌生的，是過去從未體驗過的陌生感情。

忠正不在的期間，有一次，西奧毫無預告就在快打烊時來到「若井・林商會」找重吉。

最近和西奧碰面幾乎都是在他們固定去的酒館或唐基的店裡，所以重吉滿心不解到底發生了甚麼事。

被帶進會客室的西奧神色疲憊。也沒坐下，就用破釜沉舟的語氣問重吉：

「林先生對我哥的畫不知有何看法？」

並且朝重吉投來求助般的眼神。

重吉一時之間答不上來。

忠正的確把西奧上次給的文森素描「英泉的花魁圖」放在手邊。

那次「試膽考驗」，重吉帶回來的答案不是真正的「花魁」而是一張素描。忠正拿到那個後，想必大出意料，不由浮現驚詫的表情。然後他笑著說，你也挺有一套的嘛。

意外到手的素描，被忠正放進桌子抽屜，似乎不時會拿出來打量。重吉進社長辦公室時，經常發現取出的素描就那樣放在桌上。

不過，忠正始終不曾吐露他對文森作品的感想。文森畫唐基老爹的肖像畫時，重吉轉達西奧想商借上等浮世繪的請求時，忠正也只是說了一聲可以。

還有，就在忠正回日本的前夕，重吉曾向忠正轉達西奧希望他去唐基老爹的店裡看文森畫肖像畫的請求。當時，忠正也是二話不說就輕易同意出門去看看。但是都已來到店前了，他卻不肯進去，只是從櫥窗外眺望室內的情況，就這麼轉身走了。

「我想他應該有興趣。」

對於西奧的問題，重吉如此回答。光是這麼答覆已竭盡所能。

「真的？」

西奧又追問。眼神依然如在求助。

「對……當然是真的。」

重吉無法再說更多。而西奧，也沒有繼續追問。

從那次之後，西奧的樣子好像就有點不對勁。

即便邀他去喝酒，他也用太忙為由推拒，也沒出現在唐基的店裡。後來也沒來過「若井・林商會」。

至於文森，倒是老樣子。經常在常去的酒館看到他喝得爛醉的樣子——因為不想惹麻煩，所以重吉沒喊他——在唐基的店裡也沒有加入畫家們的議論，純粹只是「旁觀」。在唐基店裡的文森，和喝酒時判若兩人，非常低調沉默。

畫家們高談闊論新時代的藝術論時，看到每次都坐在角落的椅子上低頭沉默不語的文森，重吉就會想，喝了酒和沒喝酒時的差別還真大。明知是多管閒事，還是忍不住為文森無法加入畫家同好的模樣耿耿於懷。

西奧也和文森一樣，在唐基店裡時只是「旁觀」夥伴們交談。在重吉看來，和重吉獨處時明明聊得很快活的西奧此刻之所以沉默，分明是因為顧忌文森在場才刻意低調。

重吉早已明白，文森與西奧，雖是親兄弟，關係卻遠甚於兄弟——。

在這世上最了解文森．梵谷這位畫家的，是西奧。西奧看好文森身為畫家的實力，堅信他的前途不可限量，無論在經濟或精神上，都全力支持文森。

以前重吉曾聽西奧說過，自己是哥哥的「專屬畫商」——做為金援文森．梵谷的回報，文森把他創作的所有作品都給了西奧。

西奧肯定對文森的繪畫天分寄予全副信賴。然而另一方面，內心的糾葛也落下暗影。

文森畫的畫，妝點著激情。顏料在吶喊，流淚，歌唱。那樣在顏料本身融入情緒的畫作，過去可曾出現過？

畫布上揮灑的顏料，證明文森是個贏得嶄新表現手法的藝術家。

文森．梵谷。——他是個令人悚然的偉大畫家。

然而——。

他的偉大，該如何讓世人認可？重吉分享了西奧的苦惱。

自己也知道，文森是個無與倫比的畫家。卻不知有甚麼方法能夠讓世人認清這點，也沒有那種力量。

能夠做到那個的，必須是冷靜俯視社會，敏銳地看清市場，有勇氣去果敢推動新藝術的人物。

那究竟是誰？

——林忠正或許正是那個人？

「哎，果然還是店裡好。如今，我覺得這裡才是我真正的家。」

結束這趟漫長的日本之行，忠正在「若井・林商會」的社長辦公室安頓下來。

看到他坐在桌前終於露出放鬆的表情，重吉深深感到，此人果真是打從心底熱愛工作。——同時，也熱愛巴黎這個可以讓他盡情投入工作的城市。

「您一定累了吧。要不我給您來一杯白蘭地咖啡？」

重吉機靈地說。

「啊，也好。拜託你『別放咖啡』。」

忠正回答。重吉不禁微笑。

在二個玻璃杯注入琥珀色液體，雙手端著急忙走回社長室。二十年的白蘭地「Courvoisier」，是忠正不在的期間鞏固爾拿來的。就用這酒慶祝社長的平安歸來吧。

正要從半開的房門走進去之際，重吉突然駐足。

忠正正從桌子抽屜取出一張素描打量。那是文森根據英泉的作品描摹的《花魁圖》。

忠正就像看全家福照片一樣，深邃的眼眸盯著那幅畫，抱著雙臂文風不動。

重吉雙手拿著白蘭地酒杯，也不敢進去，就這麼呆立原地。

杯中散發馥郁香氣。有股櫻花香。

也許是錯覺。即便如此，重吉總覺得，忠正把日本的氣味也帶回巴黎了。

一八八七年十二月上旬・巴黎・十八區・魯匹克街

不時吹來的寒風令西奧縮起肩膀，他正與文森一起走在回家的路上。

他不經意望向走在前方不遠處的哥哥背影。鬆垮破舊的大衣，磨損的皮鞋。混合酒精與體臭的酸味隨風飄來。只有手上沾滿的油畫顏料能夠證明，這個外表寒酸的男人不是流浪漢，是個畫家。

相較之下，自己一身剛下班的打扮。漿得筆挺的高領襯衫繫領帶，黑色羊毛大衣，摺線筆直的長褲，精心保養的經典款素面紳士皮鞋。頭戴禮帽，手上也不忘拿著灰色手杖。西奧敏感地察覺，文森每次看到弟弟下班回來的資產階級裝扮，眼中都會隱約浮現輕蔑的神色。

走到二人公寓所在的魯匹克街時，文森忽然停下腳。

「你先回去吧。我還沒喝夠，找個地方喝一杯再回去。」

文森頭也不回地說。西奧心想，又來了，難掩心頭湧起的遺憾。

這天晚上，兄弟倆一起造訪畫家朋友保羅・高更的畫室，喝了葡萄酒，也聊得很愉快，很久沒有這麼快活過了。西奧覺得此刻好像被當頭澆了一盆冷水。

西奧最近對於成天找藉口出去喝酒的文森已經懶得去抱怨了，卻還是不免有點惱火。
「難得這麼美好的夜晚，你又要去喝廉價劣酒？偶爾清醒地作畫不好嗎？」
文森的背影倏然一抖。他轉身用沾滿顏料的雙手一把揪住西奧的前襟。西奧不禁身子一縮。
「叫我清醒地作畫？……你的意思是說我作畫時不清醒？」
西奧啞口無言，看著逼近臉前的文森雙眼。尖銳如刀的眼神刺來。西奧撇開臉，文森狠狠推開弟弟。
「……對不起。一時失言……」
西奧用低得幾乎聽不見的聲音說。
「因為剛剛還和高更那麼開心地互相讚賞彼此的畫作……。我已經很久沒看過哥哥那樣開朗了。我也很高興……我希望能夠保持那樣的心情一起回到家。」
西奧坦誠表白。
文森嗤之以鼻地回嘴。
「反正我只是個陰森的酒鬼。怎樣都不可能成為你期望的那種開朗的畫家。……你的畫廊賣的那種光明正大、品行端正的大師級作品，就算殺了我也畫不出來！」
他很火大。

雖是用弟弟給的錢買的畫布與顏料作畫，用弟弟給的錢吃飯喝酒，但文森就是對西奧在故作高尚的畫廊上班，賣學院派大師的畫給資產階級的行為看不順眼。

西奧最近賣的不只是學院派畫家的作品。印象派畫家的作品終於也開始打開銷路了。雖然「古皮爾商會」依舊保守，但市場開始需求印象派的畫，再加上經營團隊同意讓業績卓越的西奧放手表現，才有這樣的成果。

不管怎樣，文森對西奧的工作似乎越來越不滿了。

西奧該推銷的，不是學院派大師也不是印象派畫家。西奧多魯斯・梵谷應該是文森・梵谷的專屬畫商才對。這就是文森的真心話。

然而，西奧到現在連一幅文森的作品都沒賣出去。這點一直讓文森很不滿。

西奧當然也想盡快賣出文森的作品，哪怕只是一件也好，無論賣給誰都行。問題是，就是做不到。無論如何都做不到。

越急著想要盡快設法，就越有另一個自己告誡自己欲速則不達。

文森・梵谷的畫，不是一般普普通通的畫。

那樣的一幅畫，蘊藏改變世界的力量。是足以在朝著世紀末奔流的美術史上製造新浪潮的力量——那是非常非常重要的畫。

所以，千萬不能急著脫手。一定得確實送到該送的人手上。

西奧這樣的心情，文森自然不可能察覺。最近的他，只要和弟弟碰面就會不悅地露出陰鬱的表情，一喝點酒就破口大罵。罵弟弟是資產階級的走狗，沒資格也沒氣度賣自己的畫，是不知羞恥的傢伙——。

不管被哥哥怎麼責罵，西奧都強自忍受。不僅因為彼此是親兄弟，也因為他看好文森身為畫家的前途。

然而，這晚，他終於忍無可忍了。

西奧用力咬緊臼齒。接著狠狠打了文森一耳光。

文森猝不及防，一手摀著挨打的臉頰，混濁的眼眸緊盯弟弟。

「——你滾！管你愛去酒館還是哪裡……不要再回來了！」

西奧撂下話後，轉身背對文森。隨即朝著公寓的反方向衝上坡道。

太不甘心了。氣惱幾乎撕裂心口。

他氣哥哥完全不知體諒，氣自己的不中用。氣這個不肯認同文森．梵谷的世界。

一切都太可恨，太可悲，太心酸。

這晚，文森沒有回來。隔天，再隔天，還是沒回來。

文森就此消失了。

文森失蹤已有五天。

這天「古皮爾商會」收到給西奧的電報。來自巴黎郊外的電報，是文森發的。上面只有一句話：「聖誕節前回去。」西奧撫胸暗自慶幸。

雖然如今兄弟倆天天口角，但是哥哥連續五天沒回來還是第一次。

以文森的個性一旦被逼急了還不知會闖出甚麼大禍。不是破壞東西，就是大吵大鬧……有一次，他甚至拿刀抵著自己的喉頭。——既然這麼看我不順眼，那我當場死給你看！文森當時這麼大吼，西奧只好急忙去喊住在附近的畫商阿豐斯・波提耶。把波提耶帶回來時，文森已經若無其事地在喝酒。還笑嘻嘻地遞上酒瓶說——咦，波提耶先生，你怎麼來了？要不要一起喝？當時西奧的尷尬，簡直光是回想起來都要吐血。

文森經常不交代一聲就出門，過了一兩天才坦然自若地回來。還說甚麼住在妓院，認識了可愛的女人……若無其事地又開始作畫。

所以，這次西奧以為他又會像以往那樣自己回來。然而過了三、四天後，西奧漸漸開始坐立不安。

他夢見男人抱著畫布的屍體浮現塞納河，不禁在夢中呻吟。

——當時為什麼要講那種話……竟然叫他別再回來。

衝動之下脫口而出的一句話，讓西奧不知有多麼後悔。文森的心，像玻璃一樣纖細脆弱容易受傷。

打從以前就是如此。數不清有多次為哥哥的脆弱暗自稱奇，不明白區區一點小事為什麼讓他如此受傷。

萬一他想不開，自覺受傷，說不定……會去自殺。

哥哥如果真的自殺了，都是自己的錯。屆時，自己恐怕也活不下去了。把哥哥逼得自殺，自己還有甚麼臉繼續苟活？

西奧不停思考，不停痛苦，越來越想不開。他不斷遊走夜晚的街頭，尋找文森的蹤影。但，無論問誰都不知道文森的下落，始終找不到人。

就在這時，他收到電報。得知哥哥平安無事，眼前彷彿豁然開朗。

才剛剛安心地鬆口氣，隨即又再次感到惱怒。

為什麼自己必須在意哥哥到如此地步？

他和自己都已是成年人了，已經各有各的人生。只不過消失五天，就把自己的生活搞得一團亂未免太奇怪了吧。

文森是文森，自己是自己。二人是不同的人。然而，這麼理所當然的事情，如今對西奧卻變得很不自然。

文森就像西奧的半身。

文森如果鑽牛角尖，西奧也會鑽牛角尖。文森如果痛苦，自己也會痛苦。這樣分隔兩地之後，他發現文森的靈魂在流血。那種痛楚，也正是自己的痛楚。文森如果注定無法幸福，那麼自己，想必也絕不可能幸福吧。這樣的絕望，讓他滿心悲傷。

文森依舊沒回來的某晚，西奧下班回來時順路去了朱利安．唐基的店。應重吉之邀，他在睽違多日後決定造訪。

唐基的店很小，只要四、五人就擠滿的空間內，除了販賣的管狀顏料，到處都擺滿各種畫作。

今年夏天完成後，一直掛在店內最顯眼位置的，就是文森畫的唐基老爹的肖像畫。畫中的唐基老爹穿著深藍色雙排扣外套搭配草帽，露出老好人的笑容。看久了之後，自己好像也會自然露出微笑，是一幅氣氛祥和的肖像畫。

創作這幅肖像畫時，西奧也在場。他拜託重吉從「若井．林商會」借來的浮世繪貼滿牆壁，唐基就坐在那前面擺姿勢。當時那種溫馨的氣氛，每次來這間店就會想起。

文森總是像要砸上自己全副心魂般在畫布上用力揮舞畫筆，可是面對唐基，他變得難以置信的溫和，是邊談笑邊運筆。

為什麼會這樣——是唐基的人品安撫了文森嗎？是因為唐基背後有他深愛的浮世繪嗎？

當時，西奧是那樣感覺的。

開始作畫不到一周，文森就完成了唐基的肖像畫。唐基很高興，把那幅肖像畫掛在一走進店內的正面牆上。

——他斬釘截鐵說，不管誰看到這幅畫要我轉讓，我也絕不可能賣給別人。

唐基非常高興，無論誰來店裡都要炫耀一番，告訴人家有個荷蘭來的畫家替他畫了精采的肖像畫。

以非凡的專注力，用驚人的速度迅速畫完。那是身為職業畫家想要出人頭地最重要的資質之一。因為這代表不管收到多麼大量的訂單都可以完成工作。

然而，實際上，文森沒有收到任何委託他作畫的訂單。不僅如此，他畫的作品一幅也賣不出去。

是的。文森來到巴黎已有一年九個月。可文森依然是沒沒無聞又貧窮的「畫家預備軍」。無論他的畫筆有多麼犀利，完成的速度有多麼迅速，還是沒聽到任何人說過一句想要他的畫。

西奧逐漸不再去唐基的店。因為只要西奧出現，在人群中聽大家議論美術的文森必然會立刻沉下臉。

本來聊得痛快的畫家們，多少也察覺氣氛尷尬，於是變得冷場。——西奧終於醒悟，自己不該再來這間店，「古皮爾商會」的經理出入新進畫家聚集的店也不會有任何人歡迎。

然而，那天午間，「若井・林商會」的助手來到店裡，把一封信交給西奧的助手。那是加納重吉寫的信。

西奧走進店面後方的辦公室，在辦公桌前坐下拆信。

親愛的西奧

好久不見，但我相信你過得很好。

最近你也好久沒去唐基的店了吧。所以我要通知你，令兄又完成了一幅唐基老爹的肖像畫，從上個月開始掛在店裡喔。二幅畫放在一起相當有看頭，所以今晚你要不要來看看？我也會去，唐基老爹也在等你。

重

——第二幅肖像畫？

西奧壓根不知此事。頓時，一種無可奈何的苦澀湧上心頭。

——果然又把錢拿去買酒了嗎……

在那次大吵的前一個月，西奧給了文森一大筆錢，叫他把再次積欠的畫材費還給唐基。文森說「謝謝，多虧有你幫忙」，異樣老實地收下了那筆錢。

可是，那筆錢八成又拿去買酒了。所以他又畫了一幅肖像畫，送給唐基抵債——。

——怎麼會有這種人，哥哥……你這人簡直是……！

西奧氣得發抖。握緊拳頭砸向桌面。

文森吃定了唐基的好脾氣，賴帳不還。——藉由對他而言照理說應該比甚麼都重要、神聖的「作畫」這個行為。

想到這裡的瞬間，西奧內心有某種東西鏗然碎裂。

他萬分羞愧。——甚至很想死。

——啊，是的。就算再怎麼恨你，哥哥，反正我也不可能殺了你。

那麼，索性——拿手槍射穿自己的腦袋吧。

西奧站起來。走到房門口，悄無聲息地轉動還插在鎖孔的鑰匙，把門鎖起來。

然後他走向書櫃。拉開最上面的抽屜，從抽屜深處拉出一個黑色皮革包覆的盒子。打開之後，發出暗光的手槍出現。

他用顫抖的手抓住手槍。手槍很重。在巴黎，高級商店和富裕家庭都會配備手槍防身。這不足為奇。然而，實際握槍，對西奧而言還是頭一遭。

他把發出烏光的手槍舉到眼睛的高度。就連彈匣有沒有裝子彈都不知道。

——連拿都沒拿過，怎麼可能知道如何使用。

管他的……只要把手指勾在扳機上，抵住太陽穴就行了。只要手指用力，應該可以輕易擊穿腦袋。

啊？——這是怎麼著？我……我真的想尋死嗎？

在唐基老爹的店裡？當著重的面前？——當著哥哥的眼前？

西奧早已猜到，重吉這天晚上特地把自己叫去唐基的店裡應該事出有因。

說不定，文森現在就躲在唐基那裡。

沒錯。肯定是這樣。所以重才會叫我去，想勸我們和好。

那麼，我就在哥哥眼前……作勢自殺給他看。

這樣一來……哥哥或許就會洗心革面，認真的，專心的，好好面對繪畫事業。或許他就能畫出更好的作品，畫出真正的畫。

為此，我……是的，我……就算犧牲生命也無所謂。

西奧拿著手槍回到辦公桌前，把槍放進腳邊的黑色公事包。心跳劇烈得疼痛。

——沒問題……我怎麼可能真的死掉。只不過是裝個樣子。只是裝出死也不怕的樣子罷了。

西奧告訴自己，一定要冷靜。犯不著去死，不會真的死掉。

——只是要讓哥哥知道，他害我苦惱得要死而已。

所以，要把這手槍帶去。對，只不過就這麼簡單——。

等到打烊時間，他坐上馬車。拎著裝手槍的皮包。

西奧佇立在唐基的店門口。冷風呼嘯，這是個幾乎把人凍僵的寒夜。然而，他握著皮包提把的手心卻滿是汗水。

他伸手去握住門把，懷著祈禱的心情拉開門。

——如果哥哥一開始就現身了……而且如果他冷冷投來「你來做甚麼」的眼神——那我不知會做出甚麼舉動——。

可是，眼前出現的，是他意想不到的人物。

梳理整齊的黑髮，光亮的黑色小鬍子。丹鳳眼直視著他。

「嗨，西奧多魯斯。好久不見。」

以完美的法語出聲招呼他的，是林忠正。

西奧感到心頭撲通一跳，慌忙擠出笑容。

「啊，這真是難得……林先生。好久不見。」

二人握手，但西奧立刻縮回手。任誰握住汗濕的手都不會感到愉快。
「嗨，西奧。你來啦。太好了，正好林先生也臨時決定要來……」
站在忠正背後的重吉，說著朝他一笑。西奧立刻猜到重吉的用意。
——原來是這麼一回事啊，重。
你帶來的不是我哥哥，而是林先生嗎……謝謝你。
「咦，西奧。你總算露面了。」
唐基也從裡面出來，帶著一如既往的親切笑容問。
「最近你哥哥在忙甚麼？好一陣子沒看到他了……」
「噢，那個，文森啊……他最近忙著工作。整天窩在畫室裡畫畫呢。」
西奧情急之下找藉口搪塞。在忠正貌似窺探的注視下，他接著又說：
「我聽說我哥哥又畫了一幅老爹的肖像畫。他這人畫畫動作很快，所以我完全不知情。」
「啊，沒錯。」唐基笑得瞇起眼回答。「就在這裡。」
又短又胖的手指指向之處，並排掛著二張肖像畫。西奧凝神注視「二個唐基老爹」。
一幅是今年夏天西奧也在場時繪製的那張氣氛溫馨的唐基肖像畫。深藍色外套搭配草帽，洋溢人情味的臉上掛著有點靦腆的微笑。彷彿日本皇帝般在五顏六色的浮世繪簇擁下堂皇坐鎮。

另一幅，幾乎是同樣構圖，同樣服裝，同樣姿勢的唐基老爹。但是和前一幅相比，畫中人物看起來更加篤實。尤其值得一提的是，背後的浮世繪有幾張和前一幅畫中的浮世繪不同。

用更沉穩的筆觸縝密描繪的浮世繪，以及彷彿刻劃層層年輪的老樹頭般屹立不搖的唐基老爹。凝視觀者的眼眸蘊藏微光，那是老爹投注在描繪他的畫家，文森．梵谷身上的慈愛光芒。

——哥哥甚麼時候畫出這樣的畫……。

西奧啞然，與畫中的唐基四目相對。這麼看久了，眼淚驀然湧現。

西奧別開臉。他不能哭，然而，眼淚幾乎奪眶而出。

「你哥哥……」

忠正沉靜的聲音忽然傳入耳中。

「……或許是個非凡的畫家。」

西奧想轉身，卻無法轉身。

因為眼淚溢出，已沾濕臉頰。他不想讓任何人看見自己哭泣的臉。

一八八七年十二月十七日・巴黎・十區・歐特維爾街

重吉縮起穿大衣的肩膀，呼出白煙，一如往常正要去「若井・林商會」上班。馬路兩旁公寓櫛比鱗次。排成一線的屋頂上冒出小煙囪，墨色輕煙冉冉攀升冰冷澄澈的藍天。

只見助手朱利安從馬路那頭走來。雙手抱著用繩子綑綁的矮小樅樹。這才想起，昨天他說過「明天一早會先去聖誕市集再來上班」。

「早安，重先生。」二人正好在店前會合，朱利安語帶雀躍打招呼。

「我買來了樅樹。這個大小應該剛剛好吧？」

望著朱利安遞來的樅樹，重吉嗯了一聲點點頭。

「是啊。林先生說『最好是可以放在桌上的大小』，所以這樣應該剛好吧。你家也擺上聖誕樹了嗎？」

「沒有，我媽不喜歡跟流行……我哥夫婦倆聖誕節雖然也會回老家，但我們頂多全家一起上教堂一起吃晚餐。壓根沒想過用聖誕樹裝飾這種時髦的舉動。」

再過一周就是聖誕節了。或也因此，巴黎街頭愈發熱鬧，似乎人人都格外興奮。

在天主教徒占了國民大多數的法國，慶祝耶穌基督降生的聖誕節成了一年之中最重要的節日。這是重吉的第二個聖誕節，到了十二月中旬，街頭好像變得特別繁華，百貨公司和咖啡館的生意也特別興隆，心情自然會跟著雀躍。家鄉金澤也是每到十二月，人們就格外忙碌地四處奔波。雖然城市的風景不同，但熱鬧興奮的氣氛卻有相通之處，讓他感到很有趣。

隨著聖誕節日漸接近，「若井・林商會」的生意也越來越好。大概是因為街上熱鬧，人們自然也就更捨得掏腰包花錢了。聖誕節有闔家團圓用餐的習俗，所以會想把家裡裝飾得更美麗。浮世繪自然不用說，就連屏風及銀製工藝品、漆器等等，進入十二月後也賣得特別好。

也因此，這段日子忠正的心情極佳。突然說要買最近流行的聖誕樹裝飾店內，於是朱利安接下任務，一大早就去買來了。

把樅樹裝進素燒的陶瓷盆子放到桌上一看，大小剛剛好。這時忠正也來了。他看到樅樹，興趣缺缺地說「這是甚麼玩意」。

「這還用問嗎……當然是聖誕樹啊。昨天不是您叫人買回來的嗎？」

重吉回嘴，

「這哪裡像是聖誕樹。分明只是普通的樹。裝飾品在哪裡？」

忠正哭笑不得說。重吉與朱利安面面相覷。
「裝飾品……哪裡有那種東西？」重吉問。
「重，你會摺紙鶴嗎？」忠正反問。
「噢，小時候我姊教過我……可我已經忘記怎麼摺了。」
「不，沒問題。你一定還記得。就算你忘了，你的手指也該記得。你隨便找本舊雜誌或舊地圖剪一張紙摺摺看。」
於是，重吉這天早上的第一件工作，就是奉命摺紙鶴。
他從彩色印刷的雜誌《Paris Illustre》刊載的插圖部分以及有著色的法國舊地圖剪下方塊，開始摺紙。先摺成三角形，再摺成更小的三角形……這麼實際動手後，果然如忠正所言，手指還記得，輕易摺出了紙鶴。朱利安看了讚不絕口：「太厲害了！簡直太美了！」但重吉心裡卻覺得很丟臉：「居然叫我做摺紙鶴這麼娘娘腔的事……林學長真是壞心眼。」
但是他終究不會針線活，只好拿去熟識的咖啡館拜託老闆娘，在紙鶴的背上穿線。老闆娘把紙鶴放在手心上，「天啊，天啊！你瞧瞧，這隻龍真可愛！」還頻頻感嘆「你們日本人真的手很靈巧耶」。
這樣串好紙鶴掛在聖誕樹上後，重吉把樹放到櫥窗旁的桌上。來往行人發現那個，紛紛一臉好奇地湊近櫥窗窺探店內，讓重吉暗自有點得意。

驀然間，一個熟悉的面孔出現在櫥窗外。枯瘦凹陷的臉頰蓄滿紅鬍子，頭戴破舊的圓頂紳士帽。凹陷的雙眼，蘊藏好奇心的火焰散發妖異的光芒。

——啊。

「……文森！」

重吉不禁大叫一聲，衝到店外。正在探頭看櫥窗的文森，見到重吉突然出現，不由面露尷尬。

「嗨……好久不見。」文森苦笑。

「你到底去哪了，文森！」重吉激動地傾身向前說。

「西奧說你失蹤了，一直很擔心你呢。……你已經見過西奧了？」

「沒有。」文森搖頭。

「我昨天才回到巴黎……有點不好意思回去見他。」

文森不自在地垂下頭。重吉望著身軀細瘦如朽木的文森。

滿臉鬍子的臉孔被酒精染紅。污漬斑斑的大衣和長褲，沾滿泥土已快磨破的鞋子。和他那個總是衣著光鮮的弟弟比起來，是多麼大的落差啊。

「要不要到店裡坐坐？正好林先生也在……」

重吉試探著邀請。文森的臉轉向重吉。可以看出那張臉上瀰漫不知所措。

「也好……夏天借用浮世繪還沒道謝……那我就進去打擾一下吧。」

聽到文森嘟嘟囔囔，重吉這才想起，對了，這個人連聲謝謝都沒跟林先生說過呢……。

不知何故，文森就是不肯堂堂正正與忠正面對面。不是客氣，好像是有點自卑。察覺這點後，重吉的心中浮現泡沫般的憐憫。

一走進溫暖的店內，文森就被掛滿牆壁的北齋與歌麿的浮世繪吸引，立刻大步走向那些畫。彷彿全身都化為眼睛死盯著畫。重吉命朱利安去街角的咖啡館叫人送咖啡來，自己去了社長辦公室。

忠正坐在桌前正在看文件。重吉在忠正的眼前站定後，立刻報告：

「失蹤多日的文森．梵谷來店裡了。」

忠正愕然眨眼。

「──他之前失蹤了？西奧多魯斯不是說他窩在畫室專心作畫嗎……」

對了。西奧表面上的確是聲稱哥哥專心作畫最近都沒出門，但或許是難以按捺不安，西奧還是偷偷把真相告訴重吉一個人。

「……對不起，其實……西奧告訴過我。他們兄弟大吵一架，文森就這麼一去不回。因為西奧叫我不要告訴任何人……」

重吉老實說。忠正聽了，默默仰望重吉的臉。

「你通知西奧多魯斯了嗎？」

他問。重吉沒點頭。

「他說還沒回西奧那裡……好像有點沒臉回去。」

忠正哼了一聲。接著立刻說：

「去街角的咖啡館叫他們送午餐來。反正他這幾天八成也三餐不繼……趁這機會，我們兩個也一起吃吧。就叫那家店的招牌套餐，也別忘了葡萄酒。」

說完又補了一句：

「我現在忙著結算年底總帳。等午餐送來了再叫我。」

忠正若無其事地又垂眼看資料去了。「遵命！」重吉響亮地回答。

他一鞠躬後離開社長辦公室。心情自然飛揚起來。他恨不得立刻通知西奧。

——林先生終於願意當面與文森談談了。

林先生對文森的畫作給予極高的評價。他不是對西奧說過嗎——你哥哥，或許是非凡的畫家。

當時自己親眼看到，西奧聽到這句話後不由潸然落淚。

——啊，西奧。你是如此替你哥哥著想……那時候，連我看了都差點哭出來。

只要林先生當面誇獎文森，一定能夠讓文森恢復自信。之後，他肯定會畫出更棒的作品吧。

而且，如果林先生願意買下文森的畫——那對畫家來說，想必是遠勝於幾千萬句讚美的莫大鼓勵。

重吉一邊這麼想，一邊快步走回文森身邊。

就在一周前，重吉把忠正帶到唐基老爹的店裡。

狹小的店內，並排展示著文森畫的二幅唐基老爹肖像畫。

第二幅肖像畫一完成，重吉就被激動的老爹拉著說：「你看看這幅畫！」他當下被那種無與倫比的震撼力壓倒。

——文森．梵谷果然是個非凡的畫家。

重吉想確認自己的直覺是正確的。為此，他盤算著讓忠正也看一下二幅並排展示的唐基老爹肖像畫。

「文森．梵谷今年夏天不是畫了一幅背後有很多浮世繪的唐基老爹肖像畫嗎？後來他又完成了一幅同樣主題的肖像畫。二幅畫掛在一起簡直是壓卷之作，所以您能否去看一看？」

重吉這麼建議後，忠正果真從年底的忙碌行程中抽空和重吉一起前往。

重吉邀請忠正的同時也喊了西奧。西奧最近一直沒去唐基的店裡。他應該還沒看過第二幅唐基肖像畫，所以不如趁這機會也把他叫來吧。之後，再讓忠正和西奧在文森的畫作前來個「不期而遇」。

西奧一直渴望文森的作品能夠得到忠正的肯定，也曾向重吉打聽「林先生對我哥哥的畫有何看法」。而忠正，雖未直接說過，但是顯然對文森的作品有興趣。

放眼社會，畫家們為了成為「印象派之後的新潮流」，互相影響，互相切磋琢磨。出入唐基這間店的畫家之中，也不乏作品令人驚豔的佼佼者。保羅．高更，喬治．秀拉，還有保羅．塞尚——每次看到他們的作品，重吉總是由衷嘆服。

重吉無法判斷他們的畫是好是壞。但他可以感到，有「某種東西」——就算急得牙癢癢的，也只能說那是「某種東西」。

有「某種東西」。他從文森的畫中格外強烈感到那個。

那個「某種東西」究竟是甚麼？重吉很想問忠正。

在唐基老爹的肖像畫前，忠正與西奧並未交談太久。忠正說還有事，立刻就走了。重吉與西奧就那麼站著和唐基聊天，過了半小時左右離開。

那是個足以讓人凍僵的寒夜。二人朝著大馬路並肩邁步走去。過了一會，西奧忽然開口。

「不久前我和我哥吵架，他就此一去不回。但我想聖誕節之前他應該會回來……」

接著，西奧輕嘆一口氣。

「我們好像處不來呢——本來不該是這樣的。」

他的聲音低得幾乎聽不見。重吉當下駐足。

「西奧。——你應該更相信你哥哥。」

西奧也停下腳。他沒有轉身。重吉對著他認真嚴肅的背影又說：

「在你心中，是否有迷惘——還有懷疑？」

到底該怎樣才能夠讓文森．梵谷得到世人的認同？為什麼世人不肯認同哥哥？為什麼哥哥不能畫一些更能夠得到世人認同的作品？

西奧的心聲，充滿疑問。重吉感到，對這個不肯認同哥哥的世間，以及死都不肯迎合世間潮流的哥哥的不滿，讓此刻的西奧滿心猜疑，情緒不穩。

「老實說，我也不明白。為何世人就是不肯認同文森的畫？還有，文森的畫，真的是『會被認同』的東西嗎？歸根究柢，要用甚麼才能得到世間的認同？——我本來就對繪畫毫無素養，也不像林先生或你這樣擁有畫商的才幹，所以我甚麼都不懂。只是——」

重吉呼出白煙說。

「——文森的畫擁有『某種東西』。至少我能確定這點。林先生不也說過嗎？你哥哥或許是個非凡的畫家……你只要相信文森．梵谷這個畫家，那就夠了……至少我是這麼認為。」

西奧始終沒轉身。重吉默默望著他的背影。

「……謝謝你，重。」

過了一會，西奧依然背對著他說。西奧的聲音有點哽咽。

「日本人，全都……像你們一樣，這麼誠實，而且……溫柔嗎？」

他的聲音帶有淚意。那晚，西奧或許又哭了。

桌上，並排放著掛有紙鶴的聖誕樹，與咖啡館送來的午餐。

大概是餓了很久，文森一眨眼就風捲殘雲般一掃而空。由於他的食欲太旺盛，重吉不得不命朱利安再去加菜。烤肉和奶油煎魚送來後，同樣也是一眨眼就消失在文森的胃袋中。忠正沒有和文森交談，只是默默解決自己的午餐。重吉內心七上八下。難得有機會三人共進午餐，可是文森這傢伙，簡直像餓了好幾年的孤兒。這樣下去，忠正八成會叫他吃飽了就趕緊滾蛋。

等到眼前的盤子清潔溜溜後，文森終於喘了一口大氣說：

「謝謝你，林桑。托你的福讓我又活過來了。」

重吉當下大為意外。文森剛剛的確是說「林桑」，像日本的講法。……西奧向來都是用法式稱呼喊他「Monsieur Hayashi（林先生）」。

「是嗎？很高興能幫上你的忙，芬森特。」忠正回答。

忠正也沒有用法式發音喊他，而是用荷蘭式發音。

文森的視線游移，掃過眼前微微晃動的紙鶴。

「今天，我是有事想拜託您，才特地前來。……不知您能否答應？」

文森唐突地說。重吉再次感到意外，但忠正從容不迫地接腔：

「噢？到底是甚麼事？」

文森驀然伸出手，抓起一隻用舊地圖摺成的紙鶴。垂眼看著手心上的紙鶴，「好美……」他呢喃。

「你們日本的東西，為什麼這麼美呢？無論是浮世繪，屏風，上面描繪的山脈，大海，樹木，花朵，人們……就連這樣的小東西也是，一切都很美。我對日本的一切都很憧憬。」

接著，文森滔滔不絕講了很多。包括自己是多麼醉心於日本，第一次目睹浮世繪時的震撼，對於世上竟有這種畫的驚訝，自己也想畫出這種畫的冀求。

廣重的《名所江戶百景》，溪齋英泉的《花魁圖》。他不知照著描摹過多少次。廣重筆下的風景，甚至在他的夢中出現。他夢見自己走在富士山腳下，對著掀起巨浪的大海寫生，笑得非常痛快。心願實現，讓他很幸福。

從夢中醒來，得知還是得面對現實時，不知有多麼失望。破舊的陋室，散發尿騷味的小巷，冷清的咖啡館，落魄的妓院……是的，這裡是巴黎，他知道這是個冷漠如冰的都市。就算街頭行人因為聖誕節將至而興奮，在自己看來反而更寂寥。

孤獨——這是何等孤獨。只要待在這個城市，以孤獨為名的冷雪只會不斷飄落自己身上。

所以——乾脆一不做二不休。

「拜託，林桑……請你帶我去日本。」

文森這天第一次直視忠正的眼睛說。忠正眼也不眨，傾聽文森說話。

「如果去日本……我一定可以變得更好。如果在日本，我就能變得更自由。被你們這樣清廉潔白、親切、善良的日本人圍繞，我就可以讓人生重新來過。是的，我寧願乾脆變成日本人。即使歸化日本籍我也不在乎。」

文森的雙眼炯炯閃爍妖異的光芒。重吉毛骨悚然地感到，他是認真的。

——這個人，是認真想去日本變成日本人。他壓根沒發現自己講的話有多麼荒唐無稽。

「我在這個城市只是個沒出息自甘墮落的爛酒鬼。我的畫，甚至不如廢紙值錢。對，沒錯，我……我一直在畫賣不出去的畫，把弟弟賺的錢全都拿去買酒喝……我光是活著，都會成為他的包袱……我已經沒救了……」

說到這裡，文森已激動得說不出話。

忠正沉靜的目光注視畫家。重吉想不出該說甚麼，只能默默觀望二人的情況。

「……你的心情我非常理解，芬森特。基於這點，我要給你忠告。」

最後，忠正溫聲開口。文森抬眼看忠正。忠正也同樣凝視文森。

「恕我冒昧說一句，你對日本的單相思已經離譜了。就像在迷戀一個從未見過面的女人。可是一旦決定結婚，終於同床共枕，說不定你會發現對方其實是個醜八怪。」

「沒那回事。」文森立刻否認。

「日本就是我的理想結婚對象。是絕世美女。而且是最上等的貴婦！」

「就算真是這樣，」忠正打斷他的話。

「那個貴婦，你配得上嗎？」

文森彷彿挨了一耳光，猛然愣住了。就此噤口不語。

重吉簡直一秒都待不住了。

——連這個衰弱至極的畫家最後一絲希望都要無情斬斷……未免太殘忍了吧？

忠正依舊凝視垂頭喪氣的文森，最後恢復溫和的語調說：

「芬森特，你不該去日本。毋寧該留在這個國家，找出你自己的日本。我是說，你心目中的藝術烏托邦。」

文森再次抬起頭。並且用求助的眼神問：

「我心目中的……藝術烏托邦？那到底……在哪裡？」

忠正的右手倏然伸出。他的指尖，拈起在文森手心上抖動的紙鶴翅膀。

忠正在自己的手心上拆開紙鶴。脖子，翅膀，眨眼之間形狀瓦解。頓時成了一張紙——變回舊地圖。

「——比方說，這裡。」

忠正把有摺痕的舊地圖遞到文森的眼前。

Arles（亞爾）

重吉在文森的身旁，清清楚楚看到上面印刷著這個命運安排的地名。

一八八八年二月十九日・巴黎・十二區・里昂車站

鐵柱和玻璃圓頂覆蓋的車站出發月台，擠滿了即將啟程的人們和送行的人們。圓頂上方緩緩堆積落雪。不過，開往馬賽方面的南下列車上的乘客臉上洋溢著活力，月台一帶充斥此刻即將展開旅程的熱氣。

其中，也有文森・梵谷的臉孔。去年還是眼窩凹陷雙眸混濁，可是如今那種招牌陰鬱表情已消失無蹤，就像他畫的向日葵一樣整張臉綻放光彩。

西奧看著哥哥和也來送行的重吉開玩笑笑成一團的表情，臉上也自然露出微笑。好久沒看過表情如此開朗的哥哥了。西奧終於打從心底相信，這趟亞爾之行對文森果真是正確的決定。

——我要去亞爾。那裡有我的「日本」。

去年年底，失蹤一段時間的文森忽然回來了，一看到西奧就這麼說。

由於太突然，本來一肚子火氣打算等他回來就要好好抱怨一兩句的西奧，頓感錯愕。是喝醉後的戲言？還是在外浪蕩期間真的神經不正常了？西奧心想八成不出這二種可能，於是懶得理會。

不料，文森是認真的。他說自己先去亞爾，再把藝術家夥伴都叫去，籌設共同畫室，創立藝術村。一個前所未有的嶄新藝術村。亞爾是個清澈、健康、溫暖的南方小城。是最適合新藝術村的地方。是的，肯定會像日本一樣！

——怎樣，西奧，你不覺得這是天大的好主意嗎？順便要麻煩你籌措資金，你當然會幫忙吧？

看到文森興奮若狂的模樣，西奧只能目瞪口呆。

——我可以問個問題嗎，哥哥？

冷靜，冷靜，這八成是神經病發作的一種現象——西奧在心中這麼告誡自己，一邊問道：

——你為什麼會選擇「亞爾」？

結果文森不假思索回答：

——是林忠正告訴我的。他說我應該去找出我自己的「日本」。那湊巧就是「亞爾」。

所以，亞爾就是我的「日本」。

發車的鈴聲響徹四周。文森充滿希望的雙眼轉向西奧。

「那我走了。你多保重。」

西奧用力壓下從心頭最深處湧起的熱流，點點頭。

「好……哥哥也要保重。」

「我會立刻寫信給你。別擔心。」

文森輕拍西奧的後背二下。在西奧少年時代，文森為了鼓勵弟弟經常對他做出這種帶有親密與關愛的動作，

當時文森已去海牙工作，暑假返鄉也只能短暫停留，當離別的時刻來臨時，西奧哭哭啼啼。

——你一定要趕快回來喔，哥哥。

去車站送行的少年西奧，對著鑽上火車的文森，拚命忍住淚水這麼說。

——幹嘛這麼沒出息的哭喪著臉。我會立刻寫信給你。

文森溫柔地輕拍弟弟單薄的後背。

——不管我在何處都不會忘記你，西奧。

你是我最好的朋友——。

「一路順風，文森。祝你畫出精采的畫作。」

重吉說著，伸出右手。文森用力握緊那隻手。

「謝謝你，重。替我向林桑問好。……是他為我指明該走的方向……我很感激他。」

聽到文森這麼說，重吉也笑了。

抱著破舊的行李箱和畫架，文森跳上車廂。彷彿是接收到這個信號，汽笛驟然長鳴，列車緩緩啟動。

西奧在前，重吉在略後方，二人紛紛揮手。文森也摘下帽子，朝他們大力揮舞。

——亞爾就是我的「日本」。

文森的這句話，與汽笛重疊，在西奧的耳朵深處回響。

文森的帽子漸漸遠去，越來越小，最後被吸入茫茫白雪的遠方，就此消失。

大馬路的行道樹萌生新綠的季節又到了。

這天，「布索瓦拉東（Busso e Valadon）」畫廊——原「古皮爾商會」夾層的展示廳擠滿大批人潮。頭戴禮帽的紳士，身穿最流行禮服的淑女。會場供應香檳酒，到處響起香檳酒杯互撞的清脆低響，還有談笑的竊竊私語。

「古皮爾商會」創辦人阿道夫．古皮爾退休，接手畫廊的艾提恩那與尚這對布索兄弟，接納了經理西奧的提案，同意把老牌畫廊的一部分改頭換面。換言之，一樓主要樓層依然展售學院派大師的作品，但夾層空間改為展售以新興畫家——也就是「印象派」畫家為主的作品。

展示廳的牆上掛滿各種風景畫。散發耀眼光芒的海洋，水波蕩漾的塞納河岸，筆觸輕快的巴黎街景。相較於學院派畫家的畫布依舊被歷史英雄和女神占據，夾層掛的畫作，是充滿風光、有生命躍動的「活生生的畫」。是描摹此刻自己這些人活著，呼吸，經營每天生活的人生風景。

直到幾年前，印象派作品還被揶揄「像塗鴉亂畫」，在「古皮爾商會」時代極難被接受，但如今已有對新藝術的動向特別敏感的評論家和藝術家大力推動。販賣他們作品的新興畫商保羅．杜朗魯耶及安布魯瓦茲．沃拉爾、喬治．普提等人，也曾伴隨畫家飽嘗辛酸，但如今社會不再嚴厲抨擊印象派，這些人的作品終於有了穩定的銷路。

西奧把他對保守的學院派畫家的反感藏進心中，堅忍地機敏判讀時代的潮流，總算可以在改頭換面的「布索瓦拉東」畫廊經手自己真心渴望出售的作品。

在繁華喧嚷的盛宴中，西奧忙著把印象派畫家介紹給顧客。

「夫人，這是現在最具話題性的畫家克羅德．莫內先生。……莫內先生，這位美麗的貴婦，是收藏新銳畫家作品的隆畢優夫人。」

莫內蓄著花白的大鬍子，態度謙和地拉起婦人的手，嘴唇微微碰觸那隻手背。

「很榮幸能見到您，夫人。您的芳名已久仰多時。」

「彼此彼此。去年我在國際雕刻繪畫展見過您的作品。這次您好像畫了很多海景作品。」

「莫內先生現在住在吉維尼村。他會去各種場所寫生旅行，今年年初暫居蔚藍海岸的安提布，創作了海景系列作。他們這些印象派畫家基本上都是在戶外作畫，所以為了尋求創作題材，會去各地旅行。」

西奧不動聲色地解說。莫內滿意地點點頭，與婦人開始暢談。

——克羅德．莫內如今應付資產階級已經相當遊刃有餘了……。

西奧用指腹按著額頭的汗水，微微嘆息。

莫內這些印象派畫家，和學院派大師及富豪收藏家乃至氣焰囂張的政治家與囉嗦的評論家這些執社會牛耳的保守派勢力，原本處於敵對立場。結果現在你瞧瞧，居然一手拿著香檳酒和貴婦們熱絡交流。

當然，他們的作品，如果和迄今仍在富裕階層擁有莫大人氣的法國畫壇權威（比方說傑洛姆）的畫作相比，可以用相當低廉的價格入手，仍然沒有得到穩定的好評。

不過，正因如此才引起了新興資產階級的興趣。就像日本美術勾起他們的好奇，甚至產生「哈日族」這樣的流行字眼。

莫內，竇加，畢沙羅，雷諾瓦……印象派畫家們的勢力漸漸增長。他們的前途終於開始有陽光照耀。

那麼，繼他們之後的「新一代」藝術家又如何？塞尚，秀拉，貝納爾，高更。是的，掛在唐基老爹店裡的那些奇妙形象與色彩、充滿妖異魅力的嶄新表現者們。

比方說，此刻獨自待在亞爾，拚命尋求只屬於自己的形象、色彩、表現手法的畫家——吾兄，文森．梵谷——。

「嗨，西奧多魯斯。恭喜你開設了新的展覽室。」

忽然被人這麼一喊，西奧連忙把笑臉轉向聲音的來源。只見身穿禮服的林忠正與重吉並肩佇立。

「啊，林先生。歡迎光臨。謝謝您。」

緊握住忠正伸出的右手，西奧誠心誠意地道謝。他對此人有道不盡的謝意。

去年年底，文森在失蹤多日後忽然現身「若井．林商會」，得到忠正充滿暗示的建言。因此決定去亞爾的哥哥，對這個日本人不知有多麼感激。

文森似乎對忠正抱著奇妙的感情。似敬畏，似崇拜……。但那種感情究竟從何而來，西奧隱約可以理解。因為自己也同樣有那種感受。

對哥哥和自己而言，日本是夢幻國度。林忠正與加納重吉，就是來自那夢幻國度的正宗日本人。

重吉勤勉，誠實，隨和，體貼。而且是用心而非眼睛去看藝術。他在成天勾心鬥角的巴黎美術業界簡直像個純真無辜的少年。在這如果不用盡心機就可能被人陷害的業界，能夠得到重吉這樣不計得失坦誠交往的朋友，至少對西奧而言成了一種救贖。

還有林忠正。西奧對他的感情，又和對重吉的不同。想必哥哥也有同感。

此人比法國畫商更有心機。他是個戰略家。法國資產階級和新銳藝術家們，透過日本美術夢想著日本，把日本理想化。自己當然也不例外。忠正把「日本」這個國家塑造成夢幻美女，高不可攀的「花魁」，煽動人們的慾念。和重吉比起來，忠正遠遠更老奸巨猾。此人不是用心也不是用眼看藝術，倒像是用頭腦在看藝術。

自己就算崇拜此人也從未對他敞開心房。哥哥應該也是。可是去年聖誕節前夕的某一天起，哥哥卻徹底對他敞開了一切。最後，甚至隻身去了亞爾。

這個結果是凶是吉，尚不可知。不過，文森已經不是以前的文森了。那個拿著弟弟賺的錢本該去買顏料結果卻統統買酒喝的無藥可救的男人，那個破口大罵把自己的畫賣不出去歸咎於弟弟的男人，已經消失無蹤。

他按照忠正的建議，似乎在亞爾找到只屬於他的「日本」。幾乎天天像寫日記一樣寄來信函與畫作。畫的是彷彿火焰熾烈燃燒的明豔向日葵，架在一灣清流上方的吊橋，上方無垠的蔚藍晴空，素樸的咖啡館女人……。

文森到巴黎後有了巨大的改變，如今那個文森更上一層樓。看他每天寄回來的畫就知道，他如魚得水地在亞爾四處遊走，自由自在用畫筆揮灑顏料創造出旋律。

然而，那與其說樂在其中，看起來毋寧是在與孤獨戰鬥。用激烈筆觸執拗塗抹的畫布，彷彿是為了不讓自己想起孑然一身遠離巴黎的事實，刻意用顏料密不透風地掩蓋孤獨感。

——不過話說回來，林忠正……他究竟對文森施加了甚麼魔法？

「文森怎麼樣？在亞爾的創作還順利嗎？」

忠正冷靜的眼眸凝視西奧，如此問道。「那當然。」西奧不禁綻放笑容。

「他幾乎天天不斷寄畫回來。也幾乎天天寫信叫我送更多顏料和畫布過去……我想他平均三天就完成一幅畫。」

「噢。那的確厲害。」忠正的眼中精光一閃。

「這間展示廳，是否也展出了令兄的新作？我很想一睹為快……」

西奧心頭一跳。

雖然好不容易闢出印象派專用的展覽室，但「印象派之後」的畫家作品一幅也沒有展出。

他們的作品，如今依然談不上得到社會認可。雖有兩三個年輕畫商開始經手銷售，但如今店內展出最多這類作品的還是那位唐基老爹。就連好歹聚集了一群追隨者的保羅・塞尚，都難以在這裡展出，更何況文森的作品，簡直就像要在月球展出一樣超乎現實。

文森去亞爾已有三個月，他寄回來的所有作品，西奧沒給任何人看過，統統塞進他現在獨居的魯匹克街公寓房間裡。

「很遺憾，這裡並未展出家兄的作品。」

西奧不由壓低音量說。

「一樓販賣的是我們畫廊的招牌畫家傑洛姆老師的大作。要在樓上賣家兄的畫，那簡直不可能……」

忠正眉也不挑地望著西奧的苦笑，不以為意地頂回來。

「你是說，令兄的作品，比學院派大師的作品低劣嗎？」

西奧聽了，再次心頭一跳。

「不……我不是這個意思……只是我不可能撇開其他畫家的作品，先掛出自家人的作品……」

他困窘地找藉口搪塞。不只是忠正，重吉也默默凝視西奧。西奧簡直片刻都待不下去。

這時傳來一聲親切的「嗨，西奧」，一個男人插入三人之間。

「終於可以有個地方展出你喜歡的畫家作品了，真是太好了。」

男人有著蓬鬆茂密的黑髮與鬍鬚，穿著波希米亞式皺巴巴的外套。是保羅．高更。

西奧頓時綻放笑容，「嗨，保羅。謝謝。」他立刻接腔。

「林先生，重，這位是以獨特作風出名的畫家保羅．高更。保羅，這位是經銷日本美術品的畫廊社長林先生，以及加納先生。」

在西奧的介紹下，忠正與重吉分別與高更握手。高更曬得微黑的臉孔浮現笑容，「我知道。久仰大名……」他說。

「我也從別的畫商那裡得到幾張您賣出去的浮世繪。不過，又被我轉手賣掉了……啊，講這種話，會讓您不高興嗎？」

「怎麼會。」忠正嘴角微露笑意說。

「這是理所當然的行為。美術品就是要轉賣才能提升價值。」

「的確。」高更的大眼睛滴溜一轉，望向西奧。

「但願你將來也能靠著轉賣我的作品發大財。對吧，西奧？不過前提是我的作品必須升值到足以轉賣。」

西奧曾在很早就開始經手印象派繪畫的阿豐斯．波提耶店內發現高更的作品，當下被他獨特及有趣的畫風吸引。

他不是像印象派那樣描繪巴黎風景，而是以某個鄉村——高更會搭船去南方旅行，也曾以偏僻的小村阿旺橋（Pont-Aven）為據點，始終堅持以「巴黎之外的某處」為舞台。他的畫彷彿只是將大片明亮色塊組合的色紙，構圖很單調，卻又好似風平浪靜的無底深潭波光粼粼的水面，有種吸引觀畫者的深邃，讓西奧感到極大的潛能。

直覺「這個畫家會繼續成長」的西奧，在波提耶的店裡用極為低廉的價格買下高更的畫作。

文森看到那幅畫後，當下大為傾倒。他似乎在高更身上嗅到和自己一樣的味道。換言之，那是對日本美術的憧憬，是背離世人專注作畫的孤高態度。

梵谷兄弟不久便與同樣經常出入唐基那間店的高更相識，兩個畫家立刻意氣相投。這很罕見。文森平時沉默寡言，對於唐基店裡每晚大談藝術的聚會，除非喝了酒否則從不積極參與，可他卻清醒地和高更談論藝術。

高更也同樣熱愛日本美術，尤其對浮世繪深感興趣。二人經常討論浮世繪的有趣之處。也因此，文森在畫家同好中似乎格外在意高更。

「我在唐基的店裡看過您的作品。」

加納重吉笑咪咪對高更說。

「在我看來，您的作品似乎與文森．梵谷的畫有共通之處。他去亞爾的事您知道嗎？」

「對，我當然知道。不過……」

如此回答的高更，臉上已失去笑容。

「我的畫，和文森的畫相似？會嗎？……你也這麼想嗎，西奧？」

「噢，這個嘛……哎，不過……」

西奧不知所措。畫家這種生物，特別討厭被人說和別的畫家相似，即使和那個畫家交情再好。重吉正確察覺到二人皆受日本美術影響的這個共通點，但他不該這麼老實說出口。

「我很榮幸。」高更說著聳肩。

「文森是個了不起的畫家。或許尚未得到任何人的肯定，但我看得出他的偉大。……有個身為真正的藝術庇護者的好弟弟支持，他可以隨心所欲畫自己喜歡的畫。而且，不只在這巴黎，還去了他心目中的『日本』——亞爾！像他這樣的畫家，找不出第二個。他真是太幸運了。」

文森在出發前往亞爾前，不斷對高更闡述自己為何要去亞爾的理由。他宣稱要在亞爾創造自己心目中的「日本」，創造藝術的烏托邦。

談到文森時，高更異樣亢奮。雖對好友的勇氣表達敬意，但西奧感到，高更也暗藏著一絲羨慕與難以言喻的情緒。

淡定凝視高更說話的忠正，這時沉靜地開口了。

「是的。……文森想必會在那裡創造出藝術的烏托邦。他有那樣的氣度，也得到西奧多魯斯的支援。……不過，他也缺少了某些東西。您知道是甚麼嗎？」

西奧望著忠正的側臉。彷彿洞察一切，忠正直視高更說。

「是夥伴。他需要並肩打造烏托邦的畫家夥伴。比方說，像您這樣的……」

可以感到，回視忠正的高更在瞬間屏息。

在亞爾孤獨奮鬥的文森，此刻最渴求的東西。那就是可以一起切磋琢磨的夥伴。

一個念頭，如閃光般耀眼貫穿西奧的心頭。

——要把文森的夥伴送去亞爾。

一八八八年九月初旬・巴黎・十七區・庫澤爾街

路旁的七葉樹上，開始泛黃的葉片被夕陽染紅。

只見馬車陸續從大馬路的彼方駛來。有雙頭馬車，也有大型的四頭馬車。閃著暗光的車身上傲然綴有家族徽章的豪華馬車駛來，穿著最時髦晚禮服的貴婦，把戴手套的手遞給扮演護花使者的紳士，婀娜多姿地走下馬車。

剛從四人座馬車下來的重吉，轉身似要旁觀美麗貴婦的抵達。這時，他發現緊挨著自己搭乘的馬車之後抵達的那輛馬車車門上，綴有一個大大的「N」字縮寫，不禁眼神一變。

「喂，西奧，你看！」

重吉拍拍跟在自己後面下馬車的西奧肩膀，小聲說。

「後面那輛馬車……車門上有『N』的標誌。」

「N」這個字，正是「拿破崙家族」的徽章。西奧頓時也臉色大變。

「真的。那會是皇族的馬車嗎？」

向來衣著筆挺整齊的西奧，這天的裝扮格外瀟灑。修長的燕尾服搭配白色絲質領結，頭戴光滑的絲質禮帽。可以看出他是因為林先生難得主動邀約，讓他覺得不能失禮，所以才盛裝打扮。

這天，重吉與西奧隨同忠正來到瑪琪朵・波納巴特的沙龍。

瑪琪朵・波納巴特是前任皇帝拿破崙三世的堂姊妹，等於是拿破崙一世的侄女。她開設全巴黎最豪華的沙龍，名門貴族及富商們驕傲地出入其間。光是能夠受邀出席她的沙龍，就等於已成功加入紳士名流的行列。

在革命後王朝瓦解的法國，拿破崙的血脈成了最有權威的家譜證明。因為拿破崙一族和歐洲各地的皇室締結血緣關係，讓這個名字響徹全歐。

拿破崙一世下台後，法國社會也曾幾度掀起狂飆的革命怒濤。才剛看共和政府成立，拿破崙一世的侄子路易・拿破崙就崛起，最後登上皇位成為拿破崙三世，揭開法國第二帝政的序幕。然而，拿破崙三世的統治也隨著一八七一年普法戰爭結束宣告終了。帶頭指揮作戰的拿破崙三世就此流亡英國，在二年後結束波瀾萬丈的人生，至死不曾回到法國。

十五年後的現在，雖已成為第三共和政府當家，但人們依然對「拿破崙家族」懷抱憧憬。

發現「N」字標記臉色大變的，不只是重吉與西奧。新興資產階級乃至商人與藝術家，人人都虎視眈眈地伺機接近「N」，以便得到拿破崙家族的「背書」。換言之，對於想要出人頭地取得商業成功的人而言，受邀參加瑪琪朵・波納巴特的沙龍，就等於暗示著光明的前途。

重吉和西奧二人站在原地不動，想看清楚到底會是誰從「N」馬車下來，但走在前頭的忠正一轉過身就用被打敗的口吻說「你們兩個還愣著幹嘛」。

「我們得盡快去和波納巴特夫人打招呼。擠到她身邊的客人已經大排長龍了。快走吧。」

二人只好慌忙跟在忠正後頭。

壯麗的大宅一樓，是寬敞的溫室，樹木清新的綠意和五顏六色的花朵爭相綻放。鋪著精緻蕾絲桌巾的桌上，珍貴的南方水果堆滿水果盤，綴有金色「N」字標記的纖細高腳杯中，香檳酒咕嚕咕嚕冒泡，等待被客人拿起的瞬間。

「嗚……哇，這太壯觀了。」

仰望彷彿要貫穿夕暮天空的挑高玻璃天花板，重吉已經目瞪口呆了。

西奧亦然。基於工作關係，他平日當然也會出入大富翁的宅邸和沙龍，但這是他頭一次受邀來到有皇室血統的貴婦沙龍。

只見客人為了想和坐鎮在室內深處的瑪琪朵打聲招呼，已在她面前排成一條長龍。這時忠正三人也加入隊伍。

「我告訴你一個秘密吧，西奧。」

重吉為了避免被忠正聽見，悄聲對西奧耳語。

「林先生當初開始學法語的動機，就是因為崇拜拿破崙。聽說他還特地從國外訂購關於拿破崙的法文書呢。價格好像相當昂貴。」

「噢，還有這回事？」

西奧面露意外。

「那他和文森正好相反。我哥崇拜北齋，甚至為此大幅改變畫風。」

「啊，真的耶。」

二人輕快地笑了。

這時，身穿燕尾服的僕人走近二人，「二位這邊請。」僕人說。

「波納巴特夫人期盼盡快見到林忠正先生和他的同行友人。」

周遭頓時「哇噢——」響起羨慕之聲。重吉吃驚地向前一看，忠正正朝他轉過頭狡猾一笑。

波納巴特夫人把林當成特別重要的客人——造訪沙龍前，來到店裡的鞏固爾告訴重吉。

——巴黎有形形色色的異國人。俄羅斯人，摩洛哥人，土耳其人……他們有時也會受邀出席沙龍，但實際上，只不過是因為稀奇才被邀請。說穿了，等於是沙龍的餘興節目。

可是林不同。他是特別的。他的知性與氣質，還有他對日本美術的高深見解，證明他是個真正的文化人。況且他還有大無畏的精神。外國人要住在這個城市把生意做得風生水起，照理說不是普通的困難。

林不管對象是法國人還是甚麼人從來不退縮。他不會因為自己是日本人而自卑。毋寧是引以為傲，堂堂正正和人打交道。

正因如此，我才會把他介紹給波納巴特夫人——。

鞏固爾把忠正介紹給瑪琪朵・波納巴特，是在重吉到任之前。只有名流中的名流或巴黎社交界的話題人物，才有資格受邀出席波納巴特夫人的沙龍。而且一定要有人介紹。是誰介紹誰，從哪個入口進來，也將決定這個新客人站的位置。這就是巴黎社交界的遊戲規則。因此，經由法國最具代表性的文人鞏固爾介紹給瑪琪朵・波納巴特認識的忠正，光是這樣就被視為「文化人」。鞏固爾為忠正準備這張「黃金請帖」自然有其用意。

鞏固爾是「若井・林商會」最重要的顧客之一。法國大多數的哈日族都只是基於流行這個理由想擁有日本美術品或日本風情的東西。可是鞏固爾不同。當初雖是出於一點小興趣開始收集日本美術品，但現在他已成為道地的日本美術研究者。背景就是因為有林忠正的存在。

忠正眼見大多數法國人對日本及日本美術抱持錯誤的知識，為此心生不滿。於是，他利用作家鞏固爾的影響力，企圖贏得大眾對日本美術的正確知識與正當評價。所以當鞏固爾拜託他「我想撰寫關於歌麿的研究書籍，需要你的協助」時，他欣然同意。他接下了替鞏固爾把十返舍一九著、喜多川歌麿繪製的《吉原青樓繪抄一年節日》譯成法文這個艱難的任務。

重吉有一次聽到忠正隨口提及「正在翻譯一九的青樓繪抄」，不禁打從心底感到詫異。忠正平日工作就已夠忙的了，到底哪來那種時間翻譯？但忠正一臉淡定地表示——為了讓法國人理解日本美術的優秀，這種埋頭苦幹的作業是必要的。

也因此，忠正如今對鞏固爾而言已成為不可或缺的人物。鞏固爾也會去忠正的競爭對手賓的畫廊，但他誇張地對忠正強調，「和你的畫廊簡直有天壤之別！」他說忠正的畫廊經手的日本美術無論哪一件都有高品質，而且也有許多罕見的商品。賓畢竟是個德國人所以根本不懂日本美術的奧妙云云。這種時候，忠正只是露出淺笑而已。

早已造訪波納巴特夫人沙龍多次的忠正，如今已可直接拿到夫人的邀請函了。

受邀出席初秋沙龍的忠正，叫重吉跟他一起去。終於可以進入皇族的沙龍，光是這樣已讓重吉樂昏頭，而且忠正還說：

——只有你去大概會怯場。不如也邀請西奧多魯斯吧。

把哥哥文森送去亞爾，拚命援助哥哥的日常生活所需及畫家活動的西奧，最近似乎特別受到忠正關注。不是邀他共餐就是自己去他的畫廊，日漸加深交流。重吉當然是樂見其成。

西奧是個擁有卓越才幹的人物，也有敏銳的直覺發掘新銳藝術家。無論在工作或美術方面都有很多地方值得重吉學習，最主要的是，西奧關心哥哥幫助哥哥的行為讓他很感動。

獨自住在亞爾的文森，拚命畫了又畫，不停地畫。而西奧為了支持哥哥，也同樣拚命。西奧每月都給文森寄去金額龐大的支票，也大量採購畫布與顏料送去，而且還天天寫信。他替文森每天送回來的作品編號，編列作品清單，整理得整整齊齊，保管在如今沒有主人的哥哥畫室。以便隨時讓任何人參觀都沒問題。

西奧費盡心思要讓哥哥振作起來發揮實力的熱情，正表露出他支持新藝術，不惜賭上人生的決心。

——文森必定會出人頭地。不，是我一定會讓他出人頭地。

或許無法現在立刻成功。但我會耐心等待那一刻的來臨。

只要和重吉出去喝酒，西奧必然會這麼說。他當然是真心這麼說，但看起來也有點像在虛張聲勢。

重吉衷心敬佩西奧是個關心哥哥的好男人，同時，卻也有點悲傷，有點心疼，內心五味雜陳。想到這對兄弟，心頭深處就會一陣刺痛。雖然他並不知道那種痛楚從何而來。

忠正不知怎地很在意西奧——對此，重吉同樣不知道原因。

他也曾想過，或許忠正意外有其溫柔善良的一面。也說不定，是忠正有甚麼做生意的企圖。

很難說。因為忠正同時具備了溫柔與企圖心。

而且忠正從不輕易讓外人看到這兩者。這就是林忠正其人。

啪的甩鞭聲響起，馬車緩緩起動了。馬車車廂中，坐著忠正、重吉與西奧。

「哎，簡直像在作夢……沒想到我竟然能夠和波納巴特夫人同桌用餐……」

晚餐時喝著供應的頂級葡萄酒，與波納巴特夫人交談——雖然幾乎都是忠正在陪她說話，讓重吉徹底放寬了心。前菜主菜乃至餐後甜點，全是他從未嘗過的美食，同桌的客人也都是當今名噪一時的紳士名流。簡直是夢幻般的時光。

在馬車上和重吉對向而坐的忠正，微微笑著點頭。然後問坐在重吉身旁的西奧：

「你怎麼了，西奧多魯斯？你好像晚餐吃到一半就食不下嚥……」

重吉聽了，這才猛然想起。西奧的確從晚餐開始不久就有點不對勁。

意外被邀請與波納巴特夫人同桌的重吉因為太興奮了，當時已無餘暇去注意坐在同桌另一側的西奧。然而，西奧的酒杯好像的確一直是滿的。

西奧沒回答忠正的問題，於是重吉語帶快活地插嘴：

「沒事啦，一定是太緊張了。任誰和拿破崙家族的公主一起晚餐都會理所當然地緊張……」

「你給我安靜點。我現在是在問西奧多魯斯。」

忠正不客氣地教訓重吉，他只好閉上嘴。

西奧這時抬起一直低垂的頭。但他不肯看忠正的眼睛。好像有點欲言又止，最後才啞聲呢喃：

「我……到底……在做甚麼……？」

重吉倒抽一口冷氣，望向身旁的西奧。只見西奧慘白的側臉微微扭曲。忠正默然凝視西奧。

「我哥他……獨自在鄉下的破房子拚命畫畫……沒有酒，也沒有麵包，甚麼都沒吃……無論之前，或現在……乃至這一瞬間……可是我……卻享用那麼豪華的晚餐……還有酒……還、還一邊笑著……」

西奧雙手蒙臉。身體微微顫抖。

「真是罪過……我做了多麼罪孽深重的行為……！」

重吉吃驚地摟著西奧肩膀搖晃。

「喂，西奧？你在胡說甚麼？甚麼罪孽深重……正好相反，應該是光榮才對吧。如果知道你和波納巴特夫人一起吃過飯，文森肯定也會很高興的。哪，西奧……你說是吧？」

西奧雙手依舊蒙著臉，就此垂頭不語。重吉瞥向忠正。忠正的目光自西奧身上轉開，望向車窗外。

喀拉喀拉喀拉，車輪輾過石板大道的聲音清脆響起。直到在魯匹克街的公寓門前下馬車前，西奧始終垂著頭像要背對這個世界的一切。

打開馬車門，下了台階後，西奧終於抬頭轉身。

「……今天謝謝您，林先生。難得這麼美好的夜晚……最後卻讓您看見我的失態……」

對著窗中的忠正，他用毫無霸氣的聲音說。忠正直視西奧，明確地說：

「西奧多魯斯。你必須變得更強大才行。」

西奧的眼眸，猛然一驚，霎時微微游移。

「文森遠比你更強悍。所以，你也得變得更強，否則終究無法支持你哥哥。如果，你真的想讓世界肯定你哥哥的話——那就請你強大起來。」

西奧顫抖的雙眼望向忠正。他的眼中隱約浮現淚光。

「——謝謝。」

西奧回答。聲音含有一絲希望。

「我會強大起來。——一定會。」

啪！馬鞭甩動的聲音再次響起。重吉從起動的馬車車窗探出身子，對著遠去的西奧揮手。西奧佇立在公寓門前，也舉起一隻手回應。

重新回到位子坐好後，重吉才發現對面的忠正面露深思。重吉本想對他說話，想想還是作罷。

——為什麼？

重吉在心中自問。

——林學長說的沒錯。要推銷文森這樣的畫家，若無相當的堅強與覺悟，終究不可能。

可是……既然如此，為什麼？

為什麼學長不肯向西奧購買文森的作品——。

那是最近一直在重吉心中縈繞不去的疑問。

去年聖誕假期建議文森去亞爾的，就是忠正。既然期待文森的畫家生涯有所突破特地做出這種建議，可見應該是認同文森的繪畫才華與潛能吧。

對於西奧，忠正也付出不尋常的溫情。邀請同行（哪怕彼此經銷的商品不同）一起出席波納巴特夫人的沙龍，這絕非正常人會有的念頭。

重吉怎麼想都想不透。林學長是要幫助梵谷兄弟嗎——抑或，是要利用他們……。

「『如果這麼支持那對兄弟，為什麼連一張文森的畫都不肯買？』……重，你是不是想這麼說？」

忠正突然問道。

重吉愣了一下，望向忠正。丹鳳眼像要確認似地盯著他。

重吉結巴了：「不，呃……那個……」忠正憋不住似地笑出聲。

「真是的，沒看過像你這麼老實的傢伙。……不過，這也正是你的優點。」

重吉報以無力的一笑——真是的，在林學長面前連暗自腹誹都不行。

忠正收笑，認真直視著重吉說：

「我早已決定，遲早會從文森的畫作中買下最優秀的一幅。」

重吉意外地看著忠正的眼。那雙眼睛蘊藏不可思議的光芒。

「不過，不是現在。他還有很大的成長空間。今後，有了一起創作的夥伴，在堅定不移的弟弟大力支持下，想必終於會有開花的時候。為了得到那朵花，無論多少錢我都願意等價付出。」

說到這裡，忠正的嘴角浮現大膽不羈的笑容。

「不過——若要讓文森成長得更好，必須盡快想個辦法。」

忠正命重吉立刻用忠正的名義發電報——給保羅・高更。

——速去亞爾。在當地與文森・梵谷試著共同創作。

為此所需的一切費用及生活費，由**西奧多魯斯負擔**。你們在亞爾創作的所有作品，他應該會買下。只要你在亞爾和文森繼續同住，你的生活應該就會受到保障。

只要說聲好即可。我靜候回音——。

一八八八年十一月下旬・巴黎・十區・歐特維爾街

夾雜雨雪的冷風吹過，晃動樹葉早已落盡的行道樹枝椏。

「布索瓦拉東」畫廊前，有二輛載貨馬車停下。第一輛是有大車篷的馬車，四名搬運工合力抬起木箱，從載貨台搬下來。第二輛是沒有車篷的郵件馬車，郵差抱起用麻繩綁成平板狀的包裹，送去店內。

「午安，先生。還是一如往常的包裹。請在這簽名。」

把單據交給佇立在門口附近看工人卸貨的西奧，郵差請他簽收。西奧也沒檢查包裹內容就簽了名。郵差笑也不笑匆匆離去。他們可沒那麼多時間為了送「一如往常的包裹」不停獻殷勤。

「剩下的貨我來收。您去裡面吧。」

站在西奧旁邊的助手安德烈說。安德烈也已習慣了。他很清楚「一如往常的包裹」送到後，上司會怎麼做。

抱著剛收的包裹，西奧不發一語，走進自己位於店內後方的辦公室。

關上門，立刻上鎖。這也是每次必有的舉動。

把包裹平放在桌上，拿剪刀剪斷麻繩。在油紙開洞，沙沙剪開。油畫顏料的氣味頓時溢出，包裹中的二張畫布出現。

一如往常，是文森從亞爾寄回來的畫。西奧一手拿著一張畫布，豎在牆邊。

二張都是室內畫，分別描繪了椅子。而且都是空蕩蕩的椅子，僅此而已。

不，正確說來並非「空蕩蕩」。每張椅子上，都放了小小的「東西」代替坐椅子的人。

一張是扶手椅，椅面放著燭台，燃著一根蠟燭。搖曳不定的燭火。一旁隨意扔著二本書。其中一本，好像隨時會從椅子上滑落。釘在綠色牆上的燭台也燃著蠟燭，可見應該是夜晚的室內。一日辛勞結束後，室內想必迎來了安息的時光。然而，看不到該有的人影，只瀰漫縹緲的孤獨感。

另一張椅子沒有扶手，是粗糙的椅子，椅面放著菸斗。一旁可以看見包裝紙拆開的碎菸草。本該坐在這裡的某人，本來正要把菸葉塞進菸斗，就這麼扔下離開了嗎？椅子後方的木箱中，大概也被閒置許久，可以看見洋蔥已冒出綠色嫩芽。室內充滿均勻的白光，所以可見是白天。室內空無一人的寂靜緩緩撲面而來。

本該坐在這裡的某人，並不在場。二張畫中都有孤獨的喧囂。

西奧抱著雙臂，凝視並排放著的二件作品。畫中溢出不穩的氣氛，朝觀者逼近。西奧深深嘆息。

二件作品，分別已有名字。

《高更的椅子》。以及《梵谷的椅子》。

——本該各自坐在椅子上的畫家們。然而，不見他們的蹤影。

二個畫家究竟去了何處？

西奧依舊抱著雙臂，始終站在畫前不動。並且一直盯著二張空虛的椅子。

文森・梵谷與保羅・高更的「同居生活」，迄今還不到二個月。

可是他們的椅子，已失去該有的主人了嗎——。

那年二月，隻身遷居亞爾的文森，精力充沛地不斷創作。三天兩頭寄回作品給西奧，那些作品洋溢著前所未見的明亮色彩與力量。

文森就像寫日記一樣持續作畫。日復一日，揮灑自己的一切，源源不絕地描繪。

文森在這遠離巴黎的南法小鎮，試圖找到只屬於自己的「日本」，打造藝術烏托邦。並沒有人給他任何承諾。文森除了畫布與顏料之外一無所有。他只能仰賴西奧的金援，頂多是餓不死還能餬口罷了。

比起在巴黎與西奧同住時，文森畫了更多各式各樣的主題。咖啡館的女孩，郵差，農夫，田園風景，吊橋，向日葵，月夜的河畔，夜晚的咖啡館露天座……他對放眼所及之物全都興味盎然，抓住剎那光芒一一描繪在畫布上。簡直就像小孩，甚至像中邪。

起初，文森寄回來的作品都洋溢南法的陽光，畫面明亮溫暖，對著西奧歡笑。所以，只要收到亞爾寄來的包裹，他就特別期待拆封。不知今天畫的是甚麼主題？哥哥又發現了甚麼？他覺得自己好像與哥哥並肩走在亞爾街頭，一同尋找作畫題材。

然而，每幅畫都隱約有種孤獨的氣息。那是乍看之下不會發現的幽微孤獨氣息。打從文森開始作畫的最早期便一直縈繞不去。

從比利時來到巴黎，如今住在亞爾，文森的畫風變得明亮多了。大概是憧憬浮世繪那種乾淨的色彩，用色也變得更加明豔。

文森的畫已脫胎換骨，和以前在比利時習畫的時代有天壤之別。然而，不管他畫的是甚麼，畫中總有隱約的孤獨氣息。

西奧想，這肯定只有自己才會發現。想必只有一直凝視哥哥的作品，一直陪伴在旁的自己才懂。如果可以，他不希望任何人發現。西奧如是想。

會來買畫的人，要的都是徹頭徹尾沒有暗影的明亮畫作。不信只要看看在被稱為革新派的印象派畫家中，最成功的畫家克羅德・莫內的作品就知道。他的畫洋溢豐沛的光線，以及若有似無的幸福感。人們想要的是不僅光明還能讓人不感到孤獨的畫。

所以，文森的畫變得明亮，對於推銷他的作品是個可喜的變化。

更明亮、更開朗的畫。充滿光線的畫。洋溢幸福感的畫——。西奧如此期盼。但願沒有任何人發現。但願不會有人察覺文森畫中瀰漫的孤獨，無法切割的寂寞——。

然而，西奧眼尖地發現，文森寄回來的畫中孤獨的氛圍越來越強烈。

文森的技巧的確提升了。同時，作品的風格也越發獨樹一格。換言之，那等於也意味著，他的畫正朝著和資產階級想要的東西完全相反的方向發展。

「布索瓦拉東」畫廊的顧客中，印象派愛好者也增加了（雖然增加的速度緩慢）。但，就連對新銳畫家的作品有興趣的他們，恐怕都難以理解文森的畫。他們想要的是在昏暗的公寓室內，壁爐上方裝飾一幅小巧時髦的畫，怎麼可能需要噴發出如此強烈個人風格的作品。

到了夏末時，西奧開始覺得這樣下去大事不妙了。就像去年年底，文森在大吵一架後失蹤的那時一樣，他覺得文森又要失控了。

文森廢寢忘食地作畫，自己卻依舊得伺候資產階級顧客，一手拿著香檳酒與盛裝打扮的貴婦談笑。在他好不容易於店內夾層空間開設的「年輕畫家的畫廊」，他得時時窺探老闆和大畫家們的臉色，辛苦推銷莫內與畢沙羅的畫。哥哥天天寄來的畫，永遠沒機會掛在店內牆上，只能這樣獨自窩在裡屋，把畫放在地上眺望。

自己也同樣必須採取行動。

西奧下定決心。

當時，為了見西奧，住在阿旺橋的高更來到巴黎。並且灑脫不羈地說：

「我認為去亞爾也不錯喔。因為我需要巴黎以外的場所。」

全世界的畫家都憧憬巴黎，以巴黎為目標，可是高更卻非如此。他總是四處徘徊尋求「巴黎以外的某處」。他不執著於巴黎，不斷尋找只屬於自己的場所，這種態度與文森頗有共通之處。而且高更必定能夠找到自己該待的場所，透過作品表現成果。

——就把文森交給這個人吧。

西奧暗自決定。

不知是幸或不幸，帶領西奧與文森進入畫商世界的森特伯父過世了，還留給他們一筆意外的遺產。西奧決定用那筆錢當作文森與高更在亞爾的生活費。

西奧遂與高更約定，去亞爾的全部費用由他出，換取在當地創作的作品所有權。

十月下旬，高更終於啟程前往亞爾。他的到來，不知讓文森多麼開心。

二人不分日夜都架起畫架努力創作。

秋涼染紅的行道樹，星光閃爍的河邊，馬車緩緩行經的吊橋，開始收割的麥田，清風吹拂的田園。

夢幻般的共同生活。充實的創作時光。

二個畫家共飲葡萄酒，談論藝術，相對歡笑。

望著二人不斷寄來的畫作，西奧遙想起文森的笑容，不禁也獨自笑了。

文森畫中瀰漫的孤獨氣息，很快就會消失。今後，他的作品應該會被充實的幸福感籠罩。

是的。再過不久。肯定會——。

應該會變成那樣。他堅信，應該會。

十二月第一個星期六，忠正與重吉前來拜訪剛打烊的西奧。

文森與高更開始一同生活後，西奧便定期將二人寄來的畫給忠正看，這是重吉有意安排。

在文森心目中的「日本」——亞爾，二個畫家一起生活創作。於是重吉向西奧提議，林先生極有興趣地旁觀這項少見的嘗試，不如讓林先生看看定期送來的作品。

西奧當然是求之不得。他希望在不久的將來，能夠把文森的畫賣給理解新美術的某人。可以的話，最好是有慧眼看出畫家潛力的人買下。如此一來，林忠正豈不正是最佳人選？

於是每週六打烊後，忠正與重吉便連袂造訪「布索瓦拉東」畫廊。西奧會把那周收到的文森與高更的畫掛在後面辦公室的牆上，等候二人到來。把作品掛到牆上通常都是交給助手負責的工作，但為忠正與重吉舉行的「特別鑑賞會」，西奧並未告訴店裡任何人。所以在牆上釘釘子和更換作品都是自己一手包辦。

這天是開始「特別鑑賞會」後的第五個周六。一如既往，西奧在牆上並排掛出二幅畫。不過，這天的二件作品都是文森畫的。

之前掛出的都是文森一幅，高更一幅。

二人的畫並排放在一起後，各自散發出強烈的風格，卻又有共通之處。而且完全不相似。

二人的畫有某種東西相互共鳴。那起初就像小提琴與大提琴的二重奏，聽來非常愉悅。然而，共同生活一個月後，西奧感到，二人的畫好像隱約出現了不協調的雜音。

明明是在同樣的地點描繪同樣的主題，卻好似二人看到的是不同的東西。比方說，文森使用不可能出現的顏色描繪風景。——鮮黃的太陽與血紅的葡萄園。相較之下，同樣的風景中，高更畫的是在那種地方不可能出現的東西。——在亞爾的田園忙著收割的女性穿著布列塔尼的服裝。不過，當然也不是沒有共通點。「看著我！」這個強烈的主張，就是二人最大的共通點。

西奧每次把二人的作品掛在一起，都會緩緩在無聲之中被震懾。二人的確是好友，互相尊敬，互相激勵，一同創作。但在作品上，二人都不肯輕易妥協。

不，毋寧該說，這——其實是「戰鬥」吧。

二人每次把畫寄來，每次並排掛在牆上，西奧都感到心頭騷動不已。

但他極力隱藏那種騷動不安，把作品給忠正和重吉看。

忠正仔細打量二個畫家並排掛出的作品，幾乎不發一語。他的感想總是非常簡短，只說了一句「bon（很好）」。僅此而已。

他到底是怎麼想的？忠正打量作品的表情幾乎絲毫未變，光看他的樣子實在難以揣測他的真實想法。

這天，西奧也一如往常給忠正與重吉看了二件作品。和以往不同的是，這次二件都是文森的作品。

《高更的椅子》，以及《梵谷的椅子》。

先發出一聲驚嘆的是重吉。

「這……二件都是文森的作品嗎？」

被這麼一問，西奧回答「沒錯」。

「也已取了名字。……有蠟燭的那幅是《高更的椅子》，有菸斗的那幅是《梵谷的椅子》。」

重吉露出嚴肅深思的表情。而忠正，只是眉也不挑地盯著畫面。
三人就此沉默地面對二張椅子畫。
「……好像發生了甚麼事。」
過了一會，忠正嘀咕。西奧心頭一跳，望向忠正。
忠正的側臉依然直視著畫作。之後，他並未再說甚麼。

周日早晨，巴黎下雪了。
西奧憂心得輾轉難眠獨自熬過一晚，直到天亮才終於睡著。他做了好幾個夢。雖然已記不清楚，但全是悲傷的夢。
近午時終於鑽出被窩。不知怎地，他很後悔昨天給忠正和重吉看了二張椅子的畫。
——忠正嘀咕的那句「好像發生了甚麼事」一再在耳膜深處響起。
文森與高更之間或許發生了甚麼無法挽回的事態。所以，二個椅子才會失去主人，散發出更強烈的孤獨氣息。
不，不對。西奧用力搖頭。
——哥哥的信上寫滿對高更的讚賞。他不是還在信上有點不甘心又有點開心地說，自己畫不出高更那種畫。

二人不過是湊巧離開椅子出門而已。想必很快就會安然歸來，重新在那椅子坐下，一起開始創作。

所以沒問題。……肯定不會有問題。

即便這麼告訴自己，心頭還是亂糟糟越來越不安。西奧再也待不住，離開了公寓。

魯匹克街附近有周日市集。西奧漫無目的，徘徊街頭。他混入市集的人潮中，一次又一次撞上錯身而過的路人肩膀。

驀然間，眼前有個穿著破舊鬆垮大衣的紅髮男人經過。僅只是這樣，就讓西奧方寸大亂。明明沒想要這麼做，腳卻自己動了起來，追上那個在人潮中轉眼即將消失的背影。背影越走越遠。西奧也加快腳步，以免跟丟了人。

——哥哥！

你要去哪裡，哥哥？別丟下我。

別留下我一個人……！

彎過路邊市集終點的街角那瞬間，西奧撞上一個嬌小的女人。他聽見女人低聲驚呼，蘋果從她拎的籃子滾落地上。西奧嚇了一跳，慌忙撿起滾落在微微積雪的石板路上的水果。

統統撿起來後，西奧把水果放回她的籃子，向她致歉。

「對不起，小姐。……您沒受傷吧？」

被帽子遮蔽的臉轉向他。那是宛如隆冬白玫瑰般楚楚可憐的臉孔——是熟悉的臉孔。
西奧的心跳劇烈響起。他用顫抖的聲音低語。
「……妳……妳不是喬嗎……！」
彷彿藏著小星星的雙眸，閃閃發亮地凝視西奧。
故鄉的友人之妹，喬安娜·邦格。很久以前，曾讓西奧萌生淡淡愛慕的少女，如今成為美麗的女人，呆站在眼前。

一八八八年十二月中旬・巴黎・一區・里休魯街

這天，巴黎的傍晚天空被濃密的烏雲覆蓋，看來將是一個小雪零星飄落的寒冷夜晚。

皇家廣場附近的法蘭西喜劇院前，佇立著痴痴等候的重吉。

凍僵的手，從大禮服口袋掏出金色懷錶看時間。這天，在法蘭西喜劇院將要上演莫里哀的喜劇《憤世者》。

距離七點的開演時間還有二十分鐘，但是這點時間已不夠喝完一杯香檳。難得有機會來看戲，所以還特地提早抵達，結果這人搞甚麼鬼……重吉一個人嘀嘀咕咕發牢騷。

劇場對面隔著聖特雷諾街的「羅浮宮飯店」前停了一輛馬車。一名男子從車上迅速跳下。任由大衣的衣襬翻飛朝劇院入口跑來的，正是西奧。認清他的身影後，重吉露出笑容想，總算來了啊。

西奧筆直朝重吉奔來。

「晚安，重！最近好嗎？」

西奧高喊，拉起重吉的手猛烈甩動。等候的人過於亢奮的出現，讓重吉有點錯愕。

「喂喂喂，你是怎麼了，西奧？怎麼今天精神特別振奮？前不久你不是還很沮喪，說甚麼一切都不如意嗎……」
被重吉這麼一說，「噢，對啊。」西奧笑了。
「不好意思，突然邀你來。你的工作沒問題吧？」
「嗯，到了年底特別忙。正好林先生去倫敦出差了，所以提早結束工作，我就溜出來了。」
重吉如此回答，狡猾地笑了。
「畢竟，我們認識這麼久，你可從來沒邀請我來看過戲……所以我猜你該不會是最近有甚麼喜事吧。」
然後，重吉逼近他追問：
「……西奧，快快從實招來。到底有甚麼事？看你這春風滿面的樣子，肯定是甚麼大喜事吧？你該不會打算憋到中場休息都不說？」
西奧挺起胸膛說，好吧，那我就告訴你。
「我就是為此邀你來的……不過，用不著特地說。反正再過不久你自然會知道。」
西奧愉快地說。重吉愣住了。
「再過不久……再過不久不就是開演時間了嗎？只要開演前在這裡杵著，就會知道你心情這麼好的原因？那個……連一杯香檳都不用喝？」

「對。」西奧點頭。「一點也沒錯。」

重吉似乎一頭霧水，納悶地歪頭。西奧含笑。

「……讓你久等了，西奧。對不起，我遲到了……」

二人背後，傳來小鳥啁啾般輕快的聲音。西奧和重吉同時轉身。

只見一名纖細的女子佇立，猶自聳著單薄的肩膀喘氣。

身穿黑皮毛滾邊的羊毛斗篷，綴有蕾絲的帽子還留有晶瑩的雪花。不是讓人眼睛一亮的大美女。嚴格說來五官算是很普通，但凝視西奧的雙眸微微帶著熱切，閃耀美麗的光輝。

「嗨，喬。妳來得正好。我們也是剛到。」

西奧親暱地拉起女人的手，親吻戴白色皮手套的手背。然後轉向重吉介紹她。

「重，這位是喬安娜．邦格小姐。是我家鄉朋友的妹妹，來找她滯居巴黎的哥哥。喬，這是我的朋友加納重吉。他是銷售日本美術的畫商，是非常有名的畫廊經理。」

「您好，小姐。很榮幸見到您。」

喂喂，這到底是吹的甚麼風？雖然這麼暗想，重吉還是伸出右手。

「彼此彼此，很高興認識您。我第一次見到日本紳士呢……您的法語講得真好。」

喬安娜一邊回話一邊伸出右手放到重吉的手心上。重吉輕吻那纖細的手背。巴黎的資產階級打招呼的方式，如今重吉也已駕輕就熟。

「再過不久，我來巴黎就要滿三年了。所以好歹法語還算能夠應付。您呢，小姐？您是幾時來巴黎的？」

她的法語帶有荷蘭腔，但從溫婉的語氣可以感到她沉穩的氣質。

「十二月初……」喬說。

「是嗎。那我們重逢時，妳才剛到巴黎呢。」

西奧插嘴。他的眼睛也像喬一樣熱切地閃爍光芒。

「我跟你說，重。這簡直只能說是上天安排的重逢！」

西奧亢奮地繼續說。

「雖然我以前就透過她哥認識她，但幾年前在家鄉出席我們都認識的某人喪禮時，見到長大的她。沒想到她女大十八變出落得很漂亮，成了判若兩人的淑女……」

說到這裡，西奧若無其事地摟著喬的肩。喬羞澀地漲紅了臉。重吉意味深長地喔了一聲。

「結果後來呢？」

「沒甚麼後來啦。喪禮結束時，我已經徹底愛上她了。她卻完全不明白我的心意，喪禮結束就匆匆走了。」

「哎喲，西奧你真是的。」喬的臉更紅了。

「就跟你說不是那樣。是你一直盯著我，讓我很難為情，所以才……」

「人家知道你的心意啦，西奧。」重吉賊笑著說。

「眼前如果有這麼出色的美人，管他是在喪禮進行中還是怎樣，不都會想要表白愛意嗎？」

「對吧？」西奧也笑著回應。

「可是我實在做不出那樣褻瀆死者的行為。所以，我只能懷抱著亂糟糟的心情，就這麼回巴黎了。結果，沒想到我們竟偶然在街角巧遇！」

西奧開始敘述他和喬在巴黎的重逢。在市集撞個正著，撿拾從喬的籃子滾落滿地的蘋果……湊近才認清喬的臉，驚喜交加得渾身發麻……二人後來直接去咖啡館聊了很久，驀然回神才發現早已天黑……隔天，乃至再隔天，他們都見面了，一起吃飯，聊天，形影不離，然後……

「……昨天晚上，我已經向她求婚了。」

西奧說到這裡，替這番告白畫上句點。重吉瞠目。

「是真的嗎？」他問。

「對，當然是真的。」西奧紅光滿面說。一旁的喬也綻放如花笑顏。

「幹得好！真有你的，西奧！恭喜！」

這次是重吉拉起西奧的雙手劇烈甩動。西奧開懷大笑，「謝謝。」他回答。

「我第一個就想通知你，重。」

這時，開演的鐘聲在劇院大廳響起。

「啊，我們得趕緊進去，戲要開演了。快。」

西奧說著，摟著喬的肩膀催大家進劇院。盛裝打扮的紳士淑女一齊湧進觀眾席。

——你通知文森了嗎？

重吉當下第一反應就想這麼問。但，即將開演的混亂中，讓他失去詢問的機會。

翌晨。

夜間下起的大雪，一夜之間將巴黎街頭染成雪白。

忠正去倫敦出差期間，重吉裝飾了聖誕樹，擺在畫廊的窗邊。

樅樹的大小，和樹上掛的紙鶴，都和去年一樣，不同之處只有一個。那就是摺紙鶴用的不再是舊地圖，是特地買來的漂亮色紙。

——其實，本來想教可愛的法國姑娘摺紙鶴，讓女孩子來摺。

望著裝飾完畢的聖誕樹，重吉暗想。

——轉眼又過了一年嗎……時間過得真快。

在日本，只要看到正月新年掛的松枝就會切實感到又過了一年。重吉對於自己如今看到掛著紙鶴的樅樹時竟會感嘆時光流逝，多少有點不可思議。

——去年文森好像就是在這個時候突然出現吧？之後，還和林先生一起吃了飯。當時……林先生把文森拿起的紙鶴拆給他看。結果那張紙湊巧是亞爾的地圖。

文森就像中邪似的，之後啟程去了亞爾。明明毫無頭緒，卻宣稱要找到只屬於自己的「日本」……。

重吉佇立在窗邊回憶，忽見門口有輛馬車停下。

車門打開，出現的是忠正。咦！重吉急忙奔向門口。

「您回來了！」對著站在積雪中的忠正，重吉喊道。「怎麼這麼快？不是說周末才回來……」

「本來是那麼打算，但我想聖誕節前汽船和火車都會特別擁擠太可怕了。於是決定提早回來。」

忠正一邊把旅行袋交給重吉，一邊說道。

「這樣子啊。這次倫敦之行如何……」

「本來以為貨色應該會再好一點，可惜還是有點差強人意，沒能買到甚麼好東西。」

如今在歐洲各地廣受歡迎的浮世繪，不管去哪都缺貨，忠正的畫廊也經常在搜尋好貨色。這次去倫敦出差也是為了採購浮世繪。光靠從日本批來的浮世繪，已經無法應付顧客熱烈的需求了。

「先不談那個，如今在倫敦倒是發生了可怕的事件鬧得沸沸揚揚呢。」

忠正說。重吉心想，看來可以聽到有趣的旅途故事。

「是甚麼樣的事件？」

「『開膛手傑克』。是史上罕見的奇案，巴黎這邊好像也有風聲……」

「開膛手傑克」是今年夏天至秋天倫敦發生的連環殺人命案。兇手偽裝成嫖客攻擊妓女，割斷受害者的脖子，手法相當殘忍，不僅如此，還把受害者的內臟也帶走，是極為異樣的案件。兇手迄今尚未落網，甚至無法鎖定嫌疑者的身分。

倫敦市民為之驚恐戰慄，深怕「傑克」或許就躲藏在某處，但另一方面，正因為案件的異常，似乎也勾起大眾的好奇。

「這年頭社會越變越奇怪了。」重吉不安地說。「怎麼會發生這種案件……」

「現在的英國和法國比起來，社會規範更嚴苛。大概是因此反彈，才會出現喜歡獵奇事物的人吧。這是社會扭曲的表徵。」

聽著忠正的說明，重吉老實地安下心來，慶幸自己選擇居住的地方不是英國而是法國。

一走進店內，忠正立刻注意到窗邊的聖誕樹，「噢，今年準備得不錯嘛。」他的臉上綻開笑容。

「請仔細看。今年用的不是舊地圖，是拿漂亮的色紙做裝飾品。」

忠正拿起一隻紙鶴打量，問道：

「……明天是周六吧？下周就是聖誕節了，西奧多魯斯會在店內舉辦『亞爾的畫家們』作品特別鑑賞會嗎？」

想必和重吉一樣，他也想起去年文森出現的那件事。

「不，這個……」重吉搔頭，回答：

「西奧現在已無心理會那個了。呃……他忽然決定結婚。」

忠正愕然眨眼。

「這未免也太突然了吧。」

「對，的確……」重吉同意，然後又小聲說：「……真令人羨慕。」

「對象是誰？你認識嗎？」

「不，是我不認識的人，昨天他才介紹給我。據說，西奧老早就暗戀那個女人，湊巧不久前在巴黎重逢，於是就……」

重吉把西奧和喬決定結婚的經過告訴忠正。喬是個柔弱清純而且看起來很聰穎的女孩子，為了好友著想，重吉還特地補充說她很理解西奧的工作，對美術也有濃厚的興趣。

忠正抱著雙臂默默傾聽，聽到最後，一開口就問：

「文森知道嗎？」

重吉搖頭。

「西奧似乎打算趁聖誕假期一起回喬在荷蘭的老家，請她父母同意婚事。至於文森，這個……目前，西奧似乎打算暫時先不告訴他。」

忠正輕彈一下手心的紙鶴。

「……這樣下去，文森會破滅吧。」

他喃喃自語，猛然把紙鶴捏扁。重吉在一瞬間感到心頭刺痛。

「感覺有點危險呢。您為何會這麼想？」

忠正總是能敏銳道破事物的本質。有時也會脫口說出預言式的話，結果通常真的一語成讖。這是因為他有深厚的洞察力。

尤其是關於文森，忠正的洞察力更是格外敏銳。雖然重吉並不明白這是為什麼。

忠正到底打算對文森還有西奧做甚麼？是要救他們嗎？不，或者是反過來要逼迫他們？——為什麼？

「重。我問你，上次在特別鑑賞會時看到的畫……文森畫的那二幅『椅子』，你還記得嗎？」

忠正反問。重吉當下說當然記得。

「《高更的椅子》和《梵谷的椅子》。我當時覺得，那應該是表現出文森與高更在阿爾的共同生活很順利……」

「正好相反。」忠正不客氣地說。

「如果真的相處愉快，應該沒必要描繪『空蕩蕩』的椅子吧。只要畫出高更堂堂正正坐在他那張椅子上的肖像畫就行了。就像《唐基老爹的肖像》。……是因為畫不出來，所以沒有畫。或者，是因為不想畫，所以畫不出來。又或者，是對方不想讓他畫，所以不能畫。……總之不管怎樣，二人相處得絕對不好。」

重吉大受衝擊。

忠正說得沒錯。畫中隱約瀰漫的孤獨感……。

每周觀看文森與高更從亞爾寄回來的畫，漸漸感到二人的畫作完成度已提升至堪稱雙壁。然而，與其說二個畫家是互相配合著創作，毋寧更像是互不理睬，各畫各的。

西奧察覺到這點了嗎？不，他不可能沒察覺。……如此說來，他是刻意不告訴哥哥要結婚的事。

眼看哥哥飽受孤獨折磨，自己卻找到人生伴侶處於幸福的絕頂，要告訴哥哥這個消息——想必難以啟齒。

忠正望著窗外的雪景說：

「我本來判斷，只要去了亞爾就能追求風光明媚的風景，讓文森憧憬的『日本繪畫』那種澄淨在作品中格外突顯。可惜……實際上事情沒那麼單純。」

文森的畫在流血。他激烈地希求某種東西，吶喊，受傷。

——劇烈的出血。甚至令人不忍直視。

「他傷害自己，從自己的作品趕走幸福——這種彷彿被利刃抵著喉頭的畫，到底有誰會想買？如果再這樣下去，他的畫不會被任何人接受。所以，無論西奧再怎麼努力，恐怕也賣不掉文森的畫吧……很遺憾，但那就是現實。」

重吉陷入沉默。

忠正說的話是對的。

自己趕走幸福的文森。努力試圖喚來幸福的西奧。二人在一起只會互相傷害。可是即便分開了，文森除了西奧之外也無人可以依賴。西奧也很清楚這點。但，那個包袱無可救藥地沉重壓在肩頭，已經把他逼得走投無路了。

所以，他才會選擇和喬結婚吧。西奧想逃避嗎？逃避宛如半身的哥哥，文森——

難以言喻的不祥預感浸透重吉的心頭。

而且那個預感，不久就成真了。

聖誕節前夕的周一傍晚，開始放假的巴黎街頭寂靜無聲。

就算是聖誕節也無家可回的重吉，獨自待在公寓看書。

不可思議的靜謐，或許也和下個不停的雪有關吧。說到這裡才想起，故鄉金澤也是，只要年底下雪，本來忙得眼花撩亂的街頭就會這樣寂靜無聲。他忽然想起，坐在家中稍微拉開紙門眺望雪景時，並不覺得寒冷，反倒有種不可思議的溫暖。

開窗一看，冷空氣頓時流入。遠處傳來汽笛聲。

——西奧他們搭乘的火車，現在不知走到哪裡了？

那天，西奧說要和喬一起去她的故鄉阿姆斯特丹。

他的臉上閃耀幸福的光輝。重吉從未看過西奧這種表情。如果看到此刻的西奧，文森應該也會祝福他吧。雖然這麼想，卻還是開不了口。

就在這時。

馬路那頭有個裹著黑色大衣的男人身影接近。只見男人在雪中快步朝這邊走來。重吉從窗口探出身子，極目遠眺。

——啊。

「……西奧！」

重吉大喊，黑影立刻用力揮手。男人果真是西奧。

——本以為他早就上了火車，到底出了甚麼事？

重吉套上羽絨服開門。螺旋梯下方的腳步聲越來越大聲，一路衝上樓來。最後，渾身喘氣的西奧出現了。

「——重……」

一看到西奧的臉，重吉就愣住了。

他的臉色慘白。毫無血色。好像隨時會昏倒。

「西奧？……怎麼了？出了甚麼事……」

西奧的雙眼充血。眼中帶著瘋狂。那種眼神很像文森。

「……我哥……我……哥……他……」

西奧顫抖的手舉到重吉眼前。

那隻手上，握著一封電報。是保羅．高更從亞爾發來的——。

文森割下自己的耳朵

請速來亞爾

一八八八年十二月二十五日・亞爾・市立醫院

彷彿佇立在黑暗的深潭旁，西奧呆站在哥哥躺臥的病床邊。

文森在睡覺。非常安詳。——好似已經死了。

被帶進病房時，他深怕哥哥已經斷氣了，差點撲向「遺體」。如果年輕的醫師沒有說「請你冷靜，令兄還活著」，他八成已經六神無主地亂了方寸。

的確，文森還沒停止呼吸。認清毯子下的胸口還在微微起伏後，西奧終於安心地吐出一口氣。不過，眼淚也同時奪眶而出。從巴黎趕來亞爾的路上，明明努力忍住了。麻煩的眼淚，一旦落下，就再也無法遏止。

摟住嗚咽的西奧肩膀，像哄小娃娃一樣溫柔拍撫他的，是重吉。

西奧一手拿著高更發來的電報急急奔向的目標，是重吉的住處。

他心慌意亂，不知該如何是好。那天傍晚，本來預定要和喬一起搭乘開往阿姆斯特丹的火車……。沒想到就在他穿上大衣正要出門的瞬間，郵差來敲門了。

西奧奔向的不是喬目前暫住的她哥哥的公寓，而是重吉的公寓。他在無意識中迴避。迴避把親哥哥割掉自己的耳朵這個晦暗沉重的事實告訴喬。

西奧偕同重吉趕往里昂車站。當時正好也在下雪。聖誕節前夕的街頭寂靜無聲，連要攔輛載客馬車都費了老半天工夫。好不容易坐上馬車後，西奧感到顫抖自身體最底層湧現。

抵達車站後，重吉說：

——我去買車票。你發電報給喬。她應該正在等你去吧？如果不想失去她，就該把文森的事情告訴她。

西奧衝進窗口即將關閉的郵局。寫了一封很長的電報。

——文森罹患重病。他現在需要我，所以我非去不可。讓妳傷心，我不知有多麼痛苦。我是如此愛著妳。我真心希望讓妳幸福。想著妳，我鼓起勇氣——。

西奧與重吉衝上開往亞爾的末班車。途中，西奧始終沒開口。他怕一旦開口會脫口說出甚麼可怕的話。

他緊閉雙眼。眼皮內側浮現的，是小時候他崇拜的文森強壯的背影。宛如向日葵的笑臉。離別時，文森輕拍他後背說的那句話。

——不管我在何處都不會忘記你，西奧。你是我最好的朋友。

對於這樣的朋友——西奧在心中質問文森。

——對於這樣的朋友，哥哥，你……何苦老是如此為難我？

之後，終於抵達亞爾的醫院，確認文森還「活著」，西奧這才釋放壓抑的情緒。瀕臨崩潰的情緒化為淚水，不斷滑落他的臉頰。

等西奧的嗚咽平息後，年輕的醫師——事後才知是實習醫生——菲利克斯．雷伊請他去另一個房間「討論一下令兄的病情」。

「我在外面等你。」

重吉識相地主動迴避。

「沒關係。你也一起來聽吧。拜託。」

西奧雙眼通紅，求助似地說。

「因為我不知道我一個人能否承受得住。」

他終於忍不住吐露真心話。

有重吉陪伴，不知幫了多大的忙。西奧唯有在這個日本友人面前才能吐露真心話。看樣子，高更未能成為文森心目中那樣的好友……很遺憾。

雷伊醫生的診療室有著向南的大窗。正午的陽光從窗口照進，溫暖地濡濕拼木地板。

看到那個時，西奧驀然想起自己已來到南方。無論是自己出生的故鄉或倫敦、巴黎，嚴冬時節都不可能有如此明亮的陽光。

白花花的耀眼陽光，靜靜麻痺西奧的視網膜。在這片土地，得到這樣的陽光，所以文森的畫才會變得日漸明亮。

請二人坐下後，雷伊醫生自己也在扶手椅坐下，年輕的雙眸望向西奧。

「這件事，我不知道您是怎麼接到通知的……我還是說明一下吧。」

接著，醫生開始用沉穩的聲音敘述。

「令兄的傷勢，並沒有致命的危險。根據與令兄同住的畫家朋友高更先生表示……對，他向警方和我說明經過後，似乎就立刻啟程回巴黎了，正好和你們錯過……前天他似乎和令兄發生口角，據說大吵一架後不歡而散。之後，高更先生投宿車站前的旅館，翌晨……也就是昨天，他一回家，就發現圍著大批人群，這才知道出了大事。」

高更當時不知到底發生甚麼事，正在發呆時，警察走近，說想要請教高更一些問題。高更說我還想問你們呢，到底出了甚麼事？結果得知匪夷所思的消息，警察說，您的朋友梵谷先生，昨晚自己割下自己的耳朵，送給熟識的妓女，據說還對那女人說，要送給她好東西，叫她好好留著。

關於文森衝動做出這種荒唐舉動的直接原因，高更對警察說他不知道。他們的確是畫家同好，一起生活一同作畫。因為相處的時間長，自然也會發生爭執。昨天也只不過是一如往常發生一點小口角罷了。因為自己打算聖誕節回巴黎，遂如此告知文森。文森非常失望。因為他打算和藝術家同好在亞爾一起經營共同畫室，如今眼看無法實現大概變得很悲觀吧。但自己已經忍無可忍。於是宣稱今晚先去車站附近的旅館過夜，就此離家。結果早上回去拿行李的時候就發現出事了——以上，就是高更的說明。

「高更先生被警方質疑『該不會就是你讓梵谷先生陷入精神錯亂狀態』，非常困擾。」

雷伊醫生自己也露出困擾的表情說。

「就算真是這樣，弄到這個地步，也不是高更先生的責任。您懂吧？」

被醫生這麼問，西奧當下稱是。

「那當然，您說的沒錯。」

雷伊醫生點點頭。

「高更先生很擔心朋友的病情。於是，這次換我對他做說明。我說，梵谷先生和您吵架後，拿刀子把耳垂尖這樣……一刀割掉了。」

「是耳垂尖……嗎？」

西奧不由自主反問。看哥哥腦袋纏滿繃帶的樣子，他還以為整隻耳朵都被切下來了。

「是的。頂多只有小指的指尖大。不過，出血量很驚人。無論手指或耳朵，身體的末端一旦受傷，都會流很多血。令兄是自己拿布包裹止血的。所以其實並不嚴重。」

雷伊醫生用袒護小孩調皮搗蛋的口吻說。

西奧霎時鬆了一口氣，但隨即又不安地問：
「就算您說不嚴重……拿刀子自殘的行為，畢竟還是不正常吧？」
「是，那當然。」醫生爽快地認同。「並不尋常。」
雷伊醫生說，自殘的行為固然異常，更異常的是他之後的行動。把自己身體割下的部分（雖然只是極小部分）送給妓女之舉，怎麼看都不像正常人所為。
「令兄如果沒那樣做，想必也不至於驚動警察了。因為雖然不能說行為相似，但倫敦最近也發生了異常案件。據說是甚麼『開膛手傑克』……」
年輕的醫生，大概只是隨口提起最近掀起話題的獵奇案件。然而在西奧聽來，那就像在指控文森近似異常犯罪者。
西奧再次頹然垂首。他已經甚麼都不想聽了。深不見底的後悔湧上心頭。
——其實自己早就知道。文森的精神狀態脆弱如玻璃。他比常人更易受傷，更纖細敏感。
文森總是飢渴地在尋求甚麼。他希望有人發現自己在這裡，發出無聲的吶喊。
流血的，根本不是他的耳垂。是他的心。是投注他全副心魂的畫在流血。
自己明明知道……明知如此卻……。
自己是否也覺得那樣的哥哥很詭異噁心？所以才會二話不說就同意哥哥想去亞爾的提

議？因為自己巴不得哥哥能夠走得遠遠的。

可自己卻又希望有人能夠代替自己守在文森的身旁安慰他。所以，才會明知勉強還把高更送過去。

可是……終究還是不行。

高更不是想逃走。他只是無法徹底承受，承受文森這個過於沉重的包袱。

想在亞爾找到只屬於自己的「日本」，打造藝術家們的烏托邦，結果失敗了……。

是的，失敗了。——是誰失敗了？文森嗎？

不，不對。失敗的——是我。

眼看西奧頹然垮下肩膀，一旁的重吉只是默默守護。雷伊醫生也沉默半晌，最後方說：

「令兄畫的畫，我沒見過……有機會的話，我很想看一下。因為聽了高更先生的敘述後我很感興趣。」

西奧緩緩抬頭看醫生。醫生乾淨澄澈的雙眸回視西奧。

「高更先生是這麼說的：『文森是個情緒起伏劇烈的男人。一旦衝動起來不知會做出甚麼事，的確有點危險。不過……』」

「……不過甚麼？」重吉傾身向前追問。雷伊醫生微笑繼續說：

「『他會畫出從來沒有任何人見過的嶄新繪畫。他的畫太新穎，所以現在或許很難得到認同，但遲早應該會被人發現。』」

——他的確是個怪胎。更重要的是，他是個無與倫比的優秀畫家。

他不可能一輩子就這麼被埋沒。我如此堅信。

高更留下這番話就離開了亞爾。

雷伊醫生的眼中閃著好奇的光芒，總結道：

「……被人這麼一說，當然會想見識一下，不是嗎？」

總算趕上了從亞爾開往巴黎里昂車站的末班車。

這是聖誕夜。車內只有寥寥可數的乘客。

在這天，人們會全家一起上教堂，共享晚餐，結束一年之中最莊嚴、最溫馨的一天。會在這種夜晚坐火車的，肯定是沒有家人，或者沒有愛人與朋友的可憐乘客。

與雷伊醫生談話後，二人又回到文森的病房。文森依然沒醒，但醫生叫他們把病人叫醒，於是西奧試著搖晃文森的肩膀。文森的肩膀摸起來都是骨頭，瘦得令人難過。

文森醒了。目光渙散失焦。

——哥哥，認得出來嗎？是我啊，重也來了。

西奧溫聲對文森說。

——啊？……這是哪裡？

文森嘶聲接腔。西奧說，這是亞爾的醫院。

——亞爾？……是巴黎吧？

——不是巴黎。是亞爾。

——為什麼？為什麼不是巴黎？為什麼我不在巴黎？

他依然意識不清。就算向他解釋為何不在巴黎在亞爾，而且在醫院，恐怕也是白費唇舌。

——哥哥說想去亞爾，所以才會人在亞爾。

文森混濁的雙眼望向天花板，喃喃嘟囔。

——我才沒有那樣講過。我明明得待在巴黎……。

因為……因為，我……最想畫的東西，還沒畫出來……。

站在西奧背後的重吉，這時走到文森身旁。重吉彎下腰，把嘴巴湊近文森沒有被繃帶包裹的耳朵，低聲說：

——文森，你最想畫的，是甚麼？

文森蠕動乾燥龜裂的嘴唇。聲音嘶啞聽不清楚。西奧把耳朵貼近哥哥的嘴巴，仔細聽他說。

——Fluctuat nec mergitur……

是拉丁文。曾經立志當神職人員的文森，會讀也會寫拉丁文。由於父親曾是牧師，學過拉丁文版聖經的西奧多少也懂一些。不過，這時文森突然說出的字眼，他一時之間不解其意。

文森就此又陷入昏睡。

西奧與重吉，之後只能束手無策地守在文森枕畔，可文森始終沒有醒來的跡象。

雷伊醫生說，目前病情已經穩定了應該不用擔心，至於今後的情況會再另行通知。於是二人為了趕搭開往巴黎的末班車離開醫院。

黑暗的車窗，朦朧映現車內被燈光照亮的情景。西奧凝視車窗上映現的自己那張憔悴無神猶如幽魂的臉孔。這時，驀然間，他想起自己已有未婚妻且馬上就要結婚這個難以置信的幸福現實。

這一整天，西奧都沒想起喬。文森自殘這個眼前的可怕現實，趕走了幸福的現實。

自己憔悴的臉孔後方，浮現喬嬌美如花的笑臉。西奧滿心只有恨不得立刻擁抱她的衝動。

——啊，我有喬。我還有喬。

西奧不知不覺緊緊抱住自己的雙臂。

——我愛她。愛得不可思議，愛得滑稽。

我們不久將要結婚。想必有幸福的未來等著我們。

然而……。

「……你的臉色很難看呢。無論去程，或是回程。」

大概是一直在窺探西奧的樣子，坐在斜對面的重吉說。

「發生這種事，怎麼可能表情開朗。」

西奧自嘲地說。

「這倒也是。」重吉苦笑。

「不過，還是別太煩惱比較好吧。你們兄弟的共同點，就是不管好事壞事都喜歡鑽牛角尖想太多。明明是畫家和畫商，卻像一對哲學家。每次都這樣皺起眉頭。」

重吉誇張地皺眉給他看。那個表情太滑稽，西奧忍不住笑了。

「這才對嘛。」重吉也笑了。

「有些事就算你想再多也無能為力。不管甚麼樣的暴風雨來襲，終有過去的時候。那是大自然的定律。」

風狂雨急時，該怎麼辦呢——重吉說，只要變成小船就好。

「只要任由強風搖晃船身就好。如此一來，絕對不會沉沒。……你說是吧？」

朋友的比喻，靜靜在西奧的心中回響。

一條河悠悠流過心中。——打從遙遠的往昔，從來不曾停止奔流的塞納河。河上漂浮的「小船」，西堤島。

塞納河令巴黎無比豐饒。同時，卻也因一次又一次的河水氾濫帶來洪水與疫病。

但人們依然深愛塞納河，深愛巴黎。

一如無論多麼猛烈的暴風雨來襲，仍舊屹立塞納河中央永不沉沒的西堤島，我們的小船，以及巴黎，也會克服任何困難。懷著這樣的信念與祈求，水手們在自己的船頭掛出守護巴黎的一行字——浪擊而不沉。

巴黎，縱然風雨飄搖也不沉沒。

托腮倚靠車窗的西奧，忽然一驚，望向重吉。

「……我明白了。」

西奧用嘶啞的聲音呢喃。

「啊？」重吉反問。「你說甚麼？」

西奧的嘴角微微扭曲。他落寞地微笑，答道：

「我終於明白……文森那句囈語。」

——Fluctuat nec mergitur……浪擊而不沉。

巴黎縱經浪擊也不沉沒。

哥哥。你最想畫的——就是巴黎的化身……塞納河吧？

彷彿撕裂夜晚的黑幕，響起一聲汽笛。

載著西奧的火車，漸漸遠去。遠離文森沉睡的亞爾，奔向愛人等候的巴黎。

一八八九年四月上旬・巴黎・九區・皮加爾街

那個房間，洋溢溫馨幸福的氣息。

才踏進一步，重吉就立刻明白，這間屋子的主人生活在多麼滿足的幸福中。雖然忠正經常說他太遲鈍，但就連遲鈍的自己都能感到。二周前才剛搬進這裡的新婚夫妻西奧與喬，是如何享受著新生活，恩恩愛愛地過日子。

「有三個房間，每個房間都日照充足採光極佳。」

西奧帶領重吉去剛買來嶄新地毯和長椅、茶几布置的客廳，一邊開朗地說。

「當然，這一帶算不上是那麼高級的地區……最主要還是因為我們想住在採光好的屋子。你想想看，我和喬不都是生於北方嗎？特別眷戀陽光。所以，人家介紹我們看這間屋子時，我倆當下就不約而同脫口喊道：『就是這裡！』」

「真的，超開心的。」喬從廚房把剛出爐的馬鈴薯料理端上餐桌，一邊也笑嘻嘻地附和。

「我從小就夢想能夠住在所有的房間都採光充足的屋子。我哥在巴黎的房間也很陰暗，和荷蘭的家差不多，所以我還以為巴黎的公寓全都照不到太陽呢。因此，找到這房子時，我高興得差點跳起來……」

「只可惜廚房又小又冷。」西奧也幫忙端菜，如此說道。

「不過，我老婆還是做了一級棒的菜喔。你瞧，我們的家鄉菜看起來這麼可口！」

「討厭，你別講得這麼誇張啦。只不過是鄉下的家常菜。」

喬露出靦腆的笑容。

「哇喔！味道香噴噴。這是幸福的味道吧。」

重吉深吸一口盤中冒起的蒸氣說，「是吧？」西奧自豪地接腔。

「怎樣？重。我每天都生活在這麼幸福的味道中。喬親手做的菜，喬替我洗的襯衫，還有喬……全部都是超幸福的味道。」

「喊！瞧你說的。反正我這種單身狗就是活在孤獨的氣味中啦。哼，西奧，把你的幸福分一點給我！」

「沒問題。來，乾杯。喬也坐下。我們一起喝。」

三人在餐桌坐下，用葡萄酒舉杯互敬。

不知是因為返鄉成婚有一陣子沒見到好友，還是因為有點微醺，西奧比平時更饒舌，對重吉一一描述婚禮前後的種種。

家人原本都希望他們在教堂舉行婚禮，但西奧不喜歡弄得太鋪張，於是只請了自家人在當地的市公所舉行儀式；自己的妹妹也把喬當成親姊姊敬愛；母親和喬的雙親都很高興結為親家，成了一個新的大家庭；本來覺得平淡無趣的家鄉風景，只要和喬在一起好像一切都變得很新鮮……西奧似乎連重吉接腔都等不及，激動地漲紅了臉一個人滔滔不絕。期間，身旁的喬始終面帶微笑，有時用充滿愛意的眼神凝望丈夫，有時以手掩口吃吃嬌笑。

——這是典型的幸福家庭啊。重吉也微笑凝視恩愛的小倆口。

至少此刻西奧好像暫時忘了。忘了哪怕只是瞬間也想遺忘，卻又偏偏不可能遺忘的現實——被獨自留在亞爾的哥哥，文森。

雖然永遠失去了左耳垂尖，但文森並無生命危險。之後身體康復，過完年不久便可出院了。他在無人陪同的情況下，獨自回到之前與高更同住的「黃色房子」。

但文森似乎飽受幻聽折磨，或許是為了逃離那種痛苦，動不動就在街上走來走去大吼大叫。害怕他這個「割耳事件前科者」的居民報了警，他被強制送進市立醫院。這一連串事情，都是從「割耳事件」以來成為文森主治醫生的雷伊醫生寫信通知西奧的。

西奧向重吉坦承——自己已經束手無策。

住院期間，文森據說經常猝然暈厥，或者罹患暫時性健忘症。即便如此，他唯一持續的一件事，就是作畫。即便在那種狀態下，他依然不肯放棄繪畫。就像無法聽憑自己的意思讓心跳停止一樣。

每次哥哥出問題，西奧雖想立刻趕往亞爾，卻因畫廊的工作、準備婚事、籌措金錢等等不得不解決的事務讓他無暇分身。西奧繼續寄錢給一板一眼照樣寄作品來交換的哥哥，同時寫信鼓勵他。並且輕描淡寫地提及自己結婚的消息。——他說，希望哥哥也能祝福我的幸福。

然而，文森寄來一封頑強的回信。

——我反覆看過你報告和邦格家相遇的信了。很好。但我一切照舊，保持本色，依然故我。

西奧對唯一了解一切內情的好友重吉感嘆，已經無能為力了……。

——就算我再怎麼期盼能與哥哥分享這種幸福，他也感受不到。我覺得，哥哥好像去了比亞爾更遠的地方……已經離我很遠很遠了……。

聽著西奧的嘆息，重吉覺得西奧這話說的恐怕不對。——真正離開的人不是文森。是西奧你遠離了文森才對吧。

但是講這種話只會讓好友更沮喪。重吉只能傾聽西奧的抱怨，給予鼓勵。

「啊，第二瓶已經喝光了。」

把酒瓶的最後一滴倒進重吉的杯子，西奧說。
「好，這次喝紅酒吧。喬，我記得家裡還有布列塔尼的紅酒吧？」
「哎喲，討厭。昨天晚餐時不就喝掉了……家裡已經沒紅酒了。」
喬回答，「我現在就去買。」她說著站起來。
「不，還是我去吧。況且酒鋪已經打烊了……如果只要一瓶的話，轉角的咖啡館應該願意賣給我。」
西奧說著輕快地起身離席。
「那我去去就回來。重，難得有這機會，你就和我可愛的老婆好好聊天吧。我特別准許你。」
西奧開心地走了。
「真是的，這傢伙，就是愛耍嘴皮子……」喬羞紅了臉嘀咕。
重吉微笑，「好久沒看過西奧那麼開心了。」他說。
「他工作時總是板著撲克臉。能得到妳這個伴侶，他看起來真的很高興。」
聽到重吉這麼說，喬也露出微笑。微帶羞澀的清新笑容就像剛剛綻放的銀蓮花。
之後是一陣沉默。或許是因為和丈夫以外的男人獨處，喬微低著頭視線游移不定，忽然抬頭望著重吉。

「那個，我……我有問題想請教重先生。」

重吉疑惑地眨巴著眼，「甚麼問題？」他一本正經回答。

喬紅著臉說，

「我……非常喜歡西奧的哥哥畫的畫。」

她簡直像要表白愛意似的，非常害羞。

「您也看到了，這屋裡只掛了文森的畫，對吧？每天待在這屋裡，和他的畫一起生活久了……漸漸就越看越喜歡……」

喬誠實表明，起初剛看到畫時有點不知所措。麥田，向日葵，女性肖像……那些明明是畫，卻不知為何並不像是畫。只有揮灑的顏料特別搶眼，讓她感到很不可思議，這到底是甚麼？真的是畫嗎？

然而，每天看久了，無論形狀、顏色、描繪的風景、花卉、人物、一切的一切好像都在對自己說話，會產生一種親密感。那是還沒見過面的大伯天天注視、描摹在畫布上的東西。亞爾燦爛的太陽、月亮和星星、清澈的河流、豐饒的麥田、替畫家擺姿勢的當地無名居民們……一一被關進畫布，送到西奧的手上。這麼一想，就會有種錯覺，好像自己跟西奧一起去亞爾旅行，坐在文森的身旁，看著他運用畫筆。

「文森的畫，每一幅，該怎麼說呢，全部……都有brut（新鮮原味）的感覺。」

喬瞇起眼仰望掛在餐桌旁牆上那黃得過分的黃色花朵，那毫無陰霾燦爛發光的向日葵，如此說道。

「我過去看到的畫……不管是美術館的、畫廊的、或者掛在我家鄉老家客廳的……感覺上，好像都不是活的。當然，畫這種東西，說它不是活的，本就是理所當然……但和文森的畫相比，或者該說，看起來好像死掉了……」

嗯哼——重吉意味深長地哼了一聲。

「妳的看法相當有意思。」

「對不起。」喬再度臉紅，聳聳肩。「我好像講了很奇怪的話……」

「不，不會。」重吉莞爾一笑。「一點也不奇怪。」

對話就此中斷。二人一齊仰望掛在牆上的那幅向日葵。那是寧靜怡然的時光。

重吉看得出來，喬不是因為文森是丈夫的兄長才這麼說，她純粹是喜歡文森的畫。而且對她有如此清新的感性能夠脫口就用「brut」來形容文森的畫，也暗自吃了一驚。

「妳不和西奧一起去見文森嗎？」重吉試探著問。

「如果能見到妳，他應該會很高興。」

「是啊……我也很想去。可是……」

說到這裡，新嫁娘頭一次蹙起眉頭。

西奧有多麼擔心被獨自留在亞爾的哥哥，喬非常理解。她也早已發現西奧的內心一隅有罪惡感似的情緒在侵蝕。

——我想讓妳幸福，因為那就是我的幸福。

西奧曾對喬這麼說。而且他接著又說：

——可是，如果我們的幸福無法讓哥哥幸福，那或許就談不上是真正的幸福。

此刻，我的確是幸福的。但我害怕。我害怕這樣的幸福，或許無法持續到永久……。

「西奧他經常把臉撇開不敢看哥哥的畫，他說他喘不過氣……無法定睛注視太久……」

喬憂心忡忡地表明。那種時候的西奧，面無血色冒冷汗，看起來隨時會暈倒。怎麼看都「不尋常」，所以喬勸他還是去找醫生檢查一下比較好，但西奧堅持不看醫生，他說自己和哥哥不同。甚至經常就此頹喪地鬱鬱寡歡。顯然和平時的西奧大不相同——。

重吉也很理解。西奧看似與文森個性正好相反，其實兄弟倆的氣質很像。同樣像玻璃一樣脆弱纖細，會為些許小事自尋煩惱。西奧譴責不接納自己兄弟倆的社會，責怪無法鼓起勇氣徹底加入社會的自己。有些行為就算身為畫家的文森可以被原諒，身為畫商的西奧也不會被容許，那更加逼得西奧鑽牛角尖。

本該有完美幸福的西奧與喬。文森就是籠罩他們頭上蔚藍晴空的唯一一朵烏雲。

「……是不是就算用架的也該把他架進醫院比較好……」

喬不安地問。想必這段日子一直找不到人可商量，她的臉孔憂慮得蒼白。

「不，應該不用擔心吧。想必只是暫時的。」重吉盡量開朗地回答。

「不過話說回來，幸福得令人害怕……我也好想有機會講這種話。嘁！真讓人嫉妒。」

重吉的玩笑話，讓喬不禁綻放笑顏。

這時，正好西奧回來了。他說沒有布列塔尼的紅酒，但總算弄到波爾多的紅酒，和出門時一樣心情很好。

五月中旬，忠正的畫廊出現意外的客人。

這是長日將盡的初夏。到了這個時節，日照逐漸變長，過了晚間八點戶外天色還是很亮。第一次在巴黎迎來夏天時，重吉甚至因為夜晚始終不見天黑而亂了生理規律。如今他為夏日的到來心情雀躍，只等著下班後就去喝一杯。

差不多該打烊時，一名紳士推門而入道晚安。是浮世繪畫商薩穆爾．賓。

賓是巴黎最早開始開店銷售浮世繪的德國人（不過他於一八七一年已歸化法國籍）。他從日本大量進口以浮世繪為主的美術品，賣給被稱為「哈日族」的日本美術愛好者，賺了不少錢。在忠正開業前，只要提到「浮世繪的店」就是指賓的店。

忠正開始做美術商，大約比賓晚了十年。當時，巴黎販售「日本與中國」美術工藝品的店林立街頭，但幾乎都把日本和中國的東西混淆，賣些類似土產紀念品的商品。忠正的加入，對賓肯定是個威脅。「若井．林商會」是經銷高品質日本美術品的正統美術商，而且林忠正是正宗的日本人。忠正進貨的管道絕無問題，店頭永遠陳列著優良商品和珍稀品。

而且，忠正還以完美的法文在《Paris Illustre》發表關於日本美術的評論，也會替想要買日本美術品的顧客解答疑問，正確評斷日本美術品的價值，努力推廣日本美術。他的舉止優雅，交際手腕也很高明，用法語和人聊天時富於機智，經常讓嚴以待人的巴黎人讚嘆不已。也受邀出席拿破崙家族的沙龍，不知不覺在社交界已成為眾人矚目的人物。雖然同樣是「巴黎的異鄉人」，但即使賓現在已成為「法國人」，重吉認為忠正還是遠比賓技高一籌。

忠正與賓在商場上是對手，但彼此並未明白表露過敵意。如果在社交沙龍遇到，還會笑嘻嘻地聊幾句，如果受邀出席彼此都認識的顧客餐會，也會同桌。但，他們總是保持絕妙的距離，絕對不會一對一單獨碰面。

這樣的賓，居然毫無前兆地上門了。

重吉忍不住語帶訝異迎接他：「賓先生？這真是稀客……」

「哎，我正好經過附近。最近都沒看到林，不知他過得怎樣……」

賓與重吉握手，一邊如此說道。聽來多少有點像藉口，但重吉還是說聲「請稍後」，立刻去忠正的辦公室。

得知賓來店，忠正的表情微微僵硬。但他立刻調整領口的領結位置，穿上西裝外套，去前面的店面。

「晚安，薩穆爾。真稀奇，你居然會主動大駕光臨。」

忠正說著，和顏悅色地伸出右手。賓緊握住那隻手，「嗨，林，你看起來氣色不錯。」賓也笑嘻嘻地打招呼。

「最近都沒在沙龍看到你……怎麼樣，生意如何？」

「哎，托你的福。跟你一樣。」

賓放聲大笑。

「意思是說一帆風順嗎？那真是太好了。」

在忠正的邀請下，優雅穿著西裝的賓在扶手椅坐下。重吉拜託正要下班回家的助手朱利安，去街角的咖啡館買瓶裝葡萄酒和橄欖。

加上重吉，三人一起舉杯互敬。重吉暗想，真是一杯詭異的餐前酒，卻還是在臉上擠出殷勤的陪笑。

賓與忠正不痛不癢地閒聊了一會。關於商品的銷路，關於庫存品，關於顧客等等，二人慎重避開了彼此都關心的話題。但對話好像可以永遠繼續下去。到底是怎樣才能維持這樣看似非常親密，卻又毫無內容的空洞對話啊？重吉很驚訝二人絕妙的過招。

過了快一小時，酒瓶空了。彷彿把那個當成信號，賓終於切入正題。

「我想你已經發現了……今天，我是來拜託你的。」

忠正搖晃還剩一點紅酒的杯子，回嘴說：

「這倒是稀奇……天下無敵的薩穆爾．賓，到底有甚麼事拜託區區在下？」

「別這麼挖苦我了。」賓苦笑。

「其實，我有個小小的計畫……我現在，正在策劃一個讓人見識浮世繪全貌的大型展覽。預定明年這個時候在國立美術學院開展。已經取得校長的同意，巴黎市長也決定贊助我。」

空氣霎時變得緊繃。

在國立美術學院舉辦浮世繪大展。——這可是頭一次聽說。至少對重吉而言是。

重吉側目看著忠正。他的臉上顯然也有驚愕蔓延。

「我……當然你也是……這些年賣給許多顧客優良的浮世繪。結果擴大了被稱為『哈日族』的日本美術愛好者的圈子，我想也成功地在巴黎美術界投下一顆石子。況且……唯獨在你面前我想我應該有資格這麼說，我自負自己在推動印象派這個美術新潮流上也出了一把力。」

愛德華．馬內、克羅德．莫內、艾德加．竇加、阿爾弗雷德．西斯萊……這些「印象派」畫家，無一不受到浮世繪影響。起初，人們幾乎都無法理解他們奇特的構圖與筆觸，但如今總算逐漸受到市場歡迎了。

浮世繪催生出印象派，讓新藝術誕生。換言之，那也等於證明自己這些年做的是正確的。

「這個事實，我也理直氣壯告訴了巴黎市長和國立美術學院的校長，以及答應出資贊助展覽的顧客們。我說，如果浮世繪沒有被引進巴黎，換言之如果我沒開店賣浮世繪，就不會有嶄新的藝術誕生。」

說著，賓傲然挺胸。忠正始終沉著臉保持緘默。賓對他的反應毫不在意，繼續又說：

「浮世繪的影響力已變得深不可測。最近，繼印象派之後興起的年輕畫家中，不僅受其影響，甚至有人原封不動地模仿還引以為傲。……你知道嗎？那個找上我的畫家梵谷。據說是『布索瓦拉東』畫廊經理西奧德爾的哥哥……他把摹寫廣重《大橋驟雨》的油畫拿給我看，居然敢說『就用這個交換廣重的版畫，隨便哪張都行』！……真是夠了，那傢伙已經瘋了。連能否稱之為畫家都很可疑……」

「不好意思，賓先生。」重吉打斷對話。

「您想拜託林先生的，到底是甚麼事？」

「啊，這真是不好意思，一扯就扯遠了……」賓這才停頓了一拍。

「總之，明年預定舉辦的浮世繪展覽，鐵定會名留青史。……不過，我不好意思獨占這份榮譽。因為，林，你也同樣是讓浮世繪在歐洲普及的功臣之一。」

賓與忠正正面相對，就像傳福音的神父一樣莊嚴地說：

「我希望你成為這次展覽的贊助者。我打算把過去賣給顧客的浮世繪統統借來參展。但要讓這次展覽盡善盡美，就必須補充更多作品。換言之……你懂吧，林？少不了你的協助。」

忠正依然沉默以對。他一直默默凝視賓。重吉察覺忠正的眼中有晦暗的火焰搖曳。

「……你肯跪在地上嗎？」

過了一會，忠正的聲音響起。聲音蘊含沉靜的怒氣。

「啥？」賓反問。「你剛剛說甚麼？」

「我問你肯不肯跪在地上。當著我的面，就在這裡。」

忠正指著鋪滿紅色波斯地毯的地上。

「在日本，如果真心請求別人幫忙時，我們會跪在地上。趴伏在對方的腳下，一邊低頭懇求，一邊把額頭貼著地面。這你做得到嗎？」

重吉不由屏息。賓的臉色霎時變了。

「你、你說甚麼……」賓猛地站起。桌上的杯子也跟著滾落地毯上。

「你簡直太無禮了……！」

「既然你做不到，」

忠正依然坐著，冷漠地撂話。

「那就免談。」

賓一把抓起放在桌上的帽子，「好，免談就免談！」他回嘴。

「你可別後悔。到時就算你在展覽會場跪在我腳下哀求我讓你加入也來不及了。等著瞧！」

賓大步走向門口，粗魯地拉開門走了。

重吉站起來，卻束手無策。忠正抓起還剩一點酒的杯子狠狠朝房門砸去。清脆的聲音響起，碎玻璃散落滿地。

「開甚麼玩笑……」

忠正悶聲嘟囔。好一陣子，重吉動也不敢動地望著忠正。

驀然間，忠正站起。然後默默走向門口。

「……林先生！」

重吉不由自主叫住他。但重吉想不出接著該說甚麼。忠正轉身說：

「我馬上回來。你可以下班了。」

「等……請等一下！」

重吉急忙去忠正的辦公室，拿了帽子和手杖回來。

「如果要出門，請帶上這個。」

接過帽子和手杖，忠正忽然笑了。

「很好。你果然是個能幹的經理。」

重吉也笑了。

「你也要去嗎？」

「好。我奉陪。」

重吉並不知道要去哪裡。但，忠正要去的地方就是自己前進的方向。

宛如熟透豔紅果實的夕陽，把塞納河上空染成茜紅色，無聲地垂落西邊盡頭。

忠正在前，重吉跟在後面不遠處，二人走過河畔道路。望著河對岸據說昔日曾關押瑪麗・安東尼皇后的監獄，二人抵達塞納河上的新橋。

新橋（Pont Neuf）——這個名字自從十七世紀初此橋落成命名後就一直沒改過——橫切過塞納河上的西堤島西端，連結左岸與右岸。石板朝著橋中心微微畫出弧度，橋的兩側以一定間隔豎立著瓦斯燈。橋腳正上方有二支燈柱，燈柱之間有和半圓形欄杆同樣呈半圓形的石椅。造型優雅的長椅，早從三百年前，就一直等候人們來到此地佇立以便眺望塞納河。

走到橋的正中央，忠正像不由自主被吸引般走近半圓形欄杆。重吉也尾隨在後，在宛如船頭的欄杆附近佇立。

舒適的河風拂面而過。過了晚間九點，太陽終於打算退場了。取而代之的是暮色靜靜逼近。

從橋上眺望河面，綠意盎然的西堤島尖端再過去，可以看見傷兵院的金色圓頂。更遠處，是一個月前剛剛竣工的艾菲爾鐵塔屹立。逐漸昏暗的天空中，鐵塔變成長劍朝天空戳刺似的剪影，許多巴黎市民都不喜歡這座塔。但，從這裡看見的鐵塔，就像在朝天空比出食指天真無邪說「停在我這指尖上」。

重吉對於自己在遠離日本的異國巴黎，如此與忠正佇立在塞納河上的橋樑中央，感到很不可思議。

記得自己以前在日本時，還夢見過在這城市這樣做——如此說來，此刻，自己活在當時的夢中嗎？

驀然間，他想起文森。

文森曾說很想去日本。他說想活在夢幻國度。

莽撞無謀的夢想，未能實現。反之，他去了亞爾。夢想著在那裡打造自己的烏托邦——那個夢，也同樣未能實現。

即便如此，他還是在畫畫。那樣激烈、悲傷地，把自己全身砸向畫布。他從亞爾不斷寄回來的畫作那種切實、明瞭、耀眼。那是吸收亞爾的陽光被賦予生命的畫。畫那種畫，或許才是他真正的夢想？

上次和西奧一起去亞爾探望文森時，他夢囈般喃喃低語——自己「最想畫的」，還沒畫出來。

如此說來，他還在作不可能實現的夢嗎？當他「最想畫的」畫完時，那一刻，或許身為畫家的他才算實現夢想？

「哪，重。……你覺得這個城市如何？」

忠正的聲音響起。重吉原本望向河面的視線頓時轉向倚著石欄杆的忠正。

「這個嘛，對我而言……感覺很不現實。是個像夢一樣的城市。」

重吉老實說出心中浮現的想法。

「到現在我仍會不時想起和您在日本橋的茶屋說話時的情景。當您斬釘截鐵說要去巴黎時，不知怎地，流過巴黎市區的塞納河好像和隅田川疊合……」

「你在說甚麼啊。」忠正笑了。

「塞納河和隅田川，根本完全不一樣吧。」

「這我當然知道。」重吉苦笑。

「可是那時候……我也不知為什麼，總覺得，好像在剎那之間，看見我倆此刻的這個樣子……」

之後，二人又默默凝視河面半晌。最後忠正冷不防自言自語似地說：

「真無情啊……我們飽受痛苦，拚命掙扎求生……河水卻永遠佯裝不知地繼續奔流。」

重吉抬起臉看忠正。他的側臉浮現薄暮似的微笑。

「第一次來到這城市時，不管做甚麼都被人嘲笑，被人瞧不起。不是笑我發不出『R』的音，就是說我臉孔扁平毫無特徵，還有甚麼身材矮小所以根本不適合穿燕尾服，日本是未開化地區住的都是野蠻人云云……總之很慘。」

越是被瞧不起，就越不能輸給西洋人，於是咬緊牙關忍耐，刻苦學習法語，去羅浮宮把西洋繪畫從頭到尾看個仔細。不斷外出和人見面。在心中發誓，自己背負著日本這個國家，絕對不能輸。

即便如此還是忍不住懊惱不甘時，就獨自走在塞納河畔。不管走多遠，走多久。有時走著走著就這麼從黑夜走到黎明。種種懊惱不甘，盡付流水。那些東西成了不足為取的微塵芥子，消失在淺綠流水之間。

塞納河流過這座城市。滔滔流水永不靜止。無論有多麼痛苦，掙扎，用力逃避……只要被扔進這條河，統統會被沖走。然後，空空如也的自己，化為這河上小舟就行了——有一天，他如此下定決心。

即便搖晃，也絕對不會被沖走，更不會沉沒。……就是那樣的小舟。

「在文森啟程去亞爾前，我對他說過那種戲言。」

重吉聽了不禁失聲驚呼。

「對文森說……？」

忠正點頭。

「好像就是他去亞爾的前一天吧。那天你外出時，文森來店裡了。他是專程來道謝的，謝謝我促成他去亞爾的契機。」

當時二人簡短交談了一會。忠正建議他去了亞爾以後，應該盡情畫自己想畫的。

文森默默傾聽，突然說：

——我最想畫的，永遠不能畫。

忠正覺得不可思議，問他那到底是甚麼。文森沒有立刻回答，最後才說出答案。

——是塞納河。

——塞納河？

這個主題想畫應該隨時可以畫吧。實際上，也的確有許多印象派畫家選擇這個題材作畫。為何文森會說永遠不能畫呢？

文森先聲明理由很荒謬，然後才坦白相告。

文森來巴黎投靠西奧後，夏天來臨時，他在傍晚緩緩漫步塞納河畔。洋溢的耀眼光線讓他不禁瞇起眼，他發覺眼皮內側好像變成黃色。

他忽然想到，這是黃色的塞納河！於是隔天，他在新橋中央豎起畫架，備妥大量的黃色與綠色顏料，想畫「黃色塞納河」。結果立刻有警察出現，勸告他不可在此作畫。那天他只好悵然而返，但隔天，他又去了。可是警察同樣出現，同樣勸他離去。

隔天，再隔天……到了第五天，他被早已等候在那裡的多名警察阻止，警告他如果再敢來畫畫就要把他抓去巴黎古監獄關起來。這顯然是威脅了。

文森明明甚麼也沒做，卻被禁止在跨越塞納河的橋上豎立畫架。這麼丟臉的事，他不敢告訴西奧。

文森深受打擊。他覺得，自己被塞納河，被巴黎拒絕了。

從那天起，他就一直在想，到底要怎樣在巴黎以外的地方作畫才能活下去，就這麼過了二年。如果能夠去日本想必是最理想，不過至少能去亞爾尋找「只屬於自己的日本」，讓他鬆了一口氣。他決心從今以後不再執著於塞納河或巴黎，要在亞爾自由自在地作畫。

——最後，文森如此做結語。

「聽著他的敘述，我忽然發現。文森其實期盼能永遠待在巴黎。然而，他已明白這個城市無論如何都不可能接納他，所以才決心離開。……若真是如此，豈不是太淒涼了嗎？」

不能讓他懷著那種念頭獨自去亞爾——。

忠正遂對文森說——如果塞納河不接納你，那就化作塞納河上的小舟就好了。

任憑風吹雨打，浪濤洶湧，只要風雨過後，又會恢復風平浪靜，像往常一樣波光粼粼。

所以，你只要化為小舟，靜待風雨過去就行了。縱然搖晃不穩，也絕不沉沒。

——而且，請你將來畫出一幅讓我驚豔的作品。

我會在這城市，等著那一刻來臨。

重吉一邊傾聽忠正的字字句句，一邊望向遙遠的河面。

眼頭無法遏制地發熱——不知為何。然而淚水幾欲奪眶而出。

塞納河滔滔流過。所有的痛苦，悲傷，惆悵，全都化為不值一提的微塵，毫不停滯地流走。

一八九〇年五月十七日・巴黎・十二區・里昂車站

縱橫交錯完全覆蓋月台的鐵架屋頂與玻璃天頂的上方，是蔚藍無垠的五月晴空。

汽笛響起，濃煙冉冉冒出，火車抵達了。乘客絡繹從發出烏光的車廂走下來。

戴著圓頂禮帽的西奧與重吉，和洶湧擠來的人潮逆向，拚命東張西望，不斷沿著月台朝後方走。

「——找到了，西奧！他從最後一節車廂出來了……你看！」

走在前面的重吉回過頭對西奧大喊。

「——啊，真的……哥哥！文森哥哥！」

西奧拚命在人潮中泅泳。朝向穿著皺巴巴的襯衫，拎著大帆布袋，扛著畫架衣衫襤褸的文森游去。

「——西奧！」

文森大喊一聲，把袋子和畫架一扔。兄弟倆奔向對方，緊緊抱在一起。

「哥哥！——你回來了，我一直在等你……！」

懷念的油畫顏料氣味衝上心頭。每次打開從南法寄來的包裹，就會瀰漫西奧心頭，那是哥哥畫作的氣味。

「讓你擔心了……種種事情，很抱歉。」

文森老實道歉。正氣坦蕩、宛如清流的哥哥就在眼前。西奧激動得說不出話，只是默默搖頭。

「文森，歡迎你回來。路上平安無事吧？」

重吉走近，輕拍文森與西奧的肩膀。文森開心地拉起重吉的手握緊。

「啊呀，重！真高興又能見到你。我們最後一次見面，就是在這車站的月台吧。……對了，西奧，我最後一次見你也是在這裡。是我要去亞爾時，你們兩個來送行。啊，這麼說來，我已有二年沒跟你們見面了……不對，更久吧？真的是好久不見了呢！」

文森興奮如少年。西奧與重吉一瞬間互使眼色。

——果然不記得了嗎。哥哥不記得我和重曾去亞爾探望他……

想必是因為「那場病」，讓他遺失了某些記憶——西奧收到文森現在的主治醫生，聖保羅療養院的院長裴南醫生寄來的這項報告。

文森自從前年年底發生那起「割耳事件」後，人生似乎就一路走下坡。去年五月從亞爾的市立醫院轉至聖雷米的聖保羅療養院，直到昨天，還在鐵窗禁錮的冰冷病房度過。如今他終於回到巴黎——回到西奧的身邊。

但，文森並非為了在巴黎重新展開繪畫創作才回來。他將要前往巴黎近郊的村子瓦茲河畔奧維爾療養，同意收留他的精神科醫生保羅．嘉舍正等著他的抵達。回到巴黎只不過是在前往奧維爾的途中短暫停留數日罷了。

即便如此，哥哥的歸來，還是讓西奧無比開心。

三人快活交談著坐上馬車。西奧非常興奮，始終滔滔不絕。關於他已滿一年的婚姻生活，關於把家庭打理得很好的妻子喬，新家所在的皮加爾街，依然把文森的畫掛在店裡的唐基老爹……。

文森呵呵笑著，悄悄對坐在身旁的重吉耳語：

「西奧這傢伙，簡直像小朋友。這麼興奮。」

西奧對二人的偷笑視而不見，在馬車抵達皮加爾街前始終一個人繼續喋喋不休。

快一小時之後，三人在皮加爾街的公寓前下了馬車。

「西奧——哥哥！歡迎您回來！」

充滿喜悅的聲音傳來。抬頭一看，喬從公寓四樓的窗口探出身子正在揮手。接著等不及似地跑下樓梯，飛奔到馬路上。

喬滿臉通紅，聳肩喘氣，站在文森的面前。然後，她用手摀著胸口。

「對不起，瞧我真是的……因為一直很擔心您是否平安……」

她說著露出靦腆的笑容。文森也笑了。

「妳好，喬。終於見到妳了……西奧承蒙妳照顧，真的很謝謝妳。」

文森緊握住弟媳婦的手。喬也和西奧一樣激動得說不出話。

四人走進收拾得整潔清爽的室內。煮馬鈴薯的香味飄來。喬想必是一邊為初次見面的大伯準備午餐，一邊引領期盼他的到來吧。她這番心意讓西奧很高興。

「……這房子不錯。」

被帶進客廳後，文森咕噥。

「對，這裡不錯。」重吉也附和道。

「所有的牆上都掛著畫。全都是你的畫。」

「真的耶。」文森笑了。

「這間屋子，就是你精力旺盛在南法創作的精采成果。」

重吉說。他這句話說得誠心誠意。

小客廳的牆上，掛滿密密麻麻的畫。

收割前的麥田，正午的吊橋，夜晚的咖啡館，穿著亞爾民族衣裳的姑娘，滿臉大鬍子的郵差，倒映夜空中滿天繁星的河面風景。彷彿成群起舞般恣意怒放的鳶尾花，銀色葉片翻飛的橄欖園。流水的氣息，碎草屑和乾草冒出的水蒸氣，充滿活力的陽光。奔流的色彩、形狀、感情，在畫布中呼吸、跳躍、鮮活散發光芒。

西奧和文森還有重吉，好一陣子只是默默任由畫作包圍。

——這裡的確是巴黎。然而此刻，他們置身在巴黎以外的某處——在亞爾，聖雷米，說不定，也好似被帶去了「日本」。乘著文森的畫這張魔毯——。

溫馨的片刻沉默後，西奧對文森說：

「來吧，哥哥，你願意看看他嗎……我的兒子，文森。」

文森本來注視自己無數畫作的視線轉向西奧。接著他微笑說：

「那當然。」

西奧與文森在前，重吉與喬在後，四人走過狹窄的走廊。

輕輕打開臥室房門，首先映入眼簾的，是掛在正面牆上的唯一一幅畫。

以淡藍色天空為背景，肆意伸展茂盛枝葉的杏仁樹。枝頭綴滿白花清新綻放，宣告春天的到來。這幅宛如春神微笑之作，是文森給西奧夫婦的贈禮，祝福今年一月底誕生的新生命。畫作的下方，是罩著蕾絲的搖籃。

得知喬懷孕時，夫妻倆討論後寫信給哥哥，表明想給即將出世的孩子取名為「文森」。文森擔心萬一生的是女兒怎麼辦，卻被西奧置若罔聞。西奧堅持絕對會是兒子，一定要取名為文森。無論如何他都希望這個孩子名叫文森。——為了隨時想起身在遠方的哥哥。同時西奧也希望，此舉能夠讓三十六歲仍然無妻無子，身邊沒有家人與朋友，遭到世人放棄，獨自痛苦的哥哥能夠稍感慰藉——。

把房門敞開，兄弟倆躡足走近搖籃。悄悄掀開蕾絲。才四個月大圓滾滾的嬰兒文森，正發出安詳的鼾聲呼呼大睡。

西奧伸手想抱起寶寶，卻被文森阻止。文森將食指豎在嘴前，用荷蘭語低聲說：

——就這樣就好……拜託，就這樣。

文森的雙眼濡濕。西奧的眼中也溢出淚水。

重吉與喬也眼泛淚光。二人站在門口，凝望兄弟倆的背影。

這一切，都有開花的杏仁樹枝葉沉默地守護。

就在一年前的一八八九年五月。

文森獨自搭乘馬車，前往亞爾東北方的小村，普羅旺斯的聖雷米——為了住進聖保羅療養院。

亞爾那起流血事件後，文森的狀態始終不穩定，雖然被半強制送進市立醫院，卻看不出康復的徵兆。

文森不安定的狀況被主治醫生雷伊一一通知西奧，但醫生說明得越詳細，西奧就越不安。文森自己寫來的信上也開始頻頻出現「像我這樣的瘋子」這種侮蔑自己的字句。

更雪上加霜的，是文森的自殺未遂。文森至少有二次試圖自殺。一次是喝下作為顏料溶劑的松節油。第二次是吃管狀顏料。二次都是驟然發作，由於當時附近就有人，因此不至於致命。周遭的人都以為文森是假自殺，但西奧受到極大打擊。

松節油和顏料，對於文森而言，照理說只會讓他留戀人世，不該變成尋死的凶器。

——哥哥到底在想甚麼？

雖然醫生認為到了這個地步不該再讓他留在亞爾，應該回到巴黎的監護人西奧身邊比較好，但文森堅決不允。不知他心中盤旋著甚麼樣的念頭。——不能再繼續給弟弟添麻煩。西奧如今有他自己的家庭必須守護。連畫都畫不出來的自己怎麼能再去拖累他……。或許文森是這麼想，才自我壓抑。

那麼自己呢？又在想甚麼？

自己不就是仗著文森不肯回來當藉口，連一句「哥哥你回來吧」都不肯說。

明知哥哥或許在等待……明知哥哥或許天天都在等我說出那一句話。

可我……我也許是害怕，如果哥哥現在回來了……又要重演那種痛苦的生活吧？好不容易才得到與喬共度的幸福生活，也許我是害怕自己的幸福被摧毀？

哥哥……唉，但是，我……。

我想念哥哥。我想見到哥哥，和他說話。談繪畫，談藝術，談浮世繪，談日本……談我們曾相信過的明天。

那些，已成為不可能實現的幻夢了嗎？

在不斷自問自答的過程中，西奧逐漸鑽進牛角尖。喬一邊任勞任怨地照顧為了一點小事就沮喪消沉的西奧，一邊偷偷寫信給尚未謀面的大伯。她寫，西奧私下很苦惱，他其實渴望哥哥回來，還有，自己二人是多麼受到文森畫作的激勵。

——我們是幸福的。因為我們的生活中有您的畫作圍繞。

想必等您回到巴黎後，我們一家人會變得更加幸福。

容我代替西奧說一聲。無論何時都歡迎您回來。為了讓我們幸福。也為了讓您自己幸福——。

就在這時，文森突然決心去聖雷米。因為療養院的院長對文森的繪畫創作深表關心，承諾文森在院內也能在高度自由的環境下接受治療。

——只要能畫畫，去哪都行。哪怕是要去地獄。

文森下定決心重拾畫筆。

修道院改建成的療養院很寬敞，有很多房間都空著。文森被分派到二樓的房間，並且獲准用一樓的某個房間當作畫室。關於從二樓窗子（鑲嵌著牢固的鐵欄杆）望見的清新美麗的風景，以及重新展開的創作，文森都一一寫在給西奧的信中。

藍色大氣中綿延起伏的阿爾卑斯山脈。療養院中庭有菜園，也可看到人們在菜園中揮鋤耕作。雖然有點受不了病患們的叫聲和徘徊，但和原先想像的不同，他們並不危險。

——對，沒有自己這麼危險。

文森終於穩定下來重拾畫筆。見他的狀態穩定了，院長同意他外出。文森大喜過望，扛起畫架，把顏料和調色盤還有畫筆一股腦塞進背袋，就這麼出門了。

他與清風為友。在風的邀請下漫步村路。橄欖樹的銀色葉片猶如在風中飛舞的蝴蝶簌簌抖動，田埂有大片醒目的鳶尾花夾道相迎。這個世界的一切，都是文森·梵谷的好夥伴。文森忘卻所有，全神貫注地作畫。

尤其讓他沉醉的，是村中到處聳立的絲柏。文森從沒看過這麼不可思議、彷彿可以聽見颯爽的聲音般孤高挺立的樹木。他一連好幾個小時，甚至好幾天都在看著成排絲柏。漸漸地，不知怎地他覺得像在照鏡子。絲柏不知不覺與畫家自己重疊了。

文森就像畫自畫像般凝視絲柏，也被絲柏凝視。畫筆化為燕子不斷在畫布上翩然飛舞。就這樣完成了多幅以絲柏為主題的畫。他沒有立刻把那些畫寄給西奧，放在自己手邊直到徹底滿意為止。

夏去秋來。文森重拾畫筆是個好消息，但西奧依然在苦惱的谷底。

七月發現喬有孕，還來不及歡喜，他在「布索瓦拉東」畫廊的工作就接連失誤。被經營團隊嚴厲斥責，西奧徹底喪失了自信。有時甚至不敢打開從聖雷米斷斷續續寄來的包裹。

唯有文森寫來的信，他會立刻閱讀，也會寫簡短的回信。為了不讓文森擔心，他對工作上的挫折隻字未提，只是盡可能寫出誠實的心情。——如今無法再寄太多錢給你還請原諒，我已有家庭，而且小孩即將出生，正忙著籌錢。不過，哥哥在艱苦狀況下仍然努力繼續作畫的精神，每每讓我備受鼓勵。

請別忘記——一如我並不孤單，哥哥也同樣不孤單。

我有哥哥。哥哥有我。

哥哥，別忘記這點——。

而文森寄來的信上，經常詳細說明自己看的風景，目前正在畫的作品，已經完成的畫。

——今早，我在窗前對著太陽升起前的鄉村景色眺望許久。黎明時分只有一顆明亮的星星，看起來非常大。……我完全無法抗拒這種感動。

——我滿腦子只有絲柏。我想用絲柏創作出向日葵那樣的畫。因為就我目前所見，竟然沒有任何人描繪過絲柏，讓我很驚愕。無論是線條或均衡感，它都像埃及方尖碑那樣美麗。綠色的品質出眾得驚人。那是陽光普照的風景中的黑色飛沫，但那種黑色，就我所知，是最難正確敲出的音色。

文森信中所言，有時正確得驚人，有時美得令人詫異。字裡行間迸射出的對繪畫的希求異常耀眼。這麼徹頭徹尾清楚明瞭的信，怎麼可能會是一個精神有問題的人寫的？

他的畫也是。從聖雷米寄來的無數畫作。彷彿可以聽見清澈的旋律從畫布傳出，構圖扎實如中世紀城堡。色彩繁麗如夏日花束。

一件，又一件。每次拆開包裹，西奧就滿心激盪。並且為之心魂震撼。那是文森凝視的風景，是他所思，所願。

——好想用這幅畫傳達。傳達給能夠分享這種心情的某人。

——給你，西奧。

九月底，西奧收到一個大木箱。

撬開釘子，打開蓋子一看，裡面一如往常裝了十張用油紙包裹的畫布。西奧解開繩子，打開紙捲，一件一件，一如往常地檢視作品的狀態。唯一和往常不同的，就是心跳特別劇烈。

從包裹中逐一出現的，是前所未見的高完成度作品。

蓄著大鬍子穿著制服看起來就很篤實的男人。啊，這一定是平日很照顧哥哥的郵差魯林。握著拉搖籃的繩子，神色略顯疲憊，然而充滿慈愛的眼神正垂落在搖籃上的綠衣母親，一定是魯林夫人。還有這對夫妻生的圓滾滾胖嘟嘟的嬰兒肖像。渾圓的眼珠直視觀者。以即將墜落大地彼方的黃色太陽為背景，拚命在夜色降臨前播種的人。彷彿匯集了全世界陽光的亮黃色向日葵。

以及——。

西奧拿起箱中最後一張。不知為何，他有預感這一張特別不同。

他屏息打開包裝紙。出現的，是一幅描繪星月夜色的畫。

明亮，無比明亮的夜空。那是孕育清晨的夜晚，是等待破曉的夜空。

包括地球在內的群星自轉，運行的軌跡拖出長長的白光蜿蜒，在夜空中形成漩渦。肥壯的彎月煌煌閃耀紅光，巡行空中的星子們，最後終將被拽進清晨的紗幕中。

其中，有一顆星不僅不見衰微反倒益發璀璨，那是黎明的晨星。星光照得阿爾卑斯山脈泛藍，在安靜沉睡的村落射下皎潔光芒。

星夜清澄如斯，然而這幅畫真正的主角，是左方傲然挺立的絲柏。

宛如綠色鎧甲的枝葉裹身，朝天筆直伸展的身姿，的確是絲柏。但，那其實不是絲柏。那是人，是孤高的畫家本身。

是守著孤寂長夜，獨立天色漸亮的長空下，唯一一人。

唯一一個畫家。

唯一一個哥哥。

西奧終於呼出憋了許久的氣。淚水湧出，滑落臉頰。

——哥哥……我。

我，已等了太久太久了……一直在等這幅畫。

西奧悄然將這幅星夜抱在懷中。

有股新鮮的油畫顏料氣味。那是哥哥令人懷念的氣息。

這年十月，第一個周六晚上。西奧決定為忠正與重吉舉辦已中止一段時間的「特別鑑賞會」。

自從去年年底文森出事後就中止了鑑賞會活動，算來已過了將近一年。

為了這次久違的鑑賞會，西奧撇開自家畫廊，決定借用唐基老爹的店。

這天，唐基一早就收拾店面，把原本堆滿的年輕畫家的作品全都收起來，特地空出牆面。喬去附近市場買了熟成的乳酪和橄欖醬，以及比平時常喝的酒稍貴的葡萄酒。西奧下班後，抱著油紙包裹的畫作抵達唐基的店時，一切已準備就緒。

晚間八點前，店門開了，先是重吉走進來，接著忠正也現身了。

「嗨，歡迎光臨。承蒙兩位抽空前來，感激不盡。」

西奧難掩喜悅地迎接二人。忠正把帽子和手杖交給喬，一邊彬彬有禮打招呼：

「好久不見。梵谷夫人，您肚子裡的寶寶還好嗎？」

喬羞紅了臉回答：「對，很健康。謝謝您的關心。」

「你可來了，林。」唐基親熱地拍拍忠正肩膀。

「重三不五時還來露個面，你倒好，自從前年來看過文森替我畫的肖像畫後就不見人影。」

「是啊。好久不見了，唐基先生。」

忠正即便是在不拘小節的唐基面前也不忘有禮貌地致意。「沒事，沒事。」唐基笑嘻嘻說：

「聽說你最近不是自行開業了嗎？這是工作順利的證明。況且你還有得力助手。」

唐基說著，這次拍的是重吉的肩膀。重吉露出難為情的笑容。

這年，忠正與長期合夥的若井兼三郎分道揚鑣，「若井・林商會」變成「林商會」。店鋪也移至市中心的維克多瓦爾街，開始重新出發。而且忠正還受日本政府委託審查日本將在法國大革命百年紀念世博會上展出的東西，回了一趟日本，總之天天忙得暈頭轉向。

忠正的忙碌和精力充沛的工作表現，西奧都從重吉那裡一一聽說了，因此這晚他有點擔心忠正到底會不會出席這場久違的鑑賞會。雖然重吉說沒問題，一切包在他身上，但是要調整忠正忙碌的行程抽空出來肯定極為困難。

正因如此，看到二人準時來到店裡，西奧開心得說不出話。

忠正、重吉、唐基和西奧四人舉杯互敬，閒聊了一會。喬不時溫柔撫摸大肚子，一邊替大家斟酒，切乳酪，收盤子，勤快地四處打點。

過了快一小時之後，「對了。」忠正揚聲說。

「這面空白的牆壁，今晚到底會掛出甚麼樣的畫呢？」

西奧輕輕點頭，對唐基使眼色。唐基愉快地應了一聲「好咧」，遁入店內深處。過了一會，雙手捧著一張畫回來。

忠正悄然無聲地把手裡的酒杯放到桌上。重吉像要仰望日出般望著牆壁。

喬手扶著肚子依偎到西奧身邊。西奧輕輕摟住她的肩。

唐基在四人眼前的牆上，掛出唯一一幅畫。

——《星夜》。

孕育清晨的夜晚，等待破曉的靜謐村落。星星巡行明亮夜空的軌跡。火紅燃燒的新月。格外璀璨的明星。筆直伸向天際的孤高絲柏。

忠正眼也不眨，目不轉睛盯著畫。重吉也是。文森畫的這張畫，令二人失去一切言詞。

西奧在一瞬看到幻影。此刻，文森彷彿也在場，站在忠正旁邊，靜靜凝視他被畫面吸引的模樣——就是那樣的幻影。

——不。想必，那並非幻影。

此刻，哥哥——你就在這裡。

你的心，在這裡。

對吧？哥哥。

「終於……他終於達成了。」

漫長的沉默後，忠正終於脫口嘆出這句話。西奧原本盯著《星夜》的視線，轉向忠正。

「文森終於畫出來了。畫出了他最想畫的東西。」

忠正的眼中微泛水光。西奧默然凝視他的側臉半晌。

很想說些甚麼。然而，甚麼話都說不出來。

——這個人是真的理解。——這個孤高的人。

明亮的夜空，就是塞納河。浮現夜空的月亮與星星倒映河面，被船隻經過掀起的波浪割碎，永不靜止地流去。

彷彿站在永恆入口般的絲柏，就是文森。獨立塞納河畔，等待終將來臨的黎明的孤高畫家。

而絲柏堅毅的身影，似乎也和凝視文森畫作的忠正身影重疊。

馬路兩旁七葉樹的綠意，在五月的薰風中搖曳。

「哇，天氣真好。你看，大哥。七葉樹的嫩葉那麼美……」

把窗子敞開，喬愜意地說。

坐在窗邊抱著寶寶的文森，轉頭對喬說：「風那麼大，對寶寶不好喔。是吧，小文森？」

他貼面摩娑小侄子的臉蛋。許是被鬍子刺得很癢，四個月大的文森咯咯笑。

「在荷蘭，孩子們不都是和風玩？大哥和西奧以前也是吧？這點風不算甚麼啦。」

喬回嘴，正好走進屋內的西奧也加入。

「哎喲，這話我可不同意。不好意思，這孩子可是天生的巴黎人。荷蘭的做法不管用喔。」

「哎呀，太奸詐了。兄弟倆聯手我可說不過你們。」

喬笑了，關上敞開的窗戶。文森親吻侄子柔嫩的臉頰，把寶寶還給母親。

「可別變成傲慢的巴黎佬喔。要像你爸爸一樣，做個溫柔的男人。」

文森對喬懷中的嬰兒低語。西奧與喬交換視線，相對微笑。

「已經準備好了嗎？」西奧問，

「對，都準備妥當了。」文森回答。

這天，是文森啟程前往瓦茲河畔奧維爾的早晨。公開宣言自己是所有無名畫家支持者的精神科醫生保羅．嘉舍，正在等候文森的到來。

把嘉舍醫生介紹給西奧的，正是唐基老爹。嘉舍醫生最愛和無人認可的藝術家交流，每次有機會來巴黎初診時就會造訪唐基的店，是店裡的常客。

西奧事前隻身去過奧維爾，也和嘉舍醫師見過面，確信那裡應該能夠照顧好哥哥。看到村子附近有瓦茲河流過，他感到這條河與塞納河似有連結，可以讓文森覺得自己和巴黎仍是相連的，肯定可以療癒文森的心靈。或許是一廂情願的想法，但再也找不出像文森這麼懂得從大自然的風景發現啟示的畫家了。

移居奧維爾後，文森可以在嘉舍醫生的觀察下生活，天天作畫努力恢復——這就是西奧的計畫。奧維爾離巴黎不遠，西奧一家人隨時可以去看望他。文森也可以隨時回巴黎。一定能夠完全康復回到西奧身邊。西奧渴望這麼相信。

不過，這三天的文森，表現得比自己還正常。胃口很好，也喝了點小酒，笑口常開，還會哄小文森。甚至獨自去市場買橄欖，說他之前在南法時天天吃。由於西奧接到醫生報告，據說文森在聖雷米療養院的這一年曾經突然暈厥，因此他很不放心讓文森獨自行動，但不管怎樣，只要去了奧維爾，不可能一天二十四小時都在醫師觀察下，獨處的時間必然會變長，所以慢慢習慣環境非常重要。

不過，文森的頭腦和感性都很清明。單就這三天而言，從他身上完全找不出生病的跡象。西奧打從心底鬆了一口氣。

說不定，文森已經完全康復了。他戰勝了在亞爾和聖雷米的孤獨生活，雖然傷痕累累，也曾站在死亡的深淵邊，但即便如此，他還是畫出了那麼偉大的傑作……。

是的。他不是回來了嗎？回到自己一家人的身邊，脫胎換骨變得很正常。

「不，慢著……第一次見嘉舍醫生，這副打扮太不像樣了吧。」

文森和三天前剛從聖雷米回到巴黎時一樣，穿著皺巴巴的上衣和縫縫補補的長褲。只有舊鞋子擦得很亮。那是喬利用晚間替他擦的。剩下的東西，統統被他一股腦塞進裝顏料和調色盤、畫筆的帆布袋裡。

「所以我不是早就說過要把我的西裝外套給你嗎。」西奧哭笑不得說。

「這樣果然不妥。那你還是給我一件吧。」文森苦笑。

「我馬上拿來。我早就料到會這樣，已經事先拿刷子刷過了。」

喬抱著寶寶，急忙去臥室。

「喬真的很貼心。你娶到一個好妻子。」、

被文森這麼說，西奧露出微笑說「那當然」。

「哪，西奧……不介意的話，把你書房那個舊的黑皮包暫時借給我好嗎？這個帆布袋，太不體面了。」

文森唐突地說。西奧不記得曾讓文森進過書房，但或許是自己去上班時哥哥進去過吧。之前哥哥說過想寫謝函給亞爾的雷伊醫師和聖雷米的裴南院長，或許用過他的書桌。

「好啊，當然可以。我有好幾個公事包，所以無所謂。」

「是嗎。那就謝啦。這下子看起來應該比較體面吧。」

哥哥居然會在意別人怎麼看自己，西奧覺得很怪。因為過去一次也沒出現過這種情形。

文森變得正常了——。

肯定不用擔心了吧……就這麼相信吧。

在七葉樹的綠蔭中，西奧與喬陪著即將啟程的文森一起等候馬車到來。

西奧懇求哥哥讓他送到車站，但文森說甚麼都不答應。他說想自己坐馬車走。他還說，至少最後想隨風遠去。

啪！馬鞭的聲音響起，馬車起動了。

坐在最後面的文森，轉身揮手。西奧和喬也朝他揮手。一直揮手，始終沒停。

乘客爆滿的載客馬車，搖搖晃晃在大馬路遙遠彼方的街角轉彎，終於消失。

西奧失神片刻，任由風吹。一切事物，好像都以猛烈的速度逐漸遠離自己。

——文森剛才說，至少最後。

是甚麼的「最後」？

最後一次在巴黎？

不，怎麼會。絕對不可能。

然而——。

西奧一直耿耿於懷——關於文森那最後一句話。

黎明時分，西奧感到全身被壓得喘不過氣，驟然驚醒。

渾身已汗濕。一瞬間，不知身在何地。一如往常，躺在夫妻倆的臥室床上。他無意識地伸手摸索應該睡在身旁的喬。但他摸不到妻子柔軟清香的身體。這才終於想起，她帶著兒子利用暑假回娘家去了。

往旁邊一看，是空搖籃。西奧長吐一口氣。

——怎麼搞的……竟然作了惡夢。

是甚麼樣的夢，已不復記憶。唯有幾乎窒息的沉悶感受，在西奧的心中朦朧殘留。

七月二十八日，黎明時分。室內緩緩變亮，新的一天即將開始。

他打開窗子。小鳥的啁啾處處可聞，清晨冰涼的空氣很舒服。

穿上喬替他熨燙的新襯衫。一個人默默盥洗更衣，同時，驀然想起自己在夢中拚命狂奔。

文森移居瓦茲河畔奧維爾已有二個月。

一切都很順遂，過得很舒適——剛到不久，文森立刻寫信來。

——奧維爾非常美。尤其美麗的，是此地有許多最近日漸稀少的舊茅草屋頂。我希望在此安頓下來後，靠著描繪這玩意的畫，能夠換取一點滯留此地的生活費。實際上，這裡真的很美。極有特徵，如詩如畫，是真正的鄉村。

文森和照顧他的嘉舍醫師意氣相投，在村公所附近的餐館三樓找到住處，有很多想畫的題材。素樸的教堂，瓦茲河的清流，放眼遠眺的麥田，田間小徑，路口飛舞的鴉群。

看了字裡行間有條有理完全感受不到生病跡象的來信，西奧安心了，讓文森去奧維爾果然是對的。

進入六月後，西奧帶著喬與兒子小文森·威廉，還邀了重吉，一起前往奧維爾。嘉舍醫師熱烈歡迎一行人。再加上文森在拉烏客棧的鄰室室友，荷蘭畫家安東．希爾席夫，眾人熱鬧共餐。就在醫師自宅的庭院擺出桌子，在白玫瑰與薊花怒放中享用的鹹派之美味格外令人難忘。

文森與西奧並肩在麥田中的小徑散步。後面跟著抱寶寶的喬與重吉。走到路口時，文森駐足眺望整片麥田。西奧叫他繼續往前走，但文森站在原地不肯離開，他說，不，我就待在這裡，你們自己走吧。西奧還想勸說，卻被重吉制止。——他是個畫家。肯定是有了作畫的靈感，你就別打擾他了。

西奧等人留下文森一人繼續沿著小徑走。但西奧半途忽然萌生異樣心緒，急忙折返。

文森一如之前分開時那樣，佇立在路口。一邊在寫生簿上素描，一邊滿臉詫異望向西奧——你怎麼又跑回來了？是不是忘了拿甚麼東西？

心頭的不安轉瞬消失。度過美好幸福的假日後，西奧一家人和重吉又回到巴黎。

回程，重吉頻頻表示，下次好想帶林先生一起來。

——林先生似乎正有打算。他想把文森在奧維爾畫的作品中挑出一兩件，加入自己的收藏。

重吉偷偷告訴西奧，忠正會購買新銳畫家的作品美其名曰「林收藏」，而且打算將來帶回日本。

西奧曾想像，文森在奧維爾的生活，最多不過一年。

在巴黎二年，亞爾一年，聖雷米一年。更早之前，是在荷蘭各地及比利時、英國各地輾轉。文森是個無法在一個地方久居的畫家。

不知該說是幸或不幸，文森沒有家庭。故鄉等於已經拋棄。這樣的環境或許讓他自由自在無所顧忌。不，或許正因為沒有任何東西能夠束縛他，才能夠成為孤高的畫家吧。

西奧的心境更複雜。文森回巴黎已是遲早的問題。如此一來，屆時只有自己能夠收留他。目前的住處太狹小，無法替文森準備一間畫室。必須搬家。那筆錢要從哪來？把文森的畫賣掉不就好了……賣掉？誰去賣？我嗎？——賣得掉嗎？

賣得掉，肯定賣得掉。今年一月在比利時辦展覽時，不就賣給畫家同好了嗎——雖然只賣出一幅。文藝雜誌《Mercure de France》也終於刊登盛讚文森畫作的評論。唉，哥哥當時不知有多麼開心。所以他不是離開聖雷米回來了嗎？我不也開心地接受了嗎？

哥哥回到巴黎是理所當然。我支持他，不也是一如過去多年來該做的嗎？

西奧長時間自問自答。這麼做的過程中，心情不可自拔地漸漸沉鬱。

目前，西奧正準備離職自行開業。他和經營團隊之間一旦出現裂痕就再難彌補。經營團隊每天責怪西奧，動不動就喊他廢物。他的薪水也被大幅刪減，要養活妻子和幼兒都已費盡力氣。

在這樣空前惡劣的狀況下，萬一文森回來了——。

七月一日，文森倏然現身西奧的上班地點。

大概是出於畫家的隨興，以及想給弟弟一個驚喜吧，但他完全沒打招呼就來到店裡讓西奧很為難。經營團隊大為激怒，聲稱不准衣衫襤褸的窮畫家進店。

西奧連忙把文森拉到店外。

——你來幹甚麼啦？為什麼不先發個電報通知我！

西奧怒火中燒，對著哥哥大吼。文森嚇得全身一縮。

——我是來還你東西。那個……上次，你來的時候我忘記還給你了。

文森說著，遞上那個黑色公事包。西奧默默收下。

——你今天就會回去吧？我是說，回奧維爾。

他特別強調似地問道。文森沒有立刻回答。

——對，我會回去。……現在就回去。

他無力地說

——對不起。突然來打擾你……那我走了。

文森轉身，一陣風似的走了。

西奧無法叫住他，也無法追上去，只能默默目送哥哥落寞的背影。

之後，又過了快一個月。
黎明時做的惡夢留下的晦暗霧靄依然縈繞心頭，西奧去「布索瓦拉東」上班了。
他步伐沉重地走入店內。這時，他的助手安德烈彷彿已等候許久，立刻跑過來。
「您的友人自奧維爾來訪。」
西奧納悶不解。
——奧維爾的友人？
「據說是搭乘一大早的火車趕來的……」
安德烈對著西奧急忙走向會客室的背影說。一瞬間，不祥的預感如利箭貫穿西奧的心頭。
結果，等待西奧來上班的，是住在文森隔壁房間的荷蘭畫家希爾席夫。
「西奧……」
充滿血絲的雙眼盯著西奧。希爾席夫乾燥龜裂的嘴唇吐露的話語，給予西奧重重一擊。
文森他，對著自己胸口，開了槍。
他還沒斷氣。請你快去，立刻去。
去奧維爾——令兄的身邊。

一八九〇年七月三十日・瓦茲河畔奧維爾

蔚藍的晴空，在村落上方無垠延展。

強烈的陽光閃耀，在石板路上形成濃重綠蔭。清風吹過，晃動七葉樹的枝葉。喀拉喀拉的聲音響亮響起，載著文森棺木的馬車走上徐緩的坡道。這條路通往村子邊緣的墓地。

送葬隊伍的最前方，不是神父，是牽馬的村民。緊跟在棺木後方的是西奧。伸手扶著似乎隨時會倒下的好友背部的，是重吉。

跟在二人後面的，是喬的哥哥德里埃斯，嘉舍醫師和他的兒子保羅，唐基老爹，幾個畫家朋友。雖然盛夏的陽光燦爛，每張臉孔卻被悲傷籠罩。

送葬隊伍經過村子的教堂前，就在一個月前，文森還在這教堂前豎起畫架，描繪教堂宛如中世紀貴婦般的優雅外型。可是，教堂並未為自殺的畫家敲響弔鐘。

午後三點半，送葬隊伍抵達墓地。二個挖墓工人手拿鏟子，正在墓穴旁等候一行人的抵達。把棺木放入墓穴後，嘉舍醫師從喪服口袋取出弔唁稿低聲朗讀。這一席訣別感言，似乎完全沒傳進西奧的耳中。不是因為風太強。重吉知道，此刻西奧甚麼都聽不見了。

沒有本該在場安慰死者靈魂的神父，也沒有祈禱辭，永遠的別離就來臨了。工人拿鏟子把土覆蓋在棺木上。乾燥的塵土隨風揚起，而西奧只是板著雕像般漠無表情的臉孔旁觀。

重吉收到文森的死訊，是在七月二十九日上午。

安東・希爾席夫發來的電報上只寫著「文森死去，速來」。重吉緊握那張紙，從聖拉查車站跳上開往瓦茲橋的火車。

忠正已在七月十四日法國革命紀念日離開巴黎回日本去了。這個時間點太不巧了——怎麼會這樣……為什麼？腦中一片空白。但是，不管怎樣，總得去看了才知道。重吉告訴自己一定要冷靜，在瓦茲河畔奧維爾車站下車。然後馬不停蹄趕往文森的寄宿處，拉烏客棧。

文森是在村公所前這個小餐館三樓的出租房間斷氣的。以一天三法郎五十生丁附帶三餐的低廉租金——即便如此還是靠西奧寄錢才租得起——在這裡度過人生最後短短的七十天。重吉氣都不喘地一口氣沿著陡峭的樓梯衝上閣樓。

小得只要走進二個人就無法轉身的小房間內，正好送來嶄新的棺木，正要將文森的遺體放入。天窗正下方放著空蕩蕩的粗糙床鋪，日光從天窗灑落在按照文森頭型凹陷的枕頭上。狹仄的房間牆上，貼滿無數他在奧維爾畫的清新風景畫。

床的一邊，站著發呆的西奧。發現重吉後，他虛弱地朝重吉一笑說，嗨，重。

——我哥哥，他死了……終於死了。

住在隔壁的荷蘭畫家安東・希爾席夫與保羅・嘉舍抬起棺木，吃力地勉強走下狹窄的樓梯，搬進二樓寬敞的房間——這是面向馬路的餐館正上方宴客用的房間。在旅館老闆拉烏老爹的好意下，這個房間成為臨時告別式的會場。

——為什麼選在這裡？重吉問保羅・嘉舍。就連重吉這個日本人都知道，告別式應該在教堂舉行。結果保羅壓低嗓門回答：

——當然是因為他是自殺的啊。

七月二十七日晚間，文森胸口流血回到拉烏客棧。客棧後面有樓梯通往閣樓，是老闆娘發現他倒在那個入口。拉烏老爹和希爾席夫二人合力把他抬進房間，希爾席夫立刻奔往嘉舍醫師的住處。文森的胸前有彈痕。嘉舍質問這到底是怎麼回事，結果瀕死的畫家坦承是自己拿手槍對著胸口開槍。幸好似乎沒打中要害，但奧維爾當地沒有醫師能夠緊急開刀。他們也討論過是否要從巴黎請醫生來，但文森拒絕了——夠了，別再管我了……他說。斷斷續續，吃力喘氣說。

——倒不如，找西奧……我想，見西奧……。

翌日，七月二十八日中午過後，接到文森命危的消息，西奧從巴黎趕來。他一衝進哥哥的房間，就撲上去抱著哥哥躺在床上如枯木的身體。

——哥哥！

哥哥，沒事的，有我在。我就在這裡……。

之後兄弟倆用荷蘭語繼續交談。在全世界最小最窮困的畫室。就只有彼此二人。直到文森的生命走到盡頭的瞬間。

二人用母語談了些甚麼，連同鄉的希爾席夫都不知道。那段時光太親密，充滿太聖潔的悲慟。饒是藝術之神，恐怕也無法打擾當時的二人——希爾席夫事後說。即便如此，這個善良貼心的同鄉畫家，很擔心這對可憐兄弟的下場，就坐在一牆之隔的鄰室床上，不停向想必應在哪裡的神禱告。

隔天七月二十九日凌晨，牆壁那頭傳來慟哭聲。希爾席夫從口袋掏出懷錶。時間是凌晨一點半。

就這樣，文森踏上永恆的旅途。

天亮後，希爾席夫和保羅・嘉舍分頭去通知大家死訊，並且發出電報。西奧徹夜未眠守在文森的遺體旁，人們接到消息開始聚集後，他彷彿想起甚麼似地倏然挺直腰桿，開始堅強地應對。

眼前還有必須處理的種種「善後事宜」。要向村公所提出死亡中告，買墓地和棺木，也得籌備告別式。

就是在這時和村中教堂起了爭執。天主教教義不允許自殺。天國之門不會為自殺者開啟。教堂不同意舉行告別式固然不用說，甚至不願意借出喪禮用的馬車把棺木運往墓地。最後告別式只好在沒有宗教儀式的情況下在拉烏客棧二樓舉行，棺木移往墓地也是借用鄰村村公所的馬車。

西奧一滴眼淚也沒掉。無論如何都得好好送走哥哥，他只是抱著這個念頭拚命四處奔走。在重吉看來，他的身影格外令人心痛。

棺木被安置在二樓房間中央的作業台上。文森生前慣用的調色盤和畫架放在棺木的腳下。西奧把文森房間的畫作統統搬來這個房間，默默掛出來。重吉也跟著幫忙。

——哥哥，上次你寄信來……

西奧一邊在牆上釘釘子，一邊呢喃。

——你說，希望有一天，能夠在哪家咖啡館舉辦展覽。

沒想到會以這種方式實現你這個心願……。

正如西奧所言，告別式會場就像小小的美術館。

聳立在鈷藍色天空下的教堂。倒映蒼翠綠意滔滔流過的瓦茲河。宛如藍色火焰的薊花。法國大革命紀念日時掛出萬國旗的村公所。畫家德比尼家繁花盛開的庭院。鴉群飛舞，收割完畢後的麥田。嶙峋糾結的樹木根部。

——連這種東西……你都畫了嗎。

描繪樹根的橫長形畫布——是的，只是逼真地描繪樹根——掛在牆上時，重吉不禁心潮澎湃。

不是芬芳的花朵，也不是閃亮的青葉。是樹根。文森純粹只畫了樹根。花朵和綠葉都已無法打動畫家堅定的雙眸。——後來重吉從希爾席夫那裡聽說，這幅畫是文森的遺作。那是在小閣樓這個畫家最後的畫室中，放在畫架上的最後一幅畫。

七月三十日午後六點，村中教堂的鐘敲響六下。

瓦茲河畔奧維爾開往巴黎的末班車將在一小時之後發車。

把告別式會場和文森的房間收拾乾淨，西奧與重吉前往瓦茲河畔奧維爾車站。從拉烏客棧到車站徒步只需五分鐘。西奧拎著黑色公事包，重吉將油紙包裹的橫長形畫布夾在腋下。

西奧一邊收拾會場，一邊把文森留下的畫作一一分贈給來幫忙的人，以及文森生前關係親近的朋友們。這些充滿粗獷筆觸和強烈色彩的畫作，每一幅都洋溢著剛剛畫完的那種新鮮。人們紛紛說著「謝謝、我會珍惜」收下畫。

請任選一幅你喜歡的畫——第一個被西奧這麼說的是重吉。重吉說聲謝謝，卻主動表明自己願意最後一個拿畫。結果最後剩下的，就是那幅「樹根」。重吉把它仔細用油紙包裹，一邊感到，是這件作品選中了自己。

文森為何要畫樹根？他一定是想表達扎根大地堂皇挺立的大樹。他沒有刻意把最想畫的放在畫面中央，藉由描繪周邊，促使觀者聯想，烘托出主題。這個手法在日本畫中尤為顯著。文森終於把日本畫的手法融會貫通了。

抵達瓦茲河畔奧維爾車站前，西奧從口袋掏出懷錶看時間。

「距離火車抵達還有快一個小時……重，陪我去個地方好嗎？」

明明應該筋疲力盡了，西奧的聲音卻不可思議地清澈。重吉回答「當然沒問題」，跟上已邁步走出的西奧。

背對通往教堂山丘的徐緩坡道逆向而行，就會來到瓦茲河。過了橋後，河對岸是鄰村瓦茲河畔梅里。西奧在橋前左轉，走過樹木茂密的河邊小徑。重吉暗自好奇西奧到底要去何處，一邊追上他的背影。

七月底，即便午後六點多，太陽依然高掛天上。它坐鎮西方天空強烈照耀河面。河邊的樹木枝葉茂盛，倒映在綠色的水面。

風很強勁。河邊種植成排白楊樹。對著澄澈的藍天伸展枝葉，成排白楊樹在風中沙沙搖動。二人沉默地一路走過其間的小徑。

西奧倏然駐足。重吉也在稍遠處停下腳步。看著轉過頭的西奧，重吉赫然一驚。

——文森……？

西奧被夕陽照亮的臉孔，一瞬間，彷彿與文森重疊。呼嘯的風聲掠過耳邊遠去。西奧直視重吉的雙眼，張開乾裂的雙唇。

「重……殺死哥哥的，是我。」

啊？

重吉瞠目。西奧渾身顫抖，右手拎的黑皮包重重落在地上。

「哥哥，就是在這裡……在這個地點，拿槍……對著自己的胸膛開槍。……那把槍，本來是我的……我放在這個公事包裡，結果卻忘了……後來被哥哥從我巴黎的書包連公事包一起拿走了……」

西奧語帶顫抖地說完，便頹然倒下。

「——西奧！」

重吉跑過來。西奧渾身顫抖看起來很嚇人。重吉連忙抱住好友的身體。

「你振作一點，西奧！文森是自殺的，不是你殺的！」

「不，不對……跟我親手殺的沒兩樣……最近，我的工作不順，收入也減少……可是我有妻小要養活……還有生病的哥哥……我把哥哥當成了包袱。結果哥哥察覺了。他認為如果沒有他，就能減輕我的負擔……所以才……」

一瞬間，西奧的臉上浮現奇妙的笑容。那是似絕望、似達觀的奇妙微笑。

「我也該死了才對……」

重吉倒抽一口氣。下一瞬間，他已無意識地揚起手，狠狠打了西奧一巴掌。

「渾蛋！」重吉用日語放聲大吼。

「你死了又能怎樣！你以為講這種話，你哥哥會開心嗎？」

西奧跪倒在地上聳肩喘息。他的雙手抓住土塊。嗚嗚，嗚嗚……西奧一邊呻吟，揮拳砸向大地。一次，又一次。最後，似乎是力氣用盡了，他仰身倒在地上。

「——哥哥……文森哥哥……」

一點，一滴，話語從西奧的口中斷斷續續洩出。重吉全神貫注傾聽，以免錯失他幾乎被風聲蓋過的話語聲。

文森斷氣之前，兄弟倆用母語做的最後交談——。

「當我趕到時……哥哥的意識還很清醒。他凝視我的雙眼說『對不起』……」

西奧揪住躺臥的文森，拚命大喊。

——沒事的，我一定會想辦法，你絕對不會有事。

結果，文森微微一笑，低聲呢喃。

——沒事，我會想辦法……這是你的口頭禪……。

是你讓我能夠盡情作畫。你總是說沒問題……。明知我畫得越多，只會越增加你的負擔。

可是，我想報答你。藉由畫畫。因為我別的甚麼也不會。

一邊畫，一邊將我唯一的心願融入其中。

——總有一天我要回去。回到巴黎。

回到你身邊——。

「從聖雷米回到巴黎的哥哥，和我們一家人共度的時光，只有短短三天。啟程去奧維爾的前一天，哥哥趁著我出門時，進入我的書房，寫了信給我……」

原本仰躺在地上的西奧，這時坐起身，抱著雙膝，恍惚望向閃爍粼粼波光的河面，繼續又說道：

「那封信，哥哥本想偷偷放進我這個公事包……於是他就發現了。」

西奧常用的黑色皮包。

文森打開皮包，本想把剛寫好的信偷偷放進包中。但他看到皮包底層有東西發出暗光。

——難不成……

是手槍。取出一看，只裝了一發子彈。

「我真傻。在哥哥告訴我這件事之前……我完全忘了。我的確把手槍放在這個包裡……」

那是西奧在辦公室常備的防身用手槍。

二年半前的年底，文森在大吵一架後下落不明。苦惱的西奧，甚至想過如果文森回來還是談不攏，就用這把手槍抵住自己的太陽穴假裝自殺。當然，他壓根不想死。他只是覺得，如果不做到這個地步，文森八成不會學乖。

結果，用不著他這麼做，文森過完年就啟程去亞爾了。

西奧一直把手槍放在皮包中。他原本想，如果哪天又和文森吵架了，就用這招嚇唬他……。但，有了新的家庭身邊變得忙碌後，他徹底忘了這回事。

沒想到，偏偏讓文森給發現了。

文森得知西奧的苦惱之深刻。西奧是抱著隨時可以去死的苦惱在過日子。是誰把他逼到這種地步的？

——這把槍，應該是我拿才對。

折磨西奧的就是自己。能夠讓西奧擺脫苦惱的，也是自己——。

文森啟程去奧維爾時，拜託西奧把「那個皮包」借給他。西奧毫不懷疑地一口允諾。得知西奧完全忘了包中那把槍，文森稍微安心了。

七月初，文森把槍留在手邊，為了歸還空皮包想見西奧一面。他以為西奧如果發現槍不見了，也許會罵他一頓。文森抱著惡作劇少年的心態，毫無預告地造訪西奧的上班地點。沒想到，西奧對突然來訪的文森態度冷漠。即使文森歸還皮包，西奧似乎也毫不關心裡面曾經裝過甚麼。

文森的心中，某種東西破碎的聲音響起。

從那天起，文森就一直在思考如何讓西奧從痛苦中解脫。他一邊描繪萬國旗飄揚的村公所，一邊描繪烏鴉飛舞的麥田，一邊描繪在地面盤根糾結的樹根，滿腦子不停思考到底該怎樣才能夠讓西奧，讓喬，讓小文森得到幸福。

答案早已有了——自己從這世界消失。唯有這個，這唯一一件事，是他能為弟弟做到的。

七月二十七日，周日，晚間九點。天窗照入的光線徐徐失去力量，薄暮潛入狹小的室內。終於完成畫架上那幅「樹根」的文森，粗魯地將調色盤與畫筆扔到地上。他取出藏在床底下的手槍，放進外套口袋，走出房間。就這麼快步走向瓦茲河。

強風吹來。緋紅色夕陽猶在西方天空燃燒。文森沿著河邊成排白楊樹之間的小徑向前走。之後，彷彿被叫住的小孩，突然駐足，轉頭回顧來時路。

晚霞被上游的天空吸走。太陽沉落，隱沒天空。

文森從口袋取出手槍。用顫抖的手，把槍抵著左胸。他想扣扳機，卻怎麼都做不到

——怎麼了？為什麼不勇敢動手？快，幹吧。如果你有勇氣的話。

你該讓他自由。——讓西奧自由。

砰！短促響亮的槍聲響徹四周。同時，一陣嘩嘩吹響白楊樹的狂風掃過。

左胸竄過燒灼的劇痛。很快就有暗紅色的血從胸膛流出。文森踉蹌走下河岸。把槍往河裡一扔，自己也想跳入水中。

但，就在這時。

——哥哥。

不知從哪兒來的呼喚聲隨風飄來。是懷念的聲音。

——哥哥，你已找到自己的路了。你搭乘的馬車堅定不搖。

只要堅持信心走下去就對了。我樂於做你的車夫。

走吧，哥哥。讓我們一起走這條路。——哪怕走到天涯海角。

——西奧……文森喊出弟弟的名字。劇痛熊熊燃燒，他用顫抖的雙手摀住出血量驚人的胸口。

——西奧。

西奧……西奧。

西奧……！

怎麼會這樣。我……我再也見不到你了嗎？

我為何非得這麼做的理由……都沒能告訴你。

啊，神啊。如果可以的話……只要一次，一次就好……請讓我再見他一次。

見我的弟弟——我的半身。

再……一次……就好……。

文森最後的心願被聽見了。

西奧及時趕到。哥哥和弟弟緊握雙手，靈魂相通。

夜半的天空，升起清澄的滿月。浸潤小閣樓的窗口射入月光。

——哥哥。

將來替你辦個展覽吧。在大型美術館，想必會有許多人從世界各地競相湧來，只為了一睹你的作品。

你的畫，將會遠渡重洋，去遙遠的地方旅行。肯定也會去日本。

是的。——你的畫，也會被介紹給日本，讓數不清的人們深受感動。

我們一起迎接那天吧。
我要與你一同走到海角天涯。我們無論何時無論何地都在一起。
一言為定喔。
西奧在文森的耳邊，用荷蘭語不停這麼低喃。文森點了一下頭。
——能夠就這麼死掉……真好……。
文森如此呢喃，深深地，慢慢地吸了一口氣。那，就是文森三十七年的人生最後一次呼吸。

白楊樹小徑的末端，西奧與重吉並肩抱膝而坐。
「……我有東西想給你看。」
重吉說著，從口袋取出一張紙條，遞給西奧。
「你送給我留作紀念的這幅畫背後……畫布的木框夾著這張紙條。」
西奧接過紙條，垂眼看去。
字跡很熟悉。——是曾經寄來幾十封幾百封的，文森寫的信。
我就直說吧。我們唯有透過繪畫，才能談論某些事物。

就算如此，西奧，我也要把一直對你說的話，此刻再說一遍。
你絕對不只是個畫商。透過我，你其實也在創作繪畫的一部分喔。
正因如此，即便再怎麼痛苦的時刻，我的畫也堅定不變。

一字一句，西奧懷著親愛，看完文森最後的來信。

那是有點個人風格的字跡，是正確優美的法文。彷彿想說的話太多，太急著傾訴，字跡很潦草。

原本呼嘯的強風，不知不覺也靜止了。瓦茲河反射夕陽閃耀著繼續流動。

火車抵達的時間快到了。然而，重吉沒有催促西奧。

西奧不久就會站起來——靠自己的雙腳。

幾行淚水滑落臉頰。西奧放聲痛哭。一如遙遠的往昔，他不停追逐哥哥離鄉遠去背影的彼時。

一八九一年二月三日
巴黎・二區・維克多瓦爾街

一八九一年二月三日・巴黎・二區・維克多瓦爾街

半夜開始吹起的北風驀然靜止，冰凍的晚霞明豔地散布在西邊天空。

這天，最後來到林忠正店裡的，是身穿喪服的喬，以及她剛滿一歲的兒子文森・威廉。

剛從倫敦出差回來的忠正，正在聽重吉報告這幾天發生的事情。忠正本來打算在倫敦多待幾天，但是接到重吉的電報後，他臨時趕回了巴黎。

二人正在忠正的社長辦公室談話。桌上，轉角咖啡館送來的咖啡放在銀盤上，卻始終沒被碰過，早已冷卻。

敲門聲響起，助手朱利安探頭進來。

「梵谷夫人來訪。她並沒有事先預約……」

忠正和重吉面面相覷。二人連忙起身，快步走向會客室。

喬沒有坐在長椅上，佇立在夕陽照入的窗邊。年幼的文森・威廉緊靠著母親，小手用力揪住母親黑色的裙子。

「……喬。」

喊她的，是忠正。以往不管彼此關係有多麼親近，他始終彬彬有禮喊她「梵谷夫人」，這還是第一次喊她的名字。

喬浮現一絲笑意。是那種彷彿隨時會哭出來的脆弱微笑。

「發生這種憾事，真不知該說甚麼才好……實在太突然了……」

忠正一邊慎選遣詞用字，一邊說道。喬極力堅強地接腔：「是，今天，就是為了那個……來向兩位報告外子的事……」

然後，她的眼中蓄滿淚水，用顫抖的聲音說：「一月二十五日，外子西奧，在他住的烏特勒支的精神科醫院……蒙主寵召了。」

忠正與重吉眼也不眨地盯著喬。喬堅定地仰著臉繼續說：「今年早已知道他的狀態一直不樂觀。但是，似乎是在死前那一晚，病情突然急轉直下……所以，甚至連他臨終時……我都沒趕上……」

勉強說到這裡，她的臉孔霎時扭曲成一團。

「……我、我……我居然……讓他一個人……就那麼死去……」

喬發出斷續的嗚咽聲。文森．威廉本來一臉懵懂地仰望母親，這時大概是被母親感染，也哇哇大哭起來。

「沒事的，喬。……沒事。來，這邊坐。」

忠正溫柔地說著，摟著喬的肩，輕輕讓她在長椅坐下。重吉抱起哭泣的幼兒，緊緊摟住他。

——西奧……！

重吉在心中呼喚好友的名字。光是這樣，就已心酸得幾乎無法呼吸。

西奧。——西奧。

你，你……。

真的……死了嗎？

留下你的愛人。留下這個才剛滿一歲的孩子。

你去了身為你的半身的哥哥那裡……去天堂的文森那裡了嗎……？

喬說沒趕上見西奧最後一面。重吉亦然。

接獲西奧過世隔天才趕到荷蘭烏特勒支的喬通知後，重吉這才得知。自己再也見不到好友了。

忠正在雙手蒙面啜泣的喬身旁坐下，沉靜地摟住她的肩，並且耐心等待她的眼淚停止。

盡情哭過後，喬深吸一口氣。接著，她低聲道歉，用指尖抹去淚水。

「之前，我一直哭不出來。……我無法相信。實在太突然……他就這麼走了……所以……」

「沒關係。」忠正沉穩地說。

「眼淚不需要解釋。」
喬的眼中又湧出新的淚水。她又哭了。這次是嚎啕大哭。
無論再怎麼哭，斯人也永不復返。
短短半年內，喬相繼失去兩個重要的人。——重吉亦然。
文森・梵谷。得年三十七歲。
西奧多魯斯・梵谷。得年三十三歲。
兄弟倆分別是一根纖細脆弱的繩子，揉合在一起才變得強韌，被彼此的存在激勵才能活下來。
然而，本來絕對不會解開的繩結，忽然鬆脫了。因著文森的自殺。
西奧追索即將斷裂的繩子。瘋狂地。
然後，二人終於又再次連結——因著西奧的死亡。
窗口照入的夕陽，把抽咽的喬，以及安靜摟著她單薄肩膀安慰的忠正拖出長長的影子。
——悲傷，痛苦，惆悵，一切皆隨淚河流去即可。
凝視二人的身影，重吉也流淚了。
哭累的小文森，不知幾時已在重吉的懷中發出安穩的鼾聲沉睡。
千萬別打擾他的沉眠——千萬別驚醒幼兒的美夢。

重吉始終溫暖地抱著小文森。彷彿懷抱著「明天」。

一八九一年五月中旬・巴黎・九區・皮加爾街

薰風吹過大馬路旁的成排菩提樹。白晝一天比一天長，咖啡館的露天座上，在這無盡的初夏良宵，人們各懷所思地享受時光。

雙頭馬車在皮加爾街的公寓前停下。重吉先下車，接著忠正也下來了。重吉一手夾著細長的油紙包。二人沿著公寓的螺旋梯走上四樓，輕敲黑漆房門。

門開了，抱著小文森的喬探出頭。

「歡迎，林先生，重先生。我已恭候多時。」

忠正拉起喬的手輕吻手背。

「日安，喬。謝謝妳的邀請。」

然後溫柔地戳了一下幼兒的臉頰。

「哎呀，又長大了呢。眼睛像爸爸一樣溫柔。」

喬嫣然一笑。

「快請進。我們已經準備好要搬家，所以家裡空蕩蕩的……」

二人走進客廳。除了長椅和茶几還在，室內已空無一物。牆上原本掛滿文森的作品，如今也已一幅不剩。

「全都收拾乾淨了啊。」重吉四下張望說。「全都是妳一個人收拾的？」

「住在附近的哥哥嫂嫂也有幫忙……文森的畫，我全都打包了。」

喬羞澀地笑著回答。並且補充說，西奧生前打包或拆封文森的畫作時她幫過忙，所以知道該怎麼做。

西奧去世已有三個月。

當初，喬抱著才剛滿一歲的幼子，不知今後該何去何從，但她現在已經開始一步一步，真的是一步一步地慢慢向前走。

支持新寡的她的，是哥哥嫂嫂，支持西奧尊敬西奧的畫家們，還有忠正與重吉。

西奧在最愛的哥哥去世後，不到半年，也追隨文森而去。

本來就有的慢性腎臟炎惡化是直接死因，但他的憂鬱症在深秋變得嚴重，無法再繼續工作。到此地步，為了讓他專心在家人身邊接受治療，喬只好強忍別離之苦，把丈夫送去荷蘭的烏特勒支某家精神科醫院。然而西奧的病情不見好轉，就在兒子一歲生日的前夕，在沒有任何家人的陪伴下去世。

去年夏天回日本的忠正，忙著支持剛成立未久的「明治美術會」（介紹國內外最新西洋美術並且展出的團體），又要搜購美術品以供獨立開業不久的「林商會」販賣，忙得連氣都喘不過來，就在這時重吉通知他文森的死訊。到了晚秋回到巴黎時，又聽說西奧住進烏特勒支的醫院，令他難掩沉痛的表情。

忠正立刻偕同重吉前往瓦茲河畔奧維爾，去文森的墓前祭拜。得知喪禮時沒有敲響弔鐘，憤慨的他特地於正午抵達墳前，在教堂報時的鐘聲中深深垂首。即便鐘聲敲完了，他仍遲遲沒有抬頭。重吉猜想，他是在和文森的靈魂對話。

忠正也給住院的西奧寫了好幾封信。他頻繁以優美流暢的文字寫短信寄去，叫西奧不要有負擔，就趁這機會轉換心情，還隨信附上刊登浮世繪的雜誌或有插圖的書。但，結果，忠正並未收到西奧的回信。

忠正一直默默守護著文森與西奧這對舉世罕有的兄弟，卻錯過了他們的人生閉幕的瞬間。

對此，忠正沒有向任何人說過隻字片語。他只是淡定地一如既往做他該做的，繼續工作。

相較之下，重吉卻始終無法填補心中出現的空洞。但他之所以還能夠繼續堅守工作崗位，是因為忠正就是這麼做的。

「林商會」迎來重要的局面。去年春天生意上的對手賓成功在國立美術學院舉辦大規模的浮世繪展覽，一下子成為當紅炸子雞。同時，浮世繪的人氣也更加爆發。為了不錯失這個商機，忠正和重吉都忙著東奔西走。

在這種情況下，忠正還不忘鼓勵形單影隻的喬，建議她繼承文森的全部作品。並且斷言，梵谷家的所有人——即便是文森的母親，想必都不了解文森畫作的價值。

——理解、接受文森畫作的，只有西奧一人。而如今，喬，妳是唯一一人，有責任去理解、繼承他的作品。

喬立刻採取行動。她鼓起勇氣請求梵谷家把文森的畫交給她。而且，不只是文森的作品，她還宣言也將繼承西奧的遺志繼續戰鬥。

梵谷家的人都很同情帶著幼子成了寡婦的喬，而且實際上他們也不認為文森的作品有何價值，因此他們同意由喬繼承文森的全部作品。

喬接收了數不清的畫。每一件，都貼著註明作品名稱及創作時間、創作地點的標籤。那所有的作業，都是丈夫生前獨力完成的。

巴黎畫壇雖然終於肯定了印象派畫家，但喬連邊都挨不著。她沒那個能力舉辦展覽，也找不到畫廊肯幫忙，更沒有人願意買畫。繼續待在巴黎已經毫無意義。她決定返回故國。

——我打算回荷蘭。

春天來臨時，喬找上忠正商量。她說，這應該是正確的選擇吧？

忠正沒有立刻贊同。但，最後，他直視喬，用力地說，請妳試試看吧。

——請妳先努力試著在祖國得到認可。然後，再請妳來這城市……回到巴黎。

不是現在。但，遲早有一天，文森的畫必然會在這個城市……不，在全世界得到認同。

我和重，也會在這裡繼續奮鬥，一邊等著那天的來臨。

「其實，今天我有東西想給妳……我已經帶來了。」

已經準備好搬家，空蕩蕩的客廳內，重吉對喬說。

「噢？是甚麼？」喬一邊哄小文森，一邊接腔。

重吉把夾在腋下的油紙包放到桌上。小心翼翼拆開包裝。從裡面出現的，是那幅「樹根」。

「文森告別式的那天……西奧把文森遺留在房間的這件作品給了我。他叫我留做紀念……但這好像是文森的最後遺作。這麼重要的作品，不該放在我這邊。」

喬泛著淚光的雙眼定睛注視畫布。過了一會，她用極為內斂的聲調說：

「不，還是請你留著吧……能否請你帶回日本？」

重吉困惑的雙眼瞥向忠正。忠正本來也在凝視那幅畫。

「——不是現在。」

忠正只說了這一句。斬釘截鐵。

「日本才剛開始發現西畫的趣味。說到西畫，人們唯一想到的就是畫壇大師畫的那種宛如古典繪畫範本的作品。要理解文森這種完全嶄新的繪畫，恐怕還需要一段時間。」

不去自己找出價值，反倒熱衷趨附已被他人肯定價值的事物，這就是日本人的特性。所以，無論是法國、英國或美國，只要是日本以外的國家認可的藝術，他們統統歡迎。

「妳或許要問，我怎麼知道一定會那樣。但我就是知道。因為……浮世繪就是如此。」

忠正平靜地說，帶著早有所悟的表情。

「直到不久前，浮世繪對日本人而言還只不過是包碗盤用的廢紙。結果妳瞧，一旦得知在巴黎受到肯定，他們立刻開始譴責我——他們說我把日本的珍貴美術品賣到海外，是『賣國賊』。」

喬緇緊嘴角。驀然笑出來，「沒關係。隨便他們怎麼喊我。」忠正補充說。

「日本的美術，為新的藝術家……為文森．梵谷，帶來了光明——對此，我感到很驕傲。」

喬抱著幼子，默默凝視「樹根」。從她眼中，滑落一行眼淚。

幼小的文森，用紅葉般的小手碰觸母親濡濕的臉頰。彷彿在說——不要哭。

夕陽將西邊天空染成玫瑰色，無聲地被吸入街頭彼方。

和喬道別出來後，忠正說「不如走一走吧」，於是和重吉在法蘭西喜劇院前下了馬車。站在劇院前的五岔路，可以望見西北方的加尼葉宮，東南方有羅浮宮。

雄偉的羅浮宮，展出拿破崙一世從世界各地收集來的無數美術品。逛上一整天都看不完，也看不厭。

重吉剛到巴黎時，忠正叫他去羅浮宮好好增長見識，於是在館內耗了好幾個小時。起初只是呆呆仰望大展示廳的天花板壁畫，但他逐漸沉迷於一件又一件的展覽品，已忘記身在何時何地，就像在美的森林迷失方向般一心追逐館藏品。

不管是任何畫家，只要來到這裡，首先都會目瞪口呆。接著，等到逐漸習慣了，就會開始作夢。夢想有一天自己的作品也掛在這個美術館的牆上。

那有多麼困難，人人都知道。但，不做那種夢的畫家，就不算是畫家。

二人經過羅浮宮前的廣場，穿過拱門。眼前豁然開朗，出現塞納河。

多輛馬車忙碌穿梭在卡魯塞爾橋上。河對面的左岸有時髦的公寓林立。更遠處可以看見艾菲爾鐵塔在暮色中矗立。

「……真不可思議。」

佇立在橋中央，望著兀然浮現在昏黃天空中的艾菲爾鐵塔，重吉喃喃自語。

「那座鐵塔剛蓋好時，明明被大家罵得一文不值，說甚麼鋼筋鐵架很醜陋啦破壞風景美觀啦，可是現在，甚至已經想不起來鐵塔還沒出現之前的風景了。」

「巴黎這個城市，就是這樣。」

忠正接話。

「一旦出現從沒看過的東西，起初不知所措。會挑三揀四地抱怨。可是漸漸就會接受。」

浮世繪和印象派皆是如此。

想必有一天，文森・梵谷也會是那樣吧。還有林忠正也是。

重吉在心中默念。

但願如此。請保佑有一天一定會變成如此。

殘陽拖曳著光帶，墜落河對岸。很遠很遠的天上，金星開始閃耀。

佇立橋中央的二個人影，沉入夜色中。塞納河滔滔流淌，不知停駐，繼續流過橋下。

PLP0067

浪擊而不沉

作　者—原田舞葉
譯　者—劉子倩
編　輯—黃煜智
校　對—魏秋綢
行銷企劃—王小樨
內頁排版—綠貝殼資訊有限公司

編輯總監—蘇清霖
董事長—趙政岷
出版者—時報文化出版企業股份有限公司
10803台北市和平西路三段二四〇號七樓
發行專線—(〇二)二三〇六六八四二
讀者服務專線—〇八〇〇二三一七〇五
(〇二)二三〇四七一〇三
讀者服務傳真—(〇二)二三〇四六八五八
郵撥—一九三四四七二四時報文化出版公司
信箱—台北郵政七九～九九信箱

時報悅讀網—http://www.readingtimes.com.tw
思潮線臉書—https://www.facebook.com/trendage
法律顧問—理律法律事務所　陳長文律師、李念祖律師
印　刷—盈昌印刷有限公司
初版一刷—二〇一九年八月三十日
定　價—新台幣四二〇元
(缺頁或破損的書，請寄回更換)

時報文化出版公司成立於一九七五年，
並於一九九九年股票上櫃公開發行，於二〇〇八年脫離中時集團非屬旺中，
以「尊重智慧與創意的文化事業」為信念。

浪擊而不沉／原田舞葉著；劉子倩譯. -- 初版. -- 臺北市：時報文化, 2019.9
352面；14.8×21公分
譯自：たゆたえども沈まず

ISBN 978-957-13-7898-5（平裝）

861.57　　10800

ISBN 978-957-13-7898-5
Printed in Taiwan